陈寅恪书札

陆德富　鲁超杰　整理
罗培源　审订

生活·读书·新知 三联书店

Copyright © 2024 by SDX Joint Publishing Company.
All Rights Reserved.
本作品版权由生活·读书·新知三联书店所有。
未经许可，不得翻印。

图书在版编目（CIP）数据

陈介祺书札/陆德富，鲁超杰整理. —北京：生活·读书·新知三联书店，2024.10
ISBN 978-7-108-07809-4

Ⅰ. ①陈⋯ Ⅱ. ①陆⋯②鲁⋯ Ⅲ. ①书信集－中国－清代 Ⅳ. ①I264.9

中国国家版本馆 CIP 数据核字（2024）第 055615 号

责任编辑	王婧娅
特约编辑	王宇海
封面设计	刘　俊
书名题签	范晓文
责任印制	洪江龙
出版发行	生活·讀書·新知 三联书店
	（北京市东城区美术馆东街 22 号）
邮　　编	100010
印　　刷	江苏苏中印刷有限公司
版　　次	2024 年 10 月第 1 版
	2024 年 10 月第 1 次印刷
开　　本	880 毫米×1230 毫米　1/32　印张 10.5
字　　数	246 千字
定　　价	68.00 元

目　录

001　前　言
001　凡　例

001　簠斋尺牍
　　　致潘祖荫（一～二五）
　　　致王懿荣（二六～七八）
　　　致鲍康、鲍恩绶（七九～一二二）
　　　致谭相绅（一二三～一三〇）
　　　致李贻隽（一三一～一四一）
　　　致吴云（一四二～一六五）

237　簠斋尺牍（致吴大澂）

289　中国国家图书馆藏陈介祺致潘祖荫手札

前　言

　　研究晚清的金石学，绕不开陈介祺。陈介祺（1813—1884），字寿卿，号簠斋，又号海滨病史、齐东陶父，山东潍县（今山东潍坊）人，道光十五年（1835）乡试中举，二十五年（1845）成进士，历任翰林院庶吉士、翰林院编修。

　　陈介祺在青年时代就对金石之学产生兴趣。十九岁入郡庠后，他与彼时的金石学家翟云升、吴式芬等人时相往还，鉴藏金石，讨论文字。道光十九年（1839）因得曾伯霥簠，陈介祺遂以"簠斋"为号。此后，他又陆续购得青铜器、玺印封泥等古物，收藏日益丰富，咸丰二年（1852），再购入西周重器毛公鼎，名动一时。

　　就在购得毛公鼎的次年，太平军攻陷江宁。连年征战耗费无数钱粮，朝廷的帑藏因之告竭，以致春季俸禄不能发放。左副都御史文瑞奏请敕令前朝老臣解囊相助，得到咸丰的允准。这其中就包括陈家。陈介祺之父陈官俊，字伟堂，嘉庆十三年（1808）进士，历任翰林院编修、礼部侍郎、工部尚书等，官至协办大学士，深受道光帝的信任。陈官俊已然身故，只能由陈介祺前往认捐。其时都下传闻陈家刚收购一家银号，家资充盈，最终陈介祺被迫认捐四万两，并于数月内交齐。

陈介祺对宦途向来不甚热心。早在中进士之前，他就写信给外舅李璋煜说："时势既如此，才力不能施，坐视为难，不如归隐，而当代无一隐退者，想见不到此耳。"透露出隐退之思。如今经此波澜，他深感宦海凶险，更觉力不能支。咸丰四年（1854）捐银完毕后不久，陈介祺就告病归里，悠游林下，从此不复踏入仕途。

归里后，除了经营家务，陈介祺的主要活动就是鉴藏金石、考订文字。刘喜海身后留下的金石藏品，叶志诜所藏的部分古玺印，何昆玉所藏古玺印，先后同归簠斋。山东所出的齐太公釜、左关鋘、秦权，以及先秦古陶，也纳入他的收藏范围。陈介祺还写信给西安的古董商苏兆年，嘱托他为自己搜求古物，并陆续得到秦诏版、西汉绥和雁足灯等。与此同时，他将自己的藏品次第拓出，或分赠友朋，或量价出售，当然，最终目的还是借此"以传古人"。

也是在回到家乡后，陈介祺频繁地与友朋们鸿雁传书。除了吴中旧雨吴云，他的通信对象还有世侄潘祖荫、同乡后辈王懿荣、金石小友吴大澂等人。陈氏写给这些人的书信，民国年间被辑为两种《簠斋尺牍》，先后影印刊行。直到今天，它们仍然是研究陈介祺及晚清金石学的基本史料。

陈介祺生前，潘祖荫即将其写给潘祖荫、王懿荣、吴大澂等人的书札编为《秦前文字之语》一书。此书的内容基本见于上述两种《簠斋尺牍》及中国国家图书馆所藏陈介祺手札，可惜当时并未出版。1991年，陈介祺后人陈继揆先生将陈氏手订《秦前文字之语》一书整理，由齐鲁书社出版印行。此书释文准确，内容丰赡，质量很高。不过，陈氏所写书札多用古字古义，金石文字又为专门之学，故而整理本中的释文偶有疏失之处。而且，陈氏的语言相对拗口，有些句意颇难索解，致使整理本中出现一些句读失误。《秦前文字之语》摘录的陈氏书信，内容主要集中于金石文字，其实，陈介祺虽然退居林下，但不失士大夫底色，仍然热心地方政务，密切关注时局。除了订阅邸抄，借悉中外大事，他在与京中友人通信讨论金石文字之余，复频频涉及时政，譬如向潘祖荫探听同治病况，讨论中法交涉及御夷强国之术，向王懿荣陈说科举学问之关系以及治生理财之法，与吴大澂论及丁戊奇荒与救荒之法，等等。这部分书信内容对于全面了解陈介祺，具备独特的价值。

有鉴于此，我们将前述两种《簠斋尺牍》以及中国国家图书馆所藏的陈介祺致潘祖荫手札重新整理，名为《陈介祺书札》，希望能为学术界提供更为准确详备的史料依据。此外，中国国家图书馆、中国文化遗产研究院等公私机构所藏的陈介祺书札还有不少，只能留待将来。全部的文字整理工作，由我（杭州师范大学历史系）与鲁超杰（中国计量大学人文与外语学院）承担，嗣后的文字审订工作，则由罗培源（杭州师范大学历史系）担任。本书的书名题签由著名国画家范晓文老师赐下，编辑工作由王婧娅女士担任，在此深表谢意。

陆德富

2023 年 11 月

凡　例

一、本书收录范围，包括《簠斋尺牍》（文海出版社，1973年影印本）、《簠斋尺牍（致吴大澂）》（古亭书屋，1969年影印本）及中国国家图书馆藏陈介祺致潘祖荫手札（稿本，善本书号：13948）。凡二百二十二通。

二、《簠斋尺牍》中所收陈介祺写给吴云的信札均系抄录本。陈氏所书原札已于2014年由文物出版社出版，名为《簠斋致吴云书札》。这部分陈氏写给吴云的书札释文，即以《簠斋致吴云书札》一书为据。

三、为了便于阅读，文中的通假字、异体字、古今字等，除了少数涉及地名、人名等的金石原文，其余均已改为通行字。陈氏自改之文字，径录改后之文。

四、为了保持准确性，文中的古文字及难以隶定的字形，一般以原图粘贴，并作适当技术处理。

五、文中的未识字、缺字以□标示。文中的衍字以（　）标示。文中的讹字则以（　）将原字括出，在【　】内标出正确的字。文中的漏字在【　】内补出。

六、个别书信有信封留存，信封上的文字内容亦整理出，段前标注"＊信封："字样，以示区别。

簠斋尺牍

薑丘尺牘

一

伯寅仁兄世大人台座：

十月四日奉九月望前后三手书，承道衷曲，感悚感悚。此古人所谓饮水冷暖自知者，非人所能赞助，忠告之义，则唯期执事之反身而诚耳。蒙惠明善堂藏纸，敬谢。即问台安，余详后纸不备。甲戌十月十三日壬午。馆世愚弟陈介祺顿首。

寻氏无字钟切勿寄。偶言之即思其过重，必磨损，当终是无字者矣。邰钟有字者凡几，无字而制同者凡几，乞手录一目即复，欲属族弟子振学摹作一印也。并求拓赐之。今以敝藏兮甲盘文为作尊字印一，似未失真。既得之，便可渐渐摹小。此间无佳石，乞赐寄，然须如此印式方可，不合则须磨石矣。可用则令再仿师𩰬父鼎寅字作一小印。又作尊斋印一，囍字化一为两，以阑别之，以求免俗。匆匆未篆妥刻妥，倘见者皆以为可，则亦请再寄石。至有欲作此种印者，则先以油素摹金文，注明某器，或寄拓本尤佳。摹稿先寄，可则如稿付石，以后再议缩小。《古玺印文传》不足入鉴，乃蒙奖掖厚赐，使寒士欢颜，殊为代感。拓剔各事，乃近年所阅历，乞留意，勿蹈其弊而不察。弟今止二人拓，尚未觅得妥者，又须延时日矣。此种非文字刻作小册，为收藏家拓剔用人之先导可已。盂鼎释文乞早掷还，李君释收存。免敦残片、齐陈曼簠皆佳，所云补底而字仍非伪者，则未敢信。廉生所云，亦似有见。寓卣记是盖，何云片铜耶？近日作伪至工，须以作字之原与笔力别之。奇而无理，工而无力，则其伪必矣。金文目如编定，乞见寄。免敦、齐陈曼簠各乞十余纸。载问台安不具。祺再拜。十月十三日。

吉金作文字观，则讨论不严其详，作玩好观，则推敲必严其扰。察其误而订之，则感企矣。

《周礼·小胥》注："钟磬者，编悬之二八十六枚而在一虡，谓之堵。"案此则编钟编磬皆当八。余昔于齐地得无字编钟八，今匜宦主人得晋出大镈钟二，又无字编钟七，闻一伪字他售，当亦八也。邾钟是编钟，亦当有八。其无字者，乃铭不能容，故无之，当并重，去之则音不备。曼龚父簠多一字、改四字者似可疑，须审是簠否？花文制作与刘、吴异否？真器记似光滑。刘藏至苏，乃器盖全。吴所得载卿吉金不少。

释吉金文字，以理定之，可期清真雅正之归，以字测之，易有支离芜杂之弊。自达巷党人以来，人心终不能去思以博学成名之害，所以学术不明，终与古异。然文献不足，虽圣人亦不能征，而博我以文，亦圣人所以设教。今日言理，不外四子程朱之书，《易》《诗》《书》之文，言博则唯三礼。惜乎三礼之书，非天子不能修，非大儒不能解。今日之能读三礼者，亦不多觏，乌能即吉金定古人制作之一二哉？

古人作字，其方圆平直之法，必先得于心手，合乎规矩，唯变所适，无非法者，是以或左或右，或伸或缩，无不笔笔卓立，各不相乱，字字相错，各不相妨，行行不排比而莫不自如，全神相应。又作范须反书，铸出乃正，是非规矩之至神，其孰能与于此？惜乎圣人所传学书之法，今不能知矣。古人之法，真是力大于身，而不丝毫乱用，眼高于顶、明于日，而不丝毫乱下，乃作得此等字，所以遒敛之至而出精神，疏散之极而更浑沦，字中字外，极有空处，而转能笔笔、字字、行行、篇篇十分完全，以造大成而无小疵，非圣人之心，孰能作之？始哉无大无小，止是一心之理推之而已。《尚书》至今日，无从得确据以定之。其理之至者，固可以孔孟程朱之说定之，其文之古者，则唯吉金古文可以定之。吉金之文，亦唯《尚书》可以通之。福山王廉生农部懿荣书来，谓《大诰》"宁王""宁武"皆古"文"字作❖作❖之讹。余谓"文人"见《诗》，"前文人"见兮中钟、西宫敦，尤不可移，则《大诰》之为真古文，亦定矣。武庚之罪，自当告武王庙，三叔之罪，自当告文王庙，则文王、文人之说甚为有见。

摹吉金作印，不可一字无所本，不可两字凑一字，不可以小篆杂。一难于形似，再难于力似，三难于神似，四难于缩小，必先大小长短同能似，然后乃能缩小，五难于配合，本非一器之字，一体之书，一成之行，而使相合，非精熟孰能之？各字结构已定，难于融通，字外留空，尤难于疏而不散，须如物在明镜之中，乃为得之。须笔笔见法，笔笔有力，乃能得神。不可好奇太过，如斋、剂字，古止一❖、❖、❖字，若齋字用加㐬字，则是跻矣，剂，汉印作❖，从火，当是火候之义，乃古剂正字，汉人误以为齐，蒙谓古无斋字，整齐、斋戒一字二训而已，从❖，又误以❖之作❖为从示矣。

今日得齐地所出戈二，拓上，其释在廉生书中。孟鼎至否？得此重器，何不力汰成书，卓然一大家耶？祺又拜。

二

伯寅仁兄世大人台座：

月十七日奉九月望后三书，共一缄，并毕姬鬲拓、金甬拓。

甬则未见有字，鬲与鷹皆真古文字，不知廉生、春山何以疑之。十燕草堂似未见燕藏十器之意，且大雅所收已轶前人，似不藉此为重。俟酌定，以纸裁样寄，当即如样写，唯新纸无佳者。联则乞内制蜡笺，当并呈，有欲书之语示下尤妥。存纸在京寓，均遗失矣。承欲赐刻年来论古文字往还尺牍，唯有悚愧。略与廉生言之，不删则必不可，存其事不以其文，或可少免罪戾尔。廉生索翟刻《校正穆天子传》《古今人表》《易林》，尚未觅得，论及武祠新出何馈石、伏生冢石，今示欲得之。武石购之拓工刘泰，一纸即上，书当物色二部，伏石则未有副，且不古也。敝藏六朝石未曾拓，冬冻，来春当令学拓者为之。徐足即行，灯下手复，敬问台安不备。馆世愚弟陈介祺顿首。甲戌十月三十日。

邰钟有字者共几，无字者共几，尚有未得者否？乞一一示及，欲令子振弟摹印奉正。欲知清目，以手札为定，可刻"○邰钟室"。古今不易得也，勿轻视之。有残拓，与之数纸，尤代感也。盂鼎释无存稿，付下为企。祺又拜。

三

伯寅仁兄世大人台座：

前月十九日得十月惠书四缄、金文多种，既感奇文之饱饫，又见每拓之不遗，敬谢。盂鼎既云年内可至，刻想已纳尊斋。如已精拓，先乞分惠数纸。下半字不晰者，须以小包扑之。此宝已屡经剔损，切勿冒昧再施。作图用洋照而勿令其传印，收版自存之。花文以拓本搏节上版为合。可作二图，大者用原尺寸，小者则以照者摹刻，字亦可照小者，为一缩本图与字也。洋照花树能得迎面枝，且可四面转侧照之，作兰竹菊梅谱尤佳，山水皴法，用之亦佳。唯须去其俗晕，出以古名大家之画笔，必过前人。非心精眼明、手敏识超，亦不能至，画院中亦不可无此一格。集各处洋照山水图，析作粉本，便可自有机杼，唯用笔如作书不易耳。示读《谢湘阴惠鼎》《南苑唱和》大著，幸甚，唯采入臆说为愧悚耳。所索详后纸。徐足未至，须新年再复矣。所询亦别复，乞恕谬妄。附上乌鱼穗四斤，希莞存。即请台安不备。馆世愚弟陈介祺顿首。甲戌十二月二日辛未。

  颂敦真而器字泐，张叔未、姚六榆皆有全器，南中似尚有一，未及检校。

  史颂敦盖，不及叔未、尧仙藏者，拭墨拓不致，或不伪。

  白疑父敦盖，似真而父字剔损甚，当以藏本校之。

  成王尊，是何文理？

  糸伯干首字，劣甚，似陕伪。

  药鼎，究有可疑，自是伪刻。

  囟尊、帚女彝鼎均伪。

  叶诏版，伪。

  父癸敦、父丙鼎、𠻃父乙爵均伪。

  毕姬鬲，似亦未真，既去作字，宝字又过小。鬲若传则逼真矣，然不见器不敢定。

  羊形己觚，伪劣。

  舟觯、儿癸觯，即真亦非佳品。

  虎目器有神，自是古，然必无字，古人字不妄施也。

  距末无文，似亦非距末。凡无文者，不必过劳心思，冀其有字。

长宜子孙洗，真。

富贵宜子孙洗，前寄过，真。

吉祥洗，无字。

尚方镜，掌四方，一。

十二辰镜，二。

宜子孙镜，一。

内清镜，一，似透光。

万历镜，一。

明逾满月镜，一，唐。

兰闺畹，二。镜，一，唐。

赏得秦王镜，一，唐。

长生无极，可。永奉无疆瓦，逊。然均未佳。既专收三代，则宜有界限，以省心力。

琅琊台残字瓦，三，无字一。论古文字不敢不从直，不悦则不敢言，不答则亦不敢言。若石查之不悦，实止论九字刀，未论所藏，乞代婉谢之。

尊拓金文，何不用净皮棉料薄纸，杭素可不用矣。而以厚棉料纸拓砖瓦。纸小则无题字处。绿印泥色太淡，以石黄靛各研细和之即绿。绿色须鲜足。

传古一束，匆匆未及黏本，子振拓印亦有未合。且不便寄。其直八十金，交廉生处即可，若吾兄自留，则无须矣。前所寄上者如未备，乞检录一目补寄，即欲多用一分，亦当寄也。无须助资。传古之事近鄙，然助我拓资，俾得一一早为拓传，当不敢辞劳，以副同志之望。虽无多伪者，然亦不足观也。徐工为龚处装目，并附一纸，虽未至佳，而一一指示，尚有可观，不至如吾兄所装者之未惬也。拓手不可促迫，六七年始能有此大概，不惟所费不赀，亦且岁月心力俱久，惟感厚意而已。又拜。

郘钟合装一巨幅，配鼎亦巨观，企企。来年当拓大纸钟，以为装屏之用，未审孟鼎用何大纸，金钱榜纸之类尚可大否？

钟十五纸。铎一纸。鼎十八纸。牺尊三纸。尊七纸。卣十六纸。壶一纸。罍一纸。餅一纸。斝二纸。觚六纸。觯十六纸。角四纸。觥二纸。爵四十五纸。四耳敦一纸。敦三十纸。錞一纸。盘四纸。匜五纸。区二纸。鍑一纸。鬲三纸。簋四纸。簠二纸。甗二纸。盉二纸，父辛者未及拓。和一纸。剑二纸。干首一纸。瞿三纸。戈二十五纸，为器廿六。矛四纸。镦一纸。距末。以上三代拓，凡二百三十三纸。

秦量三纸。权图一纸，拓五纸。木量诏版六纸。精拓琅琊台石刻，一癸酉拓，一甲戌之字拓。以上秦拓十七纸。

汉鼎十二纸。甗鍑，䦉。二器合拓一纸。金刀一纸。钟四纸。饭帻一纸。熏炉一纸。雁足镫一纸。行镫四纸。行镫盘一纸。高镫三纸。锭一纸。烛豆一纸，皆如高镫式。鉴一纸。洗十四纸。壶一纸。以上汉拓四十七纸。三共二百九十七纸。

附《藏古册目》一本，未及拓入者，弩、镜而已。小品亦有未备三代者，皆如《传古启》所列无遗矣。

四

伯寅仁兄世大人台座：

去腊九日得十一月书二缄，除夕得望前书二缄，唯初四日所寄之书，竟尚未交廉生转呈，而傅足仅不空还为闷闷耳。鼎湖之变，实出意外，其惨其难，不问可知。再十四五年，两宫之春秋已将高矣，保护经画，更不知复如何重劳慈虑，当倍于前十年也。衰年睹此，草木同哀，况执事之受重恩而亲奉遗诏者耶？不尽之痛，详廉生书后，不敢径达也。谨问大安不备。馆世愚弟陈介祺顿首。

清卿刻瓦事，不敢重拂子年兄之意，不刻亦不过赠以全分瓦拓耳。匡鹤翁所言鲁武公墓金册，恐齐语，《古玉图》则伪书。欲以藏金文拓寄读，甚感，可属廉生告曹竹铭车便言之。第箧必坚装，必不动封，必不可湿，乃可耳。《印举》以次儿未归，遂搁起，若必欲先睹，亦可发何封，以一奉寄。唯未编未装，无序目举目，不过仅见印耳。于令未必有购古器事，非殳壶主人。杞伯敏父诸器，始甚居奇，后为人给乃售，心泉知其详。丁氏父戊盘已有拓本，鲁节丸尚未及拓，它则《藏古目》拓已备，欲得何种，再示及。拓剔法不必工刻，草草即可。小本又恐厚。目录二册领到，敬谢。盂鼎释同。所得象形盘，虽无字，亦足宝，真九鼎之遗，有人欲见赠，恐未必有二也。盂鼎已至尊斋，真三千年来之至宝。成康以后之人，恐即不得见，况秦汉乎，况宋以后乎？今人何如是之幸。斯器又何为而出，殆天之为矣。宜有以副之，勿徒作古文字观，作宝玩已亵矣。所拓墨过重透纸，即必不工，墨即入字，纸已不为薄，止是上纸已不易，何况精拓。精拓则墨至重，纸背仍白，此是胶未脱滑又上墨所致，纸破则不细心而拙耳。图不可不如器，勿嫌其大，花文不可不如拓，而用双钩。已为属西泉、子振作"南公鼎斋""南公宝鼎之室""南鼎斋""盂斋""盂鼎斋"印及"南鼎斋古彝器古文字""盂斋先秦文字两京文字""盂斋法化"诸印,且一斋名作大小数印,尚未拟得稿,当促之,后便当有可寄。西泉似不让撝叔也。如有青田、田黄、寿山石,无钮无裂文沙丁者,亦可即寄,以省此间购买。兵燹后,文墨事无易者,意欲为作斋名大额而无纸,且多乞数纸,恐写坏也。金文唯斋、室二字,堂、馆则无之,西泉不欲刻甚小者,盖汉玺印小字字多者尤不易也。丙申角云往海东,鉴内烂文亦象形字。何以又有拓本,已得耶,借拓耶?念之。子孙父丁觚,补底或足内则似伪,否则真。大康器则不成字。涅金镈化,共字、垣字泉化,重一两十四铢泉化,当皆真。敝藏圆首足币化止有二,已分一与子年,再得即当分赠。古器得一即足,古泉则甚敝精力而无止境,即欲收,亦止可以三代文字为限也。袁筱坞闻移驻巴里坤,汉唐各石当可得精拓,《沙南侯获》尤企切。尊藏之本,求假数月,属西泉钩刻之即缴。匆如前语。吾兄以文字交之意至厚,祺唯以真意相答而已。感愧固在文字,而仰望者则在勋业,不可以此过劳心力也,唯采纳之幸甚。祺又拜。光绪元年正月十一日夜。

邵钟碎一,闻之心惊不已。碎者弃之耶,存之耶?弃则更可惜矣,存则寄我,敦同。当访工监视缀完之。季保敦之长足,亦无二之品,真可惜矣。两遭其毒,似不可再假手馆童矣。张子达衍聪之拓法,却胜东省它人,但聋甚,又多疑,又能使气,又私拓,又不惜护,却未损。非有人监拓不可。薄如币布,朽破不可触者,恐非所宜,又不能拓阳文,而尚能作图,图须指示乃大方。求善拓而稳妥者,宜亟亟矣。收支亦必须一极老成人矣。又拜。

尊藏闳富,不可不力汰可疑者而使后来者议之也。邵钟自为一悬，乃著录所无。藏虽多，唯盂鼎与邰钟耳，重之重之。又拜。

秦残瓦三字者，尚直数金。

"南公鼎斋印"今促西泉刻出，斋字乃弟影齐侯罍写之，尚相合。三人已费数日力矣，刀法矜贵非拘。新年以十千购人不售之石，如以为佳，则请共酬以八金交来足鼓舞之。它印小，则无须如此矣。又拜。

五

伯寅仁兄世大人台座：

十二日寄一缄，想鉴及。盂鼎想已作图，望并精拓，早见赐。日内属表弟谭雨帆照吉金图，兹奉上数纸，八又一。为盂鼎先导。照成高宽所小数相仿佛便是合，否则是有不合，再审改便可定图小于器十分之几。图成而花文不清，再拓摹之。字亦可照，照毕即可令手民摹刻，无须浼清卿、石查诸公矣。大如鼎者，以照本尺寸推而为之即可，花文须如拓墨，勿双钩。尺寸须用建初尺枚，古尺唯建初，今尺无以信后。唯所照之版宜自存之。藏器佳者宜均照之，装如册。其照纸须糊中用胶，乃不脱。宋拓碑帖书画皆拟权此。每图所费几何？过多则示知，当令雨帆秋后北来也。此间得药照好，则不能早来。印稿四纸附。此问台安不备。馆世愚弟陈介祺顿首。正月二十日戊午。

六

伯寅仁兄世大人台座：

二月十一日夜得手书七缄，具复所询。杞伯敦文字非至佳，质制俱逊掖宋向五启福藏。老聋倔强，若欲得之，与尊卣各酌一直，当为觅人转询。二各二百余里，须少与资斧，成再酬之，勿似都中昂直，求之过急。簠字无可取，亦未知存否。盘有拓本，亦非佳者，方之邰钟，未必即伪，可存拓，借器校之，未可以其余概之。匆匆未及审定，若真，则不可不易得之。造象铜、石。镜砖瓦尚未拓，范铜、石。同，若欲拓，乞代致付五六十金，再购纸墨，选工教拓。子振亦能为之，已胜时人，在齐中尚未居前列。近泥封四百余，已上蜡试拓。《印举》编者不归，姑置之。若拓手欲分存，亦听之，后再以所增者自编之。所示史颂敦佳。张叔未者，颂敦器盖、史颂敦盖姚六榆者，觯尊、至佳。卫姬壶、祖辛觯佳。怀米山房者，皆可入尊藏，可欣从此又可多得佳拓。更企大著力汰传后，尤同志所至慰者耳，汰目乞再以精拓寄商。盂鼎图唯耳未合，可先照之，拓手似陕贾门外汉也。直斋寂坐，自不胜触，勿致疾也。小午平凉同。所得自未真。尊字大疑之，子执丨后加手与 🔾，与多画者皆无理。由廉生致代助传古，敬谢。西泉、子振同谢。《侯获》轴，容再缴。蜀郡严氏洗佳。公王器则伪刻。器不装则可，无各格大木簏存之，究易损。金文册候舍亲郭匡侯观察还可寄，然须血肯厚封，使不畏湿乃妥。承代刊《秦前文字之语》，感愧。平斋、清卿处书，亦乞索入。始未意如此，不曾斟酌，有许多笑柄，亦无可如何，唯存交迹而已。余详致廉生书中。即问台安不备。馆世愚弟陈介祺顿首。光绪乙亥二月望前一日。

来札俱乞记日。

欲试作得鼎新名宝斋各大额,以色笺或黄蜡笺大幅为宜。西泉见廉生,云有洗、弩,廉生言旧《天发》拓可及之。

何昆玉石印多佳者,以上蜡则粗者亦光坚,审之。多寄数石来存之,不刻再璧。又拜。

附谢定盦中丞一缄,乞即致书附去,并道感拂<small>舍弟诒卿</small>。为企。又拜。

七

伯寅仁兄世大人台座：

三月朔得手复,知杞伯敦已以重直得之。此敦文字与铸法皆非吉金中上品,<small>质已似无存</small>。然古物初无定直,十不及一者,则可如十之直,求之迫则人得相要,而不可以常论矣。南中八器却中上,然尊藏已有足冠海内者,又有精品多种,何不日自赏之,即作为日日有新获观,而从容蓄资以收字多且佳之品,或小精品、未见品,<small>以器制言</small>。则益可得古文字养心之乐,尤企以精拓得古文字造作之心为乐也。吾人之忧戚,唯自有得者能解之,否则求养而更有以求自扰者矣。承示近况,所可备采纳者唯此而已。刻书本不易事,道学经济之书尤不易,小者可裨训诂音韵,史传则可刻,选政本不易操。若《秦前文字之语》,则愧其间字句过多,有一二少可暂存者,亦不成文字也。为初学刻经书好读本,使蒙童与蒙师可共守之而不迷不歧,<small>字字有着落,语气不误</small>。即可惠天下后世。愧学不足，又老而无友，为虚此宏愿耳。林文忠有水利书二册，何不访刻之，亦有可属大吏刻者，则《洗冤录集证》之类是也。《侯获碑》交廉生。即问台安不备。馆世愚弟陈介祺顿首。光绪乙亥三月三日庚子。

八

伯寅仁兄世大人台座：

近闻恩命补授大理，即日光复，可为豫颂。台履想已大健，趋直如常矣。《款识》六册读注毕，而傅足急行，未及详复，先缴六册，希察入，再寄须装妥，防行潦。所注多妄而不敢隐，乞亮之。寄书竟付装，唯愧仅别真伪，不能发明三代文字训释，有裨经传耳。近因病愆后家中又有病者，遂鲜暇。刻印必先示印文乃能篆，拟寄定小大与石至再刻，前石不宜刻者，缴八存四。即问台安，并贺不具。馆世愚弟陈介祺顿首。光绪乙亥四月浴佛日。

九

伯寅仁兄世大人台座：

二月望后，以小恙与寓中多病者，京居有拂意事，身心未安，故复未详。然文字要语亦无不复，唯鲁丸未检得，尊未妥，卤无从问讯耳。今示《续款识》二册，已竭二日力读注毕，闻傅足行，即交呈。虽甚妥，然不敢不竭其愚，唯深愧悚，尚乞教之。《别录》校上，疑者乞廉生勘之。彭女彝、举鼎、甑当真，子☐孙爵真，小☐爵七字。疑，小臣鼎则似伪，册？敦、涉戈伪。各器皆有藏目。印至佳，唯盦刻满白不易，庵则易而不古，已令拟稿先呈。石则数百文、千余文青田即可，第一不裂，第二无沙丁，其次寿山，他不及矣。卣字过寻常，恐多亦是累，且可省资。海东锦山崖刻拓乞假读，并各家释。盂鼎图已装二轴，真是巨观，秦汉以来，那得见此。乞再赐二纸，当作一轴式缴呈。如欲装成者，当入竹筒，俟车便呈。然必须缩照一本，入攀古楼册中，自为一册，再如器展为巨图方慰。今悬看，愈宝重，愈不慊足，照费刻费请任之。如照成，即乞数纸。再乞拓鼎耳内外及两侧及上全形，口向上全形，口向外唇全形，鼎腹、鼎足真形，鼎口下花文及觚棱全形，精拓足，同赐寄，俾得依照本真形拓本缀成刻传之，至企至企。精拓铭文，一洗前陋，尤所企也。"圣王文字三千年"却可仿汉，乞酌定可否。有图似宜刻释于下，刻隶书标题于铭上，及某处用某印，皆须审定，一一酌妥，然后传之，当谨参末议也。瓦拓二附弩拓将毕二分，东汉后物也。六朝石再一月或可竟，如欲之，当再寄。即问台安不备。馆世愚弟陈介祺顿首。乙亥五月六日壬寅。

一〇

伯寅仁兄世大人台座：

五月廿九日、月七日奉四月廿八日、五日、廿二日又十一日、十五日复札四，_{锦山古刻札一}。知清恙琐屑，屡有假请，刻想勿药，体履胜常，饮食日健矣，念念。读注金文册，不敢宽，亦不敢有成见。昨退楼有所示，亦以可使斥妄，不敢心口相违答之。草野何为而世情耶？诸女甗拓，似亚中字少逊，可校之，或亦不伪。日利器，即真亦少弱。尊事以杞伯敦昂其直，止可从缓。鼎图照宽四寸，再拓全鼎，分纸记明寄下，即当代刻。今先寄六朝石杭连纸拓全分六十五种，乞以此拓资即为照鼎之用，再月余，棉纸者即拓齐应属。又燕庭方伯所赠关中豐字古器二拓，丸一，_{不足存}。乞鉴之。此复，即问台安不备。馆世愚弟陈介祺顿首。光绪乙亥六月既望。

鼎图下方拟用名印一，中用"南公鼎斋"，下用"伯寅所藏第一"，以寅字、宝字皆宀，并列不能篆，故易一字，已属西泉拟稿矣。

——

伯寅仁兄世大人台座：

月廿五日奉六月十六日、廿二日、月二日三手书，欣闻台履元复，侍直如常，多雨酷热，动静清适，深以为慰。所询具详附纸。此请台安不备。馆世愚弟陈介祺顿首。乙亥七月廿六日。

新出汉石甫得一纸，先奉上，似非汉人佳书，伪否？乞与廉生同审定之。

赐寄新得钱化拓十六皆佳，惜未拓背。已乞子年假全分拓寄，企切。鼎形拓尚未足备作图之用，容再录目，乞精拓。洋照图至，当展拓搏节之使合，命工制呈，唯恐细花或不能工耳。《传古别录》廿册领到，感愧。无妨割裂板片补入，此不过为手艺先导，止无错字易解可已。集金文十七册，秋晴或有车便，背糊即妥。《全生集》之善，久验知之，其要在别阴阳症，阳则醒消丸而有麝或不生育之虑，阴则阳和汤主治甚明。唯大虚症应重用参（芪）【芪】者未言及，用此书，须知之。阳和则须多服制药尤要，小方亦多效。今得刻传，甚济于世。先乞数本，以藏本校之，此等必不可有误字，校后再当求代印多本。舍弟在京刻一本，有祺记字，小舫润色为序寄豫，尚未得见。洋照照小易而照大佳，大则并无拓本之本皆可照，如舀鼎之类。石拓一纸，漏封耶，或在廉生封内耶？乞先询之。当是董僧侃也。石尚未毕，北砖、镜、瓦则以次及之。唐宋元石甚少佳刻，书竟觅不得，拟托人刷印，尚未知板存处。叔䀇卣字似弱且呆。大布大泉五铢范似未即伪，亦未拓背，拓背藏泉家例也。宿直牌似真，守御官牌逊，均叶物耶？佛法号印则劣矣。大历僧志亦无佳处。二印已促西泉，但大则极不易，且令试作，或冀可用也。手此，再谢不具。又拜。

一二

伯寅仁兄世大人台座：

徐足还，未得书，于廉生函中知以夏秋热甚，又患痱毒。今年此间无不生痱，亦有甚者。此病止是血热，每出血而不成脓，以《全生集》方洞天嫩膏涂之可念，而仙人对坐草、马鞭草不生北地。或山间水涯，马鞭生之。日来得雨未透，秋阳未减而星尚赤，唯以再雨种麦不隔阂为祝。京师凉早，清恙当已脱然矣，念念。金笺已书"南鼎斋"三字，窃以为南斋、鼎甲、南方三者，皆可于三字寓之。恶札有污佳笺，不足存，乞教之。此种笺非真金，恐亦不耐久，室小纸高，上下尚可少去也。新得秦汉瓦卅三种，中之漆合者或有，伪瓦日多，胶合者、重新陶者燥。已寄一二种，须校。昨傅足所寄汉拓乃真者，其石出尚完，为人断而为三，其一为砧，又作室用为角石，不可出，其一觅不得，所拓已为人购去。此次武城官瓦即出其地上，当是东字，或有年月，当再求完字者，可语廉生。昨言之尊，竟为荡子富者以三百余金收去，可谓失所，亦耳食使然。手此，即问近安不备。馆世愚弟陈介祺顿首。光绪乙亥八月九日。

尊事尚未得其肯出脱实数，急不去，止可少候。已切属西泉，俟彼有意时即与商，商定即以彼字寄。无字恐其变局。渠漫云四五之数而非真话，今日之直，真不敢过问。倘二百，即拟为定数，二五或三百，则不敢代定。先乞酌定，以为不可则不必议矣。便中示复。又拜。

金纸上印泥，非一两月不干。阅时乞留意，勿即裱。手捏须加纸，乃无螺痕。

晚生陈佩纲敬请伯寅大人台安，并谢厚赐。粗石学刻二印，恭呈钧诲。佩纲谨顿首上。

一三

伯寅仁兄少宗伯世大人台座：

九月朔得七月十日、八月朔日、十四日书一函，欣闻恩命，定即光复矣。又知因热，头面疡肿，久而始愈，今已侍直如恒，慰慰。照鼎须如刻册者，一即入册鼎字同，再以原拓分两行刻入册，并考释为一卷先成之，再照一大者尤佳。大镜不易得字，缩照刻佳，研后亦佳。二鼎皆似伪，卣前已复。金文各册，固封交敝同邑孙文起太守即可，或傅、徐二足。煦堂器所知者，仅肥城出数器，裹敦、叔向敦至佳，亟望见各拓本。新得钟未敢定，以洋镜照摹，一文未见者，就器尚可辨否？钱化允全拓，敬谢。拓墨似干。《秦前文字之语》录存勿刊，至企。尊无容说，簠询在其兄，则商之为二百为三百，可先计及。新得汉长安乐砖字甚佳，拓二纸寄。子振族弟以画法拓曹望憘石画象四纸，属呈鉴。吟舫同年所收器如何？照鼎至，再检前拓，疑再奉询也。手复，即问台安不备。馆世愚弟陈介祺顿首。光绪乙亥九月二日乙未夜。

　　□陆。□高。□□□似朱似束。□□钊，刂从⺁，不多见。□□米锺不多见。用□川□明。祀□□眉寿用乐□　　及我祖飢□同君。□灵。□万□。①

　　文无古处。

一四

伯寅仁兄世大人台座：

　　徐、傅二足八九月书想鉴入，今日午后闻有北足，日来胸中

---

① 今称邾公钘钟，收录于《殷周金文集成》102号，可参看。

杞愚，以长生瓦二纸书上。新得一瓦，外轮有字，虽似东汉之初，而实从来未有，虽非三代，亦是异品，拓二并同出砖拓二赏之。其所由得，则言于廉生，且有夏象形盘拓，统俟再致。即请台安不备。馆世愚弟陈介祺顿首。光绪乙亥重九后一日癸卯亥正。

久未得复，自是因足便稽留。长生瓦笺所言尚有未尽，得复再续寄，亦无多语。近闻冲龄有脐湿小恙，想系传讹。有人云以干扫帚叶可为菜。根烧灰干敷有效，似尚无妨，因妄及之。即请台安。名另具。九月廿日。来力毕芬甚妥。即丙。

一五

伯寅世仁兄大人台座：

廿一日寄所校《秦前文字之语》卷一，并校删副本一，由廉生代上，想已至。其余仍欲校删，切企切企。廿四日毕力来，奉月三日、七日书，又各纸未注日。及金拓又金文六册，敬谢敬谢。海东锦山摩崖古字，拓钩过必缴，非如金文，不欲乞留。六册校寄，不敢久存，其十一册则请先以五册者，此次即交傅足。廉生究是好奇太过，举业不过敲门砖，何足短长理学。博学岂可有意用之时文中，怨尤亦已自误，况陋与刻易不容且干功令耶。尊履想已健，《全生集》敬谢。肥城卣提之字悬释似是，弟未见精拓。稻则非首形，必非人，象奇物似人者耳。新得象形而无"父戊尊"三字者之盘足，亦似人形有耳也。《西清》著录之盘，若有未剔出之字，则必收而勿急出之，俟以山楂法试之善，或使一能者来作。昔所闻则加黑矾，或秘之耳。古戚无字而佳，直少可收。汉壶即古亦不精。尹氏簠则伪。拓俱墨侵字甚。析子孙亚中𠂤觚或可，以字边起线故。或是匽侯器同出耶？祖己父癸鼎伪。子父五丫颠倒劣尊也。丁举卣真，大字胜，关中伪此文不少。奉复毕，又取十四日所得九月十日、十二日、望日书读复。钟即剔精，亦须见精拓，再为一酌。父甲爵极似敝藏，或同出东土耶？不伪。聿贝父辛卣又与敝藏鲜同文，当亦东土，若底是补字，则皆伪。子孙形字方鼎似少弱。叔器父所作器见于关中，此旅敦而曰享考，似文可疑，年字亦有误。旅姬鬲之旅乃从斤，眛矣。八字敦第五字六字少渤者，或真耶？照法则真，秘之则留版，畏知则拓字、刻书皆可已矣。西泉刻二大印求正，字大而能稳妥亦不易，非阿好。石则以大钱十二千购之，近冻而有酱油文，高大不易得，酬以都市之直可已。大印易为"宝藏第一"，印大，甚不易易。此问台安不备。馆世愚弟陈介祺顿首。乙亥十月廿四日丁亥夜。

一六

伯寅仁兄世大人台座：

西泉刻大印毕，祺为之记。今拓上二纸，印后寄，均教之。此问台安不备。馆世愚弟陈介祺顿首。乙亥十一月既望己酉。

文脩武迪有若南公
咸命俟拼嗣孫孟名
㜏彔爰此令此
大清潘農丞相古支
道隆三千牵下印紀
石貞
王石經此
湊濱病叟記

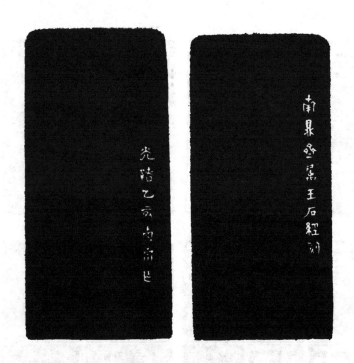

前寄二册,今寄一册,其一册月末有便即寄矣。此外未有录成册者。凡四册所无而尊册所有者,乞目释。《捃古录金文》久思录一册而未得,他家所集有在此外者,乞勿遗。

一七

伯寅仁兄世大人台座:

十七日一书并大印拓,想月末可至。今有车便,将石印寄上,乞察入。西泉乞棉纸精拓鼎图四五纸。今因敝族家庙有小工程,监修月余。金文册读毕,已记于目,尚未及详注于册。虽不敢轻动笔，亦思尽心玩索以答厚谊之重如所请也。隽叔簋非不在心，尚未访得存处。冬来唯拓藏瓦，多已寄者。新获一敦，字尚真而有损，制作则精而古，直亦甚廉，亦近来不易得之事。拓上二纸，乞鉴之。来春当拓镜也。傅足日内当还，有事尚可来人一次。此问台安不备。馆愚弟陈介祺顿首。光绪乙亥冬日长至未时。

一八

伯寅仁兄世大人台坐：

十一月廿八日得十月廿六日、八日、十一日三书，闻清恙竟尚未愈，极为念切。虽示所用药，而所患未详，唯祝勿药之喜耳。尊即指嬴季，且有二爵，簠则终不知在谁手。金文册正月有行者必缴，《秦前文字语》正月校删录副再寄。钱化拓一束，敬谢敬谢。起居未安而远惠之厚如此，感悚之至。近所得唯残瓦二三十片，中有一秦诏残瓦至佳，今拓上二纸，惜非三代可入真赏。今年止拓石瓦毕，明年拓砖镜。装金文册毕，当附装，装就当以一分至都，与同志共赏订之。前瓦拓如欲补，或付目或付拓补足。终岁无不拓之日，且继以夜，劳与迂甚矣。仍思拓尊藏与山农、仲饴所藏，不知能遂否？手此，上问台安。不能书红笺别具奉贺新禧，唯上侍康和福履吉绥为祝。馆世愚弟陈介祺顿首。光绪乙亥十二月四日丁卯夜。

《全生集》粗校一过，颇有舛误，容再覆定寄上。可属人再校正，勿即出为企。又拜。

在朝者固不必以言见，在野者更不思以言显。虽位不同，然其先世受恩则有同者。今日时事有不能已于言者，妄列于左，其有可取者，或值可与言者论之，不必自陈也。缅甸之于印度，接壤处必是天险难通，是其外面，其内面则与中国通，故隶版图。洋人志在通商，其利在铜，其隐志则在由滇入缅，以通印度，以窥伺黔蜀，而大收鸦片之利。滇所产之烟，不下于印度也。彼据其利，则以我之财攻我，我能得人，则可以我滇之财守我滇之土，而与缅为唇齿之依矣。彼据安南，则可以窥伺闽粤。

我有土即我有财，有人则能得其土之财而有用。归实用即不妄用。患贫患寡，反是只是无人。

机器之设，京师尤不可无，自通至津，亦不可不严为设防。京师设机器局，则讲求可以得实，而不仅据外省之言。

有机器则须有能用机器之人，练兵则需将才，安百姓则须贤吏，而将始无内顾之忧，朝廷能知人重德，而后贤大吏始能率属以安百姓。

程子言"御夷之道，以守为主，不以战为先"，朱子言"外攘必先内修"，实为至论要语。

水战是以短攻长，必不可。

内奸见利则为蛊，而招来接济之。向导间谍种种。

粤东夷人所作石室，十余年未毕，高大不可测度，宜用洋法照图呈览。夷人各处所为同。

各海口形势，均须照图。夷人各驻扎处同。

夷人所造火器、器械、船只一切所有之物，皆须照图呈览，并存密处，使大臣任事者共知之。

东南财赋，中国之所以生也。

近畿之地，中国之心腹也。

烟台夷人兵船所屯住之地，其火药、器械、粮饷为至津者所取给。

大江则轮船只能到宜昌。

煤炭乃今日大利所在，湖南北有出煤处，不如台湾者好。机器轮船，非煤不可。今日煤炭之利，虽金银矿不及。

盐归场灶，不禁亦便民。则大利在上。惟内中所用与宫中所需，皆取给于发商生息之款。虽成本久无，而不能改而去商以此。

大兴蚕桑，亦一大利。禁鸦片，禁用洋物，则中国之利不外泄。

裁兵练兵，以期实用。

炮台以有土者为上，土沙可制炮火及炸子。

一九

伯寅仁兄世大人台座：

年前后至今五奉手书，未曾一复，以正月初旬小病，又多扰累，又《款识》册未读毕写毕，公车多便，竟未裁答，歉歉。春来唯台履多福是祝。所示金拓，唯罘罳至佳，次则诸女方尊，疑非匜。祖■丁。尊敬谢，铲币拓亦敬谢。余皆非尊藏可比。瓦器拓，子年已寄，亦常品。小当似不足存。《秦前文字之语》冗未及删，前抄本仍乞还，以便照删。万勿即刊。上庸长司马孟台石拓，如有拓副，乞一纸。拓者北来本不易，人尤难妥，不敢冒昧。窃以精拓传世，方是己物，不然何以信今传后，岂可虚此一藏，因循瞻顾？敬推愚妄而已，勿过劳清念。锦山石拓未刻，与金文六册同缴，乞检收。有无磨损，乞示。纸封册面不耐看，或易之，敬谢敬谢。祺正月十三日得子，二月末长孙阜幸列郡庠，并附闻。前寄瓦当拓，不知已装册黏本否？如易寄，尚欲检年来所拓补足，以此种多同文，非检目所能晰。今春拓镜，夏秋拓砖，近日拓者多间断，装者亦病，凡事久则难耳。起居当已平复，念念。手复，即问台安不备。世馆愚弟陈介祺顿首。光绪丙子三月七日。

附古瓦器拓五，刀化拓二。

二〇

伯寅仁兄世大人台座：

三月廿九日奉十六日手书，知《款识》册、海东古篆石拓已至，想无恙。所奉答者，义理、文字皆无足存，乃既欲付刊，又已付装，寄示命题，唯有愧悚，乞置之敝篋，勿令今讪后责，则尤感厚爱耳。公姑卣是佳品，余字少不精，不识可少收此等否？虽无隙地可容拓者，而多宝不传，精拓不布，亦深为古人怅怅。精拓而多存之，以俟其人，尤为大雅企，不可徒存而虚此岁月也。爱今爱古，同此一诚，过虑者自有以处之，可不相妨，不可不作也。瓦器玺字拓四纸附鉴。手谢，即问台安不备。馆世愚弟陈介祺顿首。丙子四月朔壬戌。

二一

伯寅仁兄世大人台坐：

廿二日奉十日二手书。于子年书中知已光复，而未言何部，书中亦未及，唯遥贺而已。煦堂借阅金文五册，允并寄读，先谢，唯读则乞宽以时日也。装札三册，题就缴正，愧悚无似。中惠父敦疑之，文䒑●尊、虢叔簠、父辛觯亦疑之，此等皆可撙节。而拓用薄扇料，照图则仍望扩充。至于来拓，则不敢冒昧。地既隘，则上品次品可分存。所言虽戆愚，然不如此则无以为君子之友矣。新得古印四，拓上。即请台安，并贺大喜不备。馆世愚弟陈介祺顿首。丙子四月廿五丙戌。

二二

伯寅世仁兄少宗伯大人台座：

廿日得月七日手书，并示新得中师父鼎、周业生敦、子负橐爵拓，俱佳。鼎，叶东卿，字非金文佳者，后二行作小字，三行"及商嫡。考"文不它见。敦非一，此似李芷龄先生藏，尚有一阳安量，俱珊林丈为鉴者。爵字古厚，下试审有未尽笔画否？龙姞敦竟归尊藏，虽数杞伯敏不足敌，且花文不习见，盖无字未必伪，即伪亦胜木盖。登州尚有一䇂鼎，不甚完，䇂自是古究字，何不并收之？疑者、伪者可力汰之，则当竭所见代定，即或过，必无不及矣。刻书如有廉生畏人知之见，则可不言为谁藏，而并它藏同传之。传则必不可失真，字与拓图与照者校，皆不失毫发，则必传。祺之所以未成书，固无学无力，尤未得人能知此意助成之耳。小午少农有一方尊盖至佳，乞借拓分数十纸，所藏不少，未知皆如此器否？周客鼎三字似可疑。袁藏拓如多，亦乞录文。金文拓能多得固慰，得录文录目亦慰，或藏或目睹，则力与势必有不及矣。王戟门之子入都，携其旧藏过此，未得见。嗜好不止于古，而玩物又无一不好。长安小住，纳粟之资，未必能足，廉生或识之，选拓所藏，不知可否？新得一汉器，字曰"革曲"，<small>或是印，则"曲革"</small>。如印而大，背中有铜如柄⌐而断四角，四圆条似系于柄，<small>亦断</small>。未审所用，拓奉考定。⬨。新又齐出，然非三代比。又古玺文五，<small>又古银玺一，小</small>。其似口部者乃齐出，均拓上。手此，即问台安不备。馆世愚弟陈介祺顿首。丙子五月廿五日乙卯。

二三

伯寅仁兄世大人台坐：

闰五廿二日雨后得后五五及十八日两手书并金文拓，敬谢。兔盉旧传世之真品也，🔲父辛卣在可信之间，子中伯匜则不取。盘而曰盉，何耶？小午少农方尊，可宝之至，昔仅得盖拓，今见器拓尤幸，仍惜拓未为至精耳。🔲自是寝，🔲，友，利，黎，🔲，环，从止，未定，章，璋省，未定，🔲，它，🔲，止，未定。又闻中有隔，未知其制如何？守敦非叶物，或一器叶藏其盖，是否？🔲圭之🔲与下一字，乞考审之，尤企再付数拓也。敝地真成大旱，不得透雨已将十三月，种麦得食，尚须十一月。

秋雨若足，不过菜蔬或充一二月饥耳。无可移之粟，无求食之资，真不知如何矣。此问台安不备。馆世愚弟陈介祺顿首。丙子六月十四日。

尊藏既专收三代文字，则秦汉即可从缓，更无论六朝。藏范甫拓，止齐刀二范、宝四六化一范、六化一石范为三代拓，各一寄鉴。祺又拜。

二四

伯寅仁兄世大人台座：

十六日奉六月中及廿三日手书，二敦拓虽胜簠，然𢆉字过奇。昶匜是长山袁氏物，却无疑。爵字不在錾内即新。园亭之乐，祺不唯无之，即书室亦无一楹，不得已于对门构数间，亦久未就。今年不知何故，身心无一日得安，文字之乐，亦不能暇，况其它耶？旱灾在民穷财尽、人心不靖之时，既不敢设想，而时事则徒传少荃节相至烟台，隐忧更深。天乎天乎，奈何不自强耶？手复，即问台安不备。馆世愚弟陈介祺顿首。丙子七月廿日戊寅。

二五

伯寅仁兄世大人台坐：

八月杪奉朔日及七月廿五日手复并𢆉壶拓，字与太史𢆉友。字相似，或亦友耶？齐刀甚富，均谢。刀拓以两纸本夹之，便可反覆上纸上墨，且折齐易正，一面上墨毕即上纸，使与下纸相对又易正，且一律裁纸分拓，则面背易渻。凡小物两面者，皆可如此拓也，未能无好。册谨缴。小午少农方尊，切企得棉纸精拓数纸，不易拓则字互见数拓亦可，真不易靓。拓不出者，可摹则摹之。附上自作自书一联求教。即问台安不备。馆世愚弟陈介祺顿首。光绪丙子十月望夜。

＊信封：外《款识》二册一封，勿湿。交米市胡同，呈内廷南书房大理寺正堂潘大人台启。祈赏京票六千。

＊信封：外石印二方一匣，呈米市胡同内廷南书房大理寺正堂潘大人台启。祈赏京票四千。

＊信封：内附何馈一、李释一，徐足专呈米市胡同路西内廷南书房潘大人台启。力资京票二千。

＊信封：外乌鱼穗一匣，册目一本，金文二百九十七纸，石拓二纸。内廷南书房潘大人台启。

＊信封：外金文册一函封，石拓一幅，傅足慎赍呈米市胡同内廷南书房署刑部右堂潘大人台启。拆封验明无损无湿，祈赏京票八千文。

＊信封：外碑拓一封，呈米市胡同内廷南书房大理寺正堂潘大人台启。未湿则请赏以京票六千文。

余归里廿余年，病中久不作长安书，书亦不至。鲍子年夔守退居日下，以臆园野人自称，乃屡致书，并伯寅少农书、古吉金文字寄，不能不答。然吉金文字亦非询者不敢答，今竟以所答装三巨册索题。窃谓古人有真理乃有至文，书艺亦上者造极，次者有法，三者祺皆未能有所辨晰，仅用心于书艺，别伪于拓墨，求精以传古文字之真，而不敢不谨，所言非于理与文有可取也。倘不以记问浅陋责，而以理与文教之，俾得少有获于古训，而所言不至可弃，则诚至幸也夫。光绪丙子四月十二日癸酉立夏。陈介祺时年六十有四。

二六

新访拓文登晋咸宁司马长元石门题字二纸，敝藏石拓十四种，乞察存。大著先缴，乞录副见寄，以便增注。即颂廉生大兄元安。弟陈介祺顿首。癸酉九月六日。

二七

廉生大兄世大人左右：

去冬得复甚详，愧久未答。兹从子年兄交寄正月廿九日书，并房行卷敬读，笺封重渎，又代酬直，惭感惭感。闻三月大著可成，寄上敝藏石目又石拓十四纸，齐石尚未及注详也。齐金则鏊鼎器盖、太公和二区一鍨，清卿兄释𨨛为釜，甚有见。《史记》有妪文，器有区字，二名似宜并存。田陈之器，自是齐金。齐人齐语，当兼收之。春来拓古兵两月余，将毕。今日篆一古兵印，属族弟子振学刻。先以归来所得齐地戈矛奉寄，二十纸为器廿一，瞿在其中，其又十三纸则非齐出，而并附焉。就中惟吕不韦戈字极佳，确为斯相书，惜仅可见铸款诏事二字，其凿款则纸厚手重，拓未易见，拟摹刻拓附，未及作也。齐瓦则子年处可看。齐砖尚未拓，虽少佳者，却有一三代齐字者，亦足自豪。诚齐知齐之消，吾辈必不免矣。胶东食官金刀，柄惜缺其半，并拓寄。又有古罂字，亦创获之奇，均乞大雅赏而考之。复吴退楼书就正，乞即寄清卿。清卿书至，此次尚未及复，乞为道念。贵师伯寅，子年观察，乞先以此书拓同阅。《传古小启》之事，恐子年增出闲扰。若有二三百金，则可为二年延友之资，并可以及至契。第残缺零星，或为人笑而悔，然一人因此重劳，古人有知，当佑之而有以相贶耳。武氏石椁铭尚未见，荷蕢丈人拓可得否？孟鼎至否？车载须厚护，伯寅不自往致，自必迟矣。手此复谢，检拓已一日夜，不及他述，即问著安不具。世弟陈介祺顿首。次儿、长孙乞晤教之。甲戌三月廿三日乙丑。

二八

廉生仁兄世大人左右：

廿六日得五日手复三缄并金拓、小字《说文》之赐，敬谢敬谢。适有急足，先寄日内新获魏齐三石拓、崔鸿石拓，余再复。即问著安不具。弟陈介祺顿首。甲戌四月廿九日亥正。

二九

廉生大兄世大人左右：

四月廿六日得月五日手书三缄,于廿九日具一纸敬谢,并六朝石拓四纸,想已察及。详诵来示,辞气既远鄙倍,又过撝谦,实获我心,唯愧弗荷。大雅之于古好,可谓深矣,尤望于已得者则如恐毁伤,未得者则爱其文字而聚之、辨之、思之、传之。于古人之书法,则求之于吾腕。于古人之叙事,则求之于其例。于古人之用意,则求之于其理。于古人之作字,则求之于其义。虽此传世之千百器,仅古人之一事而不能赅备。然求古人文字之真,则舍此别无可觊,而求之之所得,则在乎吾学之所至、吾心之所之为浅深,而不同于好奇玩物之有妨于心德矣。古人一事之不可及,已可见于此。然其所以能如此者,则圣人之学,先王之政,固有以贯乎一事之中者也。博者事物而约者理义,因古人之器以求古人之心,想大雅必不以齐人之迂言为远于此事也。

退楼、子年、清卿诸书,均乞索观而详诲之。切企切企。附上玉拓一纸,石拓三纸,乞鉴存。即问著安不具。弟陈介祺顿首。甲戌五月十一日壬子雨窗。

退楼所藏有至佳者,而不肯汰,殊可惜。所跋则必不可言。虽其文有万不能尽识者,然其间亦自有意义,常例二语甚是。南中人语亦偏,有聪明有传授,且为之者多,惟未能切至耳。不求古人作文之法、作字之法,如何能不隔膜?然学问无穷,岂可自是,唯用心以求真知而已。太史公谓齐人"阔达多匿智,其天性然也",自是推许有不可及处。齐人只是心精力果,求骨子不作面子,拙在此,长亦在此。以貌取古器,则貌伪者至,以奇取古器,则伪奇者至,然不能于今日所见之外有真奇,不过仍以所见移而赘疣耳。不成字,不成文理,不成笔法,不成章法,何以为古文字?不真好,不真用心,见色泽即疑为字真,见形似而不求甚解,守真器数十百,见真拓数百纸,而复大收伪字,叶氏之覆辙也,岂可蹈之?蹈之则仍是玩物之习重,而好古文字之学轻。寒士能拓能收古文字而讲求之,岂有力者所能逮乎?伪刻必有斧凿之痕,以铜丝刷去之,则又有刷痕,而字锋又失。且旧物手摸即可知,铜玉等皆然,古物皆然。伪者必不浑融。伪者斑下无字,斑中更不能见字。古器过朽,铜质无存,则字不可剔而可见。真者字底有铜汗积灰,必不能伪,铸字刻字必可辨。铸字佳者,每上狭而下宽。古人之字只是有力,今人只是无力。古人笔笔到,笔笔起结,立得住,贯得足,今人如何能及?不知只是未向此中追求,好古必以文字为主也。不识字之铜贩,多见出土器即能辨其真伪,学士大夫乃不能辨之耶?见拓本即可定者,以文字知也。疑之过者,非其时代晚,即其字不精也。宋元仿而入土者,字与制作不能不逊,色泽即有极佳者,亦其用古铜铸者也。古人模范之精,今多不能思议。以土为范,范上以刀画之成格,格上漆书字,字上再以土堆成阳字,铸成即为阴款,铜每极薄,耳足中又有土范。岂今所能为?蒙臆古书有刀有杵,聿即从⼁⼁,古文字似有此两种也。内外范合而质甚薄,何以不少误?铜不细,剂不良,不能无少缺。铸范留气孔不合法,则气在内而金不即凝。花文与字有拨蜡之说,而今不传。汉器及印中均有土质,法尚未尽亡,瓷器大行而古法荡然矣。书自有时代,相较可知。书亦有工拙,书亦有王朝与各国之不同,文义亦有定例,多见类推,自可知也。古器之直,十器不敌一者,即可如十器之直,百器不敌一者,即可如百器之直。少收而精择,少许胜多,亦未必即为过费也。况不能十器百器之直。要之,见得真,看得细,尤在心稳得定,是皆出于读书。游艺之余,信手书答,就正好学深思之前,尚望时有以教我。平斋亦知其不能致力,而姑言之者,以愈讲求愈细，所见愈有贯通归宿，而重有望于海内君子之相教诲相切磋，而非专为平斋发之也。

考释古文字，蒙自言读书识字不多，非虚语也。衰年不能再博闻强识，年来课孙《蒙求》，于义理少有所见，进于故吾而已，非有所知也。推之读古文字，亦少有能断处。窃谓不博则无可断，博而不能断，则不能折衷，而归于是文品之高下浅深。章法、起结、层次，皆理为之。汉儒之功在于存古，宋儒之功在于明理。理明而前圣之说、先儒之传乃定，天地万物之理乃明，吾人心身之知乃切，其博大孰能过之？特不侈矜多富以为炫耳。义理之次即是文字，无文字则义理亦不传而晦。今日唯此吉金是天地之藏，祖龙之暴所不能尽发而焚之者，可不重乎？释之以多见为第一，考经为第二，证许为第三，有据者断之，无据者则桂氏《说文义证》案而不断之例为至是，不可徒博，愈引愈远，而愈无当也。荟萃而不能断，只益芜杂恍惚，亦奚以为？至取伪器而长言之，更不知所谓矣。止刻金文释其字，考不必其皆有，有亦不必求多。以字逼真得神为主，释不定者阙之，或两存之。书成易而古人传，我辈之志慰矣。同治甲戌五月三四日雨中。陈介祺再拜，上复廉生农部世长兄左右。

拓器爱护色泽，必先以纸糊易磨与手易抚处为至要。

此十纸未留稿，乞属人录寄并摘录寄清卿学使为企。随手写去联，即来示书所见及者而已，切望正之。

尊藏古印与子年所藏之可假入《印举》者，乞示寄，不固请。

北周武成宇文仲造玉象。此真是玉象，非白石之名玉名玉石者，似又在崔鸿、杨大眼之上矣。此拓工吕守业所拓，每日不过一纸。又纸墨等费,未能应海内同好而未识者之索,是以有《小启》之白,而欲为古人传之,为至好共之,非为利也,不可则止可迟迟矣。恳乞鉴之。

魏永安张神远造象。魏兴和马都爱造象石坐。六朝耿僧文造象石坐,与四月廿九日所寄武定、皇建、河清三石同出一地,惜年月在佛象而今不存。黑苟或即皇建之田黑苟。

崔懃石其象已缺,惟余二足。大著敬谢,尚乞再详考官秩见示为恳。字系重刻,尚有痕迹,当系改刻官秩也。录稿即缴。

古兵共三十余种,云廿一,或有遗耶?内出吾齐者,已注明。拓工往琅琊台,月半后方能归。石瓦砖须伊拓,但需时日耳。延友既费而又难妥,《传古小启》之事如可行,寄费一二百金至,子年前有所言,以有扰则可已,复之后未得复。子年所言百余金。当多使人学拓,多购纸墨,或可少速。用人大难,求精亦大难,传古岂敢惮此?早有以酬同志,子年、伯寅、清卿、退楼诸君同。或藉此耳。无索者则不必言,有则过渎,心不能安。大雅当喻其意,而知其不为鄙也。

丁刻武氏石椁铭尚未见,何馈丈人石、新出祥瑞图石同。闻轩辕以此居奇,且移存其家,而时以修石室醵资。得者寄观即缴,不必先以见赠。永寿残石已得数纸。凿石之弊,皆玩物之见,亦可见人情之不古,人心之自私矣,岂复知存古人之迹于其地哉?近以见三代文字为幸,秦汉六朝皆其次矣。

孙氏之斧似伪字,制如今木工之所谓锛,与攀古所收均疑之,斧必有銎。今人名为币之❏器,蒙谓即今之锯,不利则错之。

金文石理,爱若肌肤,好之必当如是,方为收藏。碑估当遵不令拓而自令人拓,易其所售者,尤望推此以爱古文字,片纸而极珍之也。祺又拜。

齐东伏生冢为水所侵，得旧石有"☐当是汉。征君伏生冢"六字，似是六朝以后书。友人近寄一拓至，再得当奉寄，尚可存。

三〇

廉生仁兄世大人左右：

六月二日得廿二日夜手复，知近有河鱼小恙，想已元复。病中犹劳见答，感谢。唯搞谦每用红笺，乞勿再施。其说含英六字太过，它亦冗长，均乞恕之。寄上新拓琅琊秦石廿四纸，其东面二纸，此次剔出之字"为之者"。清晰二纸，校之可见。乞兄与清卿兄分存之。其廿纸则乞兄与清卿代销，一纸一金即可，拓实常工所不能，惟冀好古者有以鼓励之，何拓则销二金。有同好者易以精拓金石亦可。再乞代恳清卿兄假付苏亿年京平百金，由京中求吾兄代缴，弟得示即奉寄。倘清卿都中无用处，则不可矣，向来寄京汇兑亦甚便也。外此次寄伯寅兄书录上请正，并寄清卿前书，索稿来时。均乞从直批示为感。手此，即颂暑安不具。弟陈介祺顿首。甲戌六月六日。

临仲饴，乞代致假观瓦拓六十种交来足。又子年处尚有泥封可入录。

三一

廉生世大兄农部左右：

七月九日徐吉还，得前月廿二日手复，长言过爱，唯有悚愧。足下心锐手勤，文茂学析，所至真未可量，反复益深钦向。至愚之所至，则前已自言之，尚乞有以教之也。前后各书，当属人写出，以所见者请正，将来修饰删节，尚可付刊，以存吾齐二人往来之雅也。此次且未详复，兹检吾邑所出古齐字砖五，各拓一纸，并吕工精拓藏石大安李节造象，<small>大安五字自疑</small>。魏延和元年壬申巩伏龙，太和刘女共姜，正光严小洛，孝昌杨豊生，隆绪女官王阿善，北周保定马落子，建德邹道隆妻尔僧香，隋开皇张信，仁寿大都督齐慎略，开皇姚长宽，北周别将辛洪略造象共十二纸，均乞考定。豕形敦，邵道生、王兰菀石拓，敬谢。金石目仍缴，往来必寄，可省别录，亦可注一二事。凡事能过细，具见精力，然亦须自爱，为大者用也。子年云清卿欲为刻秦瓦，感不可喻。秋末当检齐，与秦金同寄之求代刻，不必出弟名，叙中及之即可。仍当缴资，且以文字重报，乞先为道感意。《传古启》事，今销一分，当检一分求寄清卿，不能销则清卿留之，以所得复者或精拓金石相惠即可，亦乞阅后与欲得者一见，使知其甚不易，而真好且有力者有以助其传而不哂其为贱丈夫也，否则何以供其传耶？清卿得风翔出土方鼎，余定为商，一敦字亦至古。想所得必多，乞属教一拓手寄吾二人，且望收目，以便再寄。齐太宰归父盘、陈侯因𬭚锌、敦。陈侯鼎、陈子子匜拓奉鉴。孙氏器形仍不敢定为车饰，叵侯鼎字见于任城召器之害<small>宪</small>。鼎、燕释甚定，郾王戈亦可定。汇苏百金事，勿固是企。高丽笺止便手目，作复少易，不薄滑，切毋令作。笺版直上下刻者，知已令作，感感。寄来簠斋二字小印二式，乞令仿刻于版后，吉日癸巳封筒乃看色，若已仿，即令龙文斋自售亦可。东洋皮印笺亦佳，未知有否？南中七八十文一番，附一片作式。尊藏石及印，均乞精本。

小事多渎，惶悚不安，乞勿代付，使不敢有所请也。此问著安不宣。甲戌七月十一日壬子。弟陈介祺顿首。

三二

廉生世大兄左右：

月十二日手复一缄并金石拓一封，内原目外黏稿一封，想已至。秋爽想动静甚适，著作益勤，羡慰羡慰。近来拓爵甫毕，徐吉北上，寄一全分与吾良友暨伯寅，乞鉴释之，匆匆未及少注所见也。窃谓秦以前是一天地同此世界，而与后迥不同。盖自伏羲一画开天而大文始著，文不外阴阳，阴阳即是奇偶，奇偶即是单双，<small>奇之两面即偶，阳下即阴，离即无物。</small>即是虚实。至文王周公极世之文，至孔子极人心之文，至秦燔而自古圣人之所以文斯世之言与事荡然矣。汉搜残缺传闻，而圣人之言不明，先王之政无据，千余年如夜行。至程朱而圣人之心始明，先王之政则仍不可详求，如秦以前之人世界，恐终天地而未必可得矣。蒙是以于三代之文字有深嗜也，尝谕长孙阜以诗曰："天开混沌由文字，人扩灵明亦在兹。大义微言常不觉，终归混沌又何疑。"乞教正之。清卿处乞致感念，尤企其书不置。手此，即问著安不具。弟陈介祺顿首。甲戌七月望后二日丁巳。

以廉生之文之才，何以不早得科第？止是看不起时文，**揣摩亦当具眼，开风气不跟风气，须作正学外另一件事，得则专于正而置之。时文于文理口气过细处极有益，故学校举选不行而无以易之。未能实下功夫，作得完密又有精采动人，决能制胜。即文与才有可观，而未能无可拟议有罅**

漏处,或使然与?此欲作又不欲作之弊也。功名既非此不能出身,各处凑来为面子用,而又有精神线索,敲开门后,弃此无用之砖,未为晚也。知彼知己,可以一战,徒咎人何益于事?求中式而已。求以闱作见长,亦有何可取乎?使人欣喜鼓舞无可指摘,而中间自有一二见我之高处仍是平正语,亦可传矣。七月二十五日。

三三

廉生世大兄左右:

月之中旬,尹姓车与徐吉先后奉致二书并金石拓,当已察及。兹将六月所复长书,随读随注俚语。于抄本下,又不自知其言之长,今由傅冬便寄请教正,尚企贤者再有以启发之也。此与前所奉寄之书,子年、伯寅、清卿之书暨见寄之书,均乞索录,刊削改正,共存一稿,以志往来论订之雅。其鉴别拓装之有小可取者,亦附存之,可倩抄胥,不必求善书也。潘刻本校过,并附又一纸,亦爱忧慕之心所发,知它人见之,必以为好古者之俗乃如此也,一笑。附上聊敦拓,四耳方坐。乞考定之。此问著安不具。世愚弟陈介祺顿首。甲戌七月廿七日丁卯。

三四

廉生世大兄左右:

七月三书、八月一书想均察及见复,日来唯企清卿学使书耳。金石无所获,须登场始能出,春秋耕所得铜器易物也。中秋近,拓友归,唯吕工尚登登不辍,须拓齐一类乃奉寄也。吾兄与仲饴为伯寅贵师录金文册目,惜未及字数与释与已见拙释,既企补校,尤企再以仲饴家旧藏册校录之。既出敝藏外不能多,则亦不甚费力矣。文登崮山集晋咸宁司马长元石门字二纸拓不致,可赠同好。今秋不能往拓矣。此问著安不具。世愚弟陈介祺顿首。甲戌八月八日戊寅。

三五

廉生世大兄左右:

中秋月上时徐足还,得七月廿九日两手缄并印石、联纸、市平小宝十两、鲍书、罗文纸、幼云书、古币拓一箧、鲍刻书廿本。前奉书稿,胥抄竹纸即可,勿再如此。敬谢。承复之详,非敢私感,可见以平日读书穷理,不敢放过之心推之应事,方能如此过细。人止是一心,小处不苟,大处方能不苟,有位者侈言"我于小处虽如此,遇大事自能当得",乃自欺欺人之语,不知平日已误天下多少事。职分久已久缺,遇重大事,不能别有一心应之恰到是处。所望贤者以此应事之心,用之平日读书穷理而加详焉,使爱才之诚,他日得获知君之誉,而天下被其泽,一乡被其惠,则不仅一古文字之友矣。迂妄忽甚,幸勿示人,使嗤病狂也。学问之事,全在分析而不笼统,笼统止是不分析。分析得十条路出,方知此一条是九条皆不及,而知之愈真,行之弥笃,是皆能分析之力也。尚乞教之。推之书不字字句句分析去读,文不字字句句、段段节节分析虚实浅深、开合反正去读，碑帖不分析钩撇点画起住一笔笔拆开去学，止是整吞狠捉，何由得一分明路径？分得清，积得富，又见得同之不同、不同之同，则合之而大，贯之而通，小大盖莫不然，特在人权轻重而用吾心耳。自愧精力已衰，涵养不足，是以竭所知为贤者告之。清卿何久无书，实心考校，自是重劳，可言勿多用人，防弊以增弊。止坐堂大半日，前无一人打戳，无起讲者，撤验多取面覆，即可得真矣。苏七之款非要事，所得金石文字所刻书，乞询之。齐刀今命吕工速拓，乞一分自存，一分为致石查兄，并先谢允惠藏印泉拓之诺。高丽笺如此已可用，不必求贡使者，非欲如式至佳，只以年来忽作古文字往还，常行八行过劣，是以各处奉浼代制，今又荷饬工为之，感感，唯求以缴直为安。赐答仍用红笺，乞亦刻版，作足红密行斋名笺相往来，既慰亦便读也，切企切企。允拓藏石、假藏印，先谢。印乞先付拓本，如欲问作印泥法，当再述。近所用钟鼎文小印乃自篆，令族弟佩纲子振学刻，始犹拘弱，今渐长进，复以所存谱中古玺印与钟鼎文字同者令摹之，尚有六七分形似。已将卅方先作一册，寄请是正，又四册乞致贵伯寅师、子年、石查处，可否为之一销？自五铢以至一两，无不可者。寒士以刀笔生活，如再有索者，当即再寄也。印皆《印举》所无。尊印本当令即作，唯丰姞敦中字似而未定，自尚可用，第三字则未检得，必不可以臆缀。又古文字皆不可排比，极力缩去，不能甚小，可检全七字，油素摹出，再缩小配合。古文佳处即在空处，离奇动荡，当可知印石之不能容，愈古愈佳之字，愈不能小，乞以所赏字见寄是企。或寄他石，此石改刻何字，或为人寄刻，付有金文拓本摹本字样尽可多刻，尤感奖掖之意。子年札缴，《区鍈释》，清卿颇有所见,胜于弟说,如未见,当并录上。得器时考而未释。吕工已如命鼓励之,当令以精拓为谢。委书联再缴,如有佳纸,不松而浸渍,不粗而干涩,无矾蜡之新纸即可书,乾隆淳化轩笺即宜书,四十年前者亦可。有联语更佳。联大扇小俱无妨。弟久不书屏,小字题古文字则乐书,年来喜用大笔作联,即三四寸长羊毫亦可小字,但苦无大而佳者,未识厂肆可遇否?示及生性迂拘,大小必期详尽无憾,此以鲁得之之质,亦吾齐土之所偏。若自谓精力有限于天者,则正恐未曾用得出分析而专精,知所先后,则精力不可限量矣。第二函闻嫂夫人又作去岁旧恙,想已愈。医与地理是人不可不知者,是古人学问中之一事,无学问何从知医理?读书者守古方而施之非其疾者,是以皆模糊也。八月廿七日晚傅足至,得十一日夜书,知作腹痛,当即霍然。腹痛甚则似古方当归、生姜、羊肉汤为效,若近霍乱而非常痛,则不可。天气渐凉,桂皮煮羊肉大火沸即细火,冷去油再细煮,去净油止。亦可。聘敦拙考曾寄仲饴,未携入都则补寄,必不伪也。年来所复伯寅、子年之书,乞集而命胥抄出,与今寄言拓剔吉金说清稿一分,乞并选择删改之,书则存往还之雅,说则附为同好之览。又乞于前言钩刻之说论刻传古文字之事,详采成则,使剔护拓钩刻以及别伪之事俱备写本见示,实所仰企。即以六月中手采者为底本,拟于家中自刻一粗版本,记今往还之迹也。古人作字始于象形,使人见形而会其意明其事,其他则辅翼之而已。后人有许多古人事不知,训不闻,故茫然尔。正之。大保字加王作㻛,使人一见而知为王之保,不同他保字。如玟、珷为王者之文、武,不同他文、武字也。洋纸是怡邸明善堂物否?敬谢。录目所询石所,出售者秘之,故未晰。大安字虽伪,仍是六朝象,与石俱古也。金文五种,敬谢。不饮酒可留作引年之养，不谋利亦须知治生，此日用刻刻不能离者。治生不外量入为出一语也。大则制国用，小至画齑分粥，亦是此理。古圣王之用，即祭祀亦随年之丰歉，其谷数即于公田计亩均分之数知之，其民数则乡党无不有在官者，时时皆有记载，合之即知，亦在日成月要岁会之内。后世不唯不知其真，亦无从稽其数矣。举选即在乡学国学之中，天子、诸侯、公卿、大夫、元士之子皆同在大学之人，所以上下志通而若一家一人也。君农曹，古司徒属也，读《论社仓策对》，久钦于怀，故触绪妄言，以冀诲复。即问著安不具。弟陈介祺顿首。甲戌九月二日辛丑。

三六

廉生世大兄左右：

重九后一日得八月廿四日、次日手书，知尊体又于月十三日后自酉戌至子丑作寒热，想已调摄全愈，殊深驰念。若果是疟而非伤寒之作寒热则尚轻，日日作者亦轻。疟有小方甚多，或择其近理而无妨者试之，然此刻当已除矣。勿早履地，却是要事。嫂夫人想已安健，均为代祝。清卿兄书诵悉，敌尊字似伪，虽有阑痕，不敢据也。方鼎与敦自是商器，宜子孙行镫是汉市鬻器，东井小当则亦疑之，近日因获利，作伪日工矣。承代致清卿交苏七百金，已见收字。今由毕芬便寄上百金，附目一纸并详注，乞代交，余者所付或不足，或由寄款补，先示收字，从容见复可也。琐事不必详答，唯告近状以慰悬悬为切，切勿勉强说闲事也。尹车之书已至，余俟车便，复清卿书并瓦册瓦拓一箧均交子年，子年书亦未封,如已不畏劳,乞披阅再致子年。子年屡言清卿欲刻秦瓦,今又来询,云今冬必可刻出,可感之至。闻有此便,连日夜手编一目,他事俱不暇。贵河阳师书来,止钟拓,无字十之九,不作书矣,且昨书甚劳,亦欲少息,子年书并书直目仍缴。手此敬谢,惟新念珍卫是祝。弟陈介祺顿首。九月望甲寅。

三七

廉生世大兄左右:

月之四日得九月望暨后二日手书三函,欣闻清恙已念,深慰系念。唯元气未甚充时,肢体不可不少运,而必不可过劳。今作答如是之难,乃如是之多,可见心迹之殷,尤念劳之或过,切企善自护也。药尚服否,一是如常否?凡晨起日初出时,阳气下压,阴气在地面,日落阴气上地面,正午阳光极盛,夜分子半时,皆须善护一身阴阳之气,勿使为两大阴阳之气所侵,勿失所养。冬至前宜定心气。暖须去衣再饮食,食须午后勿过饱,新念宜少食加餐,均乞留意。药皆补偏,过则又偏矣。承示起居甚详,具见真契。法书中锋直写,尤见临池心得,不经意乃真本色,若再于两端求古人法则必传矣。族弟子振蒙推爱嘘植,感谢感谢。从**王**从**朩**之古玺未得见,乞惠一纸或钩本亦可。尊藏印如古彝器者,亦欲先睹。庚生高丽笺想无多,止须此种五六百或一千,伯寅赠二百,已用过半,清卿处亦用,他不用。唯有请则惠之,使同求取则必不可,乞勿成其贪也,至恳至恳。翟文泉丈校刻《穆天子传》诸本觅得即寄。印文可否?易氏字仍不能如石之小,当作一稿先就正，若选所赏吉金中字钩寄尤佳。附论《释古文字》《以古字作印》《古人作字》《金文与〈尚书〉互证》四则，乞教之。唯自愧所记问甚陋耳，非虚语也。子振以兮甲盘字为伯寅作字印，又出新意作"八囍斋印"，二而似一，章法尚能化俗为雅，大者可用，方能再小，至小如陈侯因𦥑镎，若集其八九字为印，石已不小，已极难刻矣。复第一函。

石查农部"未可以金石玩好目之"一语，心感之至。蒙见止分此文字玩好界限，故笃且真而严，不敢自渝所守也。印拓谢谢，自以扬烈为佳，朱墨可爱，他则语重未敢荷也。尊履所患，自是在阴分，切勿遽以为不足而过服峻补。寒热自是阴阳相争，不寐自是阳不能入阴，或阴分有病，似是阴分中有郁血未通。见疹亦是时邪，而非虚损之征。时邪初治，即须麦、地以防其铄阴，此吴竹如先生之语。疟多因食水或暑热为夜寒所束，或受阴气而复郁燥气，此言外感，外感者多，内伤者少。须于此消息之。医家能辨虚实寒热已难，其人若能辨一经之中为气病血病，气之下即血，血之上即气，分出上下，再分寒热虚实。而知互根不可须臾离，用药之阴阳，即恰能如其分，则直无其人，唯择其老成而历练多有效者试之，或不药亦得半之道耳。医不明理则不如验方，验方又必须相符之病乃验，试病则不可不慎矣，乞细心体会之。已念勿求效急，勿忘善护也。揣度言病，未可即信，不过竭虑以佐精思之触发，聊寄祷祝之意耳。复第二函。

惠藏代、益、安臧三镈货，下齐镈、下锐钱。铅恭昌、戫邑、爻平三布货拓，谢谢。代似隐隐尚有一笔，益即赗省，臧从臣，乃守藏之臣，臧善臧否，当如古器古玺印从口。铅者难辨，小布则多，皆羽翼钟鼎者也。六朝石有副，再波及，不亟亟。十一钟拓，此次匆匆，下次即寄。今年为东海关龚观察以八十金索去金文二百余拓，复以四十金属装，为作十六册，编次题记，虽劳颇慰素志。录目及题毕即先求正。年来所费过多，不能不思藉此以传古人，又销秦石拓，又为族弟子振销《古玺印文传》，殊近鄙卑。所冀古人知我，而同好者又知其甘苦而恕之，且有以大偿其期望，则自问亦可无愧，而大雅之富收藏者，或不至投而不报，以无人可拓见复，则文字之福或可因良朋而益扩耳。拓事今年颇费调停，可见全交之不易，既劳心又伤财，将来自装册成，当寄鉴定。其有索者与否，听其自然而已，安得有如许大力，尽收此片纸。祺亦安能有如许心力财力，为此遍为玩好之供。止期成得一二十分，留俟异日其人之传尔。自己未尝不想刻，而不肯将就钩刻，任其失真，则僻陋之至难事，是以仰企海内君子而不自私以求传也。区区之心，唯我廉生能亮之耳。复第三函。

《聃敦释文》一册，写手未在馆，乞阅后即掷还再写寄。盂鼎释文想已于贵座师处见之，均乞是正。鼍矶岛石拓甫至，即奉鉴，又借拓齐刀六字者三纸，"造邦"见《商书》，从牛省口加厂。乞致子年、石查各一，又《印举》中古玺印四十七纸并上，今日增二纸。检时记原次，将来录目释寄订疑再复，此已考订一年矣。何馈图拓一，乞致清卿。文字结习，固我辈所不能忘，我思古人，尤寸心所不能已。体元新复，不可因此致劳，迟迟见答可也。白金五两，子振敬谢。即颂颐安不具。世愚弟陈介祺顿首。同治甲戌十月十二日辛巳。

子苾所集金文册在庚生处，可借来以敝藏册目释校之，伯寅有之。录其未备者。久企而仲饴未及为之。尊藏及他家所集，亦乞校之见寄，疑者异者摹之。石印先缴，俟稿定再付石可也。子振所望不奢,此次赠伯寅印,亦无须过费也。傅足午前未来,午后竟得一古圆玺、二戈,皆齐产,均即拓上。又得瓦器上玺文二,一如圆合子盖,径约五寸余,一则一握而已。戈文一是"陈右造钱",而告从金,戈则金戈之间又有笔画。一是"子[囗][囗]即服,见[囗]鼎及他金文,此从女,尚未及考。造作[囗]或是旅车。戈",乞审定之。《古玺印文传》五册,乞如前式赐题。致伯寅一,子振弟奉赠一,勿付直,其三以寄清卿可也。祺又拜。十三日夜。

封函后检案间,遗隅陵之部一纸,平斋以为非古,而不知其非秦印所及即是周末,其印式亦与古同,故附于后。书之时代似难分,而不知多见即可定。斯书今既哀集,其古于斯者即周末书,秦汉印相近,唯书与印制少异,异于汉者即秦印,可无疑矣,乞正之。新增之圆玺,购而未定,故未别。文似即"[囗囗囗囗]"之沟城二字。昨夜缄书后复读来书,记复日乃思言拓传事,恐致良友以索拓为艰。夫往还古文字既不易,而不能不思扩我见闻,考订古文字更甚难,曷能不思就正于好学深思之大雅?且《启》中久已白之矣。祺再上。甲戌十月十四日雨后。

三八

廉生世大兄左右:

月十七日毕足还,得九月廿九日二书,同日暨月朔附封二,镜印拓二封卅二种,知前月望书、银、瓦当册,子年、清卿书,拓册目,均一一费心检点交付,敬谢。唯尊履甫安,致以琐事过劳笔墨心思,不安之甚。况不寐自汗,心经尚未复元,耳鸣亦是肾窍，方当善自爱护，不宜以素习之心劳之而不能自已也。人心之灵，重在知觉。无事则读书，如未曾读，身心茫然无主，即是未能知觉，有事则偏于素习处，亦是未能知觉。能知觉则慎于未病，察于已病，保于病之将念，方能得爱护之正，而非平日细心于理，则亦无从知觉也。吾兄之能用心，若专致力于正学，岂可限量。今既未复元，则当专此心于养，或静坐，或慎起居调饮食，善自推测以释高堂之远怀，以慰友朋之驰念，则尤所切企者耳。近想动静诸臻安健，尚望详示而采纳之，幸甚幸甚，未敢一一就来函缕复也。琅琊台秦瓦可得之，拓乞从容及之。木簏何不一启？中且有子年装册，候册目还，再为子年校补，若寄陕则周折矣。子振一金，敬代谢。镜印既非三代文字，又须展转借拓，勿劳为企。京师伪字即刻铜墨合子者，然否？前与伯寅言，奇而无理、工而无力则必伪，似已道尽。其理与力，则用心于古文字，多见而识之自喻，不能口舌争也。伯寅坚欲刻吾数人往还书，不可却，乞将来删定之，其标题拟仿齐东野人之语，易为《秦前文字之语》，未知可否？其非语此者，概可删矣。各器释，虽一字之说亦可收，亦不可过以己意去取，其稍有见者皆存之，异日尽可改正，再说再入。伯寅书当检汇寄采，子年书同清卿书，同乞与贵伯寅师商之，并相约以识古字论古文为语，不涉入赏玩色泽语也。既专力于此，并秦汉金石以及六朝俱可从缓，唯真伪必不可回护将就，使古文字淆乱。各书己见之所以然，不执臆见，有肯语此者，亦不妨择附。拓本、钩本、摹本必以类聚。字学各书必以字聚，一字一册，以《说文》为次，以金文居首，得一书即分字剪入之，一拓同，于考释最有益，易贯通，积之富且久，自可于羹墙间遇之，若古人之诏我矣。即如大著识《大诰》"宁"

为文之讹,虽未可即以为是而不阙疑,推及《君奭》之"宁王",亦皆从文为长。又金文之体例句读,亦皆可证《尚书》,然其折衷论定,则唯古圣之理与法为可据依。深之则书理明一分,识见定一分,浅之则笔法明一分,识见真一分。自愧管窥而无实学,唯企之大雅与海内笃信好学之君子而已。手复,即问近安。至日阳复,唯气体充盛为祝。弟陈介祺顿首。甲戌十月晦。

附寄藏钟文字十一纸,乞考释。齐刀二种,乞与子年、石查各存二纸,未审及入《续泉汇》否?藏古十六册目甫录一稿,正之。每册加前后素纸八叶,字多而有考及别录释,加一二三叶不等。共四百八十。每册装直二两五钱,红青绫封木板面,此间无磁青绢。拓费则约如《传古启》八十金,共三百余纸也。题字、拓印、检点已三月之久,止索拓本或如此而补洗、弩等亦可,但尚未及拓,或少亦可,有力者则不能甚少也。经年累月椎拓不休,其间破裂磨擦之憾,周旋酬应,抵牾含容,教拓絮聒,收支检护,心力之繁难,束修纸墨一切之费,盖八年于兹,而近年尤甚。此事未尝一日少有间断,今之好尚,共趋于此,或者天欲斯文之绝者少有所续,而有一二好文字不作玩物者讨论之,则此拓之劳,诚不能已。有欲助者,有此一目,可决去取矣。利乃至可耻之事,有询之吾兄者,以目示之可已,勿先为之容而使徒被鄙夫之诮也。呵呵。祺再拜。十月晦。

宏,恭代字。厌乃德,《书》"万年厌于乃德",当均是古餍字。俗,许印林读裕,以为句首,是极。人之裕则从人,风俗同衣则从衣,皆谷中宽裕有容义。《书》"裕我不以后人迷",亦当如此读。我弗以乃辟陷于艰。麻自今,《书》"继自今",《无逸》《立政》皆当今字句,古语也。蔑历疑即明试。诸乞以此推之,有得即以示我。伯寅金文册，子苾金文册，敝藏金文册，煦堂金文册，均不可不录释，汇为一书，未安者必摹之。祺所未见者，乞付一阅，定其真伪，不见则仍不敢信从也。祺又拜。甲戌十一月朔。

三九

廉生世大兄左右：

前月既望、月二日傅徐二足北上，计均至。日内傅足当至，兹有徐足索书，秉烛作此，奉问近履大安，即企示慰。新得齐造邦刀并节墨刀、齐刀三种，寻常，以同得，故并寄。各拓三纸，分赠吾兄、子年、石查。造邦刀欲子年即入《续泉汇》，并说造邦乃告去口加厂，证以《汤诰》"凡我造邦"文，自是太公始封所作，初氏释极有理，可为定论。第四字确是立旁，其半字则不可识，其释就者则以今字约略而定篆文，未免太任意矣。今又得赣榆之青口所出秦瓦残字一，敝邑西南土名营邱古城所出瓦一，此瓦字即仿秦瓦字。皆千秋万岁字，拓各二纸，乞即寄清卿各一，并言所出之地，以佳拓与之。而秦尤古，当以别有于琅琊台者。今有敝邑伪瓦，以水胶和沙土为泥印于木刻，其法名水胶泥。其土似即砖沙屑，但未经火耳。五铢双龙范似伪，可告子年删之，并为道念，勿严齐人求古文字之扰也，一笑。傅足至，尚可有人来，来者皆以得伯寅与君处赏为喜，故程足索信甚切也。此问颐安。弟陈介祺顿首。甲戌长至戌刻。

景剑泉所得小器尚可易得否？嬴季尊、豚卣有人可出重直否？欲收拓本则李山农、丁小农之拓本，历下有可托者，并延煦堂之拓本，均可购得，不过拓劣，颇有售者。吴平斋之拓本，伯寅处自可易得。通州李氏所藏当有数十器，昔年有行九者见其自阁帖轩购一齐亞旧曰孟，当是癸。姜敦也。又拜。

四〇

廉生世大兄左右：

十一月有程足来索书，交伊一缄，至蒲台而还，今复寄。十九日傅足至，得十月廿八九日手书，知文履因劳又小作寒热，病根株犹伏耶，元气未充复耶？曾服何药，日来大愈否？徐足去已一月，日内盼切矣。金石印三拓得一一详复，慰慰。族弟子振摹古作印，既须为之集字，又须为之响拓，增减其不似处，其字外之空处尤不易。今蒙大雅鉴及，又勖以培族，感感，唯自愧所培者仅此耳。平生倩人作印数百，皆不慊，唯同邑王君西泉能知古意，作数印尚可。今以其《印存》就正，但不肯刻过小过大者，又不受迫促，如以为佳，则请寄三石二金来试浼刻之，印文则四五式。果佳则一印数金亦不为过。可用之印不须多，止求与吾书相类，与吾收藏不疥疣耳，否则亦奚以为哉。子振刀胜于笔，临摹尤长，自篆则逊王远甚，摹古亦仍逊王，唯以此为生，故刻不甚迟耳。若以印文集吉金字见寄，为酌定先以次石作大印寄，再以佳石令缩小，自较易也。《古玺印文传》三册，乞以二致剑泉阁学并代谢，其一暂存伯寅，四金亦代谢。尚欲缩小否，欲摹师金鼎寅字否？此印可传，唯伯字少逊，以盘字多泐也。剑泉印式四属拟稿寄再付石，今西泉为之拟酌，别纸黏，希致之。尊印或先示所集字尤企。瓦拓惜未入鉴。聃敦、盂鼎稿以未录副，故乞还自阅，令人写后早付是幸。伯寅欲不改恶札即刻，悚愧之甚，是令不敢作札矣。治生乃作人根本，不能立定操守，即由不能量入为出，今失一素所倚重者，再得人自不易，不能不增累。唯今日人心不可与共权子母之事，学者尤不宜分心力于此，须求之在己之坚定处也。凡事过不去处，收敛向里，自不支绌，特克己为难，而怨天尤人，终无益耳，贤者以为何如？魔障虽是戏言，亦是自画。真知从笃好中出，笃一分真一分，笃一日真一日，笃在小在偏，真亦在小在偏，不敢谓知不真者之皆好之不笃，而不敢不自益笃所好，以求知之益真。所愧者仅在古文字，而非古义理，尤愧均未能实致其力，所企君子能之，而因有以启迪我耳，不可以魔障自喜而自囿也。传古之事感感。前册说既请正，后又少有所记，不如式装册，则不见其可重。将来如册所载，为伯寅与足下补齐，再装册一分，求为存之，以俟助我拓资者。伯寅则已为人来索，亦必有以报之，新正当即检点。甲子余年，倘藉同好之助，得竭心力尽拓传所藏，早与海内共之，亦此生之至幸也。玩好则亦无用之物，何事虚縻，三复获心，能无向往。嘉祥古版之言不可信，数千年无此说也。梁大同石象字，须审其纪元处石磨凹否，它字皆真。宁远印伪，建安砖当真。石查古货拓五纸，谢谢。伯寅言，石查以竹朋与祺言九字刀可疑而不快。夫信必有所见而信之，疑亦同。祺所见九字刀面文，不唯与凡齐刀不类，即其背文与刻画之笔，皆亦不类，故疑而言之，而不知石查所藏有此也，乞代婉谢之。藩署砖三皆伪。历下寄砖瓦拓屏二十幅来售，无一不伪，皆此类也。月来拓藏佛，日不过二纸，今寄北魏大和二年彭雨俎、失坐机。八年丁柱、涂金。十七年曹党生、涂金。廿二年吴道兴、背有护法象及侍佛者，涂金，此关中寄。延昌二年孙枭崔、五年安阳人、凿字，出潍城内。隋开皇三年吴小似永。兴、仁寿元年高容、又大业三年铜坐机。□比。邱僧遵铜象拓九，齐出八，共十。东魏兴和四年比邱尼静悲石象、书似《黄庭》《乐毅》，北石之南宗者，罕觏，出潍城内。五年刘目连石象拓二，孝静帝癸亥改元武定，此正月二日故曰五年，齐出。乞鉴。拓不易，未能多赠人也。近得䲝岂千之奇字耶？秋一行。安乐一行。残瓦一，千秋秋存一角。一行。残瓦一，万岁残瓦一，崖岁。残瓦一，千万半瓦一又残者一，秋岁残瓦二，千万残瓦一，千字者一，万字者二，岁字者二，奇字残瓦一，清晶。十五种，拓各三纸，乞选精者一分，早寄清卿学使，其二与伯寅分存之。又千万残字一，砖质而非砖，亦非瓦，与乐安隋氏所藏字佳者制当同，上下有文，平面是字，未知施之宫室何处，皆两汉侯国物，拓亦三，不必寄吴，恐误以为瓦。今日又得一琅琊台瓦，字完而将裂，未漆合不敢拓寄。今既拓二纸，即附分一与吴。吉金一无所得，唯汉器一二，印近百，是今年所获耳。近拓兮甲盘是敝藏，字多文佳，又元人著录之品二纸，乞与清卿共之。伯寅处书一册目一，有校补。金石拓二，东海味一，乞饬纪加红染纸封交。外有奉渎俗事，详别纸中。手此，敬问颐安不具。世愚弟陈介祺顿首。甲戌十二月四日癸酉。

四一

廉生世大兄左右：

十二月九日徐足来，得日长至前后二惠书并东笺、彭君银一两，初五日曹竹铭北上，寄书计傅足还必得复，乃除夕至，仅得十八日发书二、吴书二、金石拓一束、石查说并印拓五、《聘敦、区锓释》、清卿收字一、东笺一大束，慰慰。唯竹铭至已四日，因候宜古李贾银，云十九日始面交，亦过拘迟，而不知不得复之为闷，且并李事亦可代稽也。钟拓纸十四、齐六字刀拓六、《藏古册目》知均至，苏七信已寄清卿学使，何馈拓、《古玺印文传》亦先寄，谢谢。尊履虽如常，亦须数月乃能充复，诸希加意。自谓能守身，似未知其难，知其难或能守之，日益明切而能久耳。至所谓经济之学，则似是以用为重，天下无无体之用，体之不立，用将焉行？读书而用不足者，止是体未明耳，不责其本而以其无用遂偏重用，是亦因噎废食矣。徒善不足以为政，是读书未能明先王之法，又未知其当可之时之因革损益，更不知其不外天理人心之自然日用饮食寻常之事也。此之不明，则必入陆王之学矣。君子之所以异于人者，止是此心之明。明一分是一分人，明十分是十分人，向止明得五分而止，终是明得五分人，若一朝用力再明得一分，则是明得六分，夕死亦是明得六分人。且今日明得一分，即已不是昨日之人，实实是新矣。人与理与人与心与新。笃好与定性至难，立根基求知觉于切近实在处，真是不易，此是圣学入门之切要处，行之不力止是知之不至，所以有谈虎色变之喻也。今日岂可再无非常之人，吾生岂能常值无事之日，有志如君子，不可不求明体于先儒之言，求达用于先王之政，而知吾身吾心、斯世斯人之故于数卷书中也。自惭炳烛之明，又复不力，上视壮者日出之光，奚翅千里。然亦莫言三十是年少，过此三十之正月初一日，即不能使再有此三十之正月初一日矣。惜寸惜分，古人实见及此，仰企有为，妄申末见，伏乞垂察而明辨之，幸甚幸甚。君家二百年不析居，可敬之至，自是有人而兼有法，始能至此。好名就用人说则可自立，则不可以此自恕。朝廷之利，理之即足，未尝短少，为之不疾，用之不节，遂至日困，所以不必言有无，而止求所以得失之故即是。使能言利，亦岂能供不节之用，而使民之财尽而不散不乱乎？有土则不患无财，有德则不患无人，有土有人而无德以治之则乱，乱则民穷财尽。本之不重而求末之不竭，岂不惑之甚乎？治乱盛衰，止分在人，贤愚不肖，止分在心，欲求知人，必先求自明吾心之好恶。《大学》诚意传以后，止是言好恶而已，偏则私则乱，正则公则治，以此推之于天下而已。圣王之世，若刘晏者岂足道哉？仲尼之羞称五霸，齐人止知管仲，晏子岂鄙之哉？本之不立则用不能全，为仁不熟，不如荑稗，枉尺枉己，必不能直。寻正人古圣，无如是之学，亦止是明此自然之理，而知降等之无可自立处耳。不仁则不可弥纶宇宙，不义则无以为为仁之分际，精义入神，所以行仁，天下皆仁矣。不言美利利天下，因民之所利之而已，何须喻而求之乎？天下利之所在，不得人则不能理，其人喻利而无德，则必害民，则将起而争之矣。催科政拙，所以尚得为贤吏也。理财之法，则不外量入为出四字，其浅者则不外出入止一簿，日日一总，月月一总，年年一总，而分类条目簿则从此一簿中分出，无此一总簿，则百弊可出而无从稽矣。闻已记名捐纳，故附及之。来书谨录一本并呈。古器文字乃古人学问中之一事，大小皆是古人一心所出，识其大则大，识其小则小。大者唯同此心之理无异，而礼乐政事无从复。文字虽是识小，然独是古人真面目，可不至重之乎？作字之法，前言似已尽之，知其法则古人字亦可通。尊书行胜于楷，直起直落，两端求法，运腕而指不动，不少使指微动而扭与拖，如作人朴实分明而少做作，则不入歧路。如作答不必以楷，楷少近时，考试又不必不合时也。古器日下无伪刻，不敢信。清卿学使所得城虢敦，中是人名，而不可谓为虢仲。城虢则言其事，与敝藏城虢遣生作敦当是一时事，字太残，亦须审器乃定。石查齐造邦刀是长山袁氏物，尚有它种，共八金，字似少磨。父乙鼎拓虽伪，非近今物。太保、师阜二鼎拓均伪。卓林父敦拓，叶氏旧藏佳器也。阮氏格伯敦拓不致。习敦似伪，友非习。子孙形阳识觯、父癸鱼卣二拓真。父乙尊拓，非补底则真。叔爵、车形阳识觚拓似真。手执中觚史字。则伪。白作旅车彝拓，记是尊卣。叶氏拓本子辛则父乙鼎一时所伪。四曲钱文之卙，甲戌得古印文同，自是秦前物，但不知翻沙否耳。《诗》"不属于毛"，作表省亦可通，作里之繁文亦可，求则以手振裘之象。蜡封古印自是吾东物，泥封则当曰封泥印文，不见秦前封泥，疑均用蜡。仲饴处有《校补封泥印文考》，可索阅，不得则倩胥录寄，与石查订正之。敝藏古玺印近已拓墨，尚未用朱泥，当再寄。武祠画象，何馈、柳惠本无题辞，何匜则失其画，匜《说文》"田器也"，古必作匜，而非筲簜之筲。磬悬即非周制亦是汉，上二人象则未详，或古磬师。与柳惠之一人，疑是其妻，衣斩衰。汉画精美，无逾于此，良可宝爱。《区鍒释》合册谨注缴，甚欲录存一稿再寄，又恐念之甚切，故并拓本同即寄，求早令人录寄勿迟。盂鼎企石查作一图刻之，须如器不少失，花文勿作双钩，如拓为合，勿嫌其大也。鼎剔屡损精神，拓又不审，非善用墨而知字之真意，拓不易佳，切不可再剔矣。此真至宝，不可假手俗工，况小奚乎？即存处亦宜加慎，屋虽坚固，木楗亦宜厚重不畏压,出入必自扃,拓必自监,可代言之。今寄来浓墨破纸拓一极劣,而气味笔画有大胜陕拓处,乞告石查觅善拓者精心审视拓之,不可不多留数本,佳则陕拓旧本皆不足道矣。今又向友人借得大古玺一,至大而钮奇,作图同拓之。此种非佩带之用,似是左右奉持之制,奇甚古甚,而文与𨺚都。字者同,则此一种真夏商物矣。又二玺,一雷首一徒口,徒口疑即壶口,或唐虞时禹所作与? 兹寄朱墨各二,大玺附以图。又古玺朱墨拓各一,秦印即古印,朱拓者三,皆转假者。又古玺印墨拓二分,每分四十二。则前所寄朱拓,今过匆匆,未及朱拓也。《印举》俟滋儿编未有期,今年拟以古玺印合周秦印朱墨拓之,先为一编,此《印举》之异于历代著录者。昔所谓秦印,实古于斯,亦不止周也。朱泥易肥失真,残处亦非墨拓不可见,唯过劳耳。此二分或自存,或与至好共之,有欲得者,将来尚欲索拓费,装为一册,即是珍玩矣。《藏古册目》、西泉《印存》想均入鉴,苦心孤诣,固望同志助之,礼尚往来,尤企大雅不弃之,见者乞为道此意也。清卿所来石拓残不致,皆刘泰之傅,不唯不足传古,直是剥古,可语清卿物色一好拓手如吕守业者,或不虚此行也。高丽笺再乞多购,前后均乞由尊处有寄银中留用已至感,过则不敢请。以文字报文字,或以有用书询其有无再惠亦可,他则不敢拜登也。收古器亦宜择尤节冗,勿过于驰骛也,今日不可不如此。若拓本则必劝力收之,力有余则分字编《说文》,附以凡字学书,尤所企也。外纸止可与子年、伯寅一阅即焚之。此书亦宜分为二,前半或不示人尤幸。自初十日作复,今日始竟。力已待。即问著安不具。世愚弟陈介祺顿首。光绪元年正月十二日。

前闻送娘娘之说,即深以痘后枕席之慎戒为忧,及闻大事,则至痛远虑，岂一人之私悲哉？然犹有不慎戒之疑也。近见族中子贻牟，云其幼时出痘，已将十二日，为其乳媪私产所冲，痘忽大坏，不多时即落四齿，族兄应聘，癸巳进士，其子痘亦平复，其祖母以新鹅卵甫出者与之戏，一日而殇。虽鸟之产卵、兽之胎生，无不相冲，不止产妇也。适老痘医韩接三在其家，急以猪尾血饮之，痘始转回，以真珠牛黄散涂齿龈，始不再落，比愈而其母为涂药之指即生一巨疔，与今事极相类。深严之地，岂有相类之事？而他事之冲，又不能若是之甚，则亦诿之于天而已。敝里今正出痘者甚多且不顺，自牛痘行，几复无痘医，近痘浆又无力，或谓奸宄以药入井河所致，不可不讲求稽察也。新主冲幼，亲政在十四年后之久，又未出痘，牛痘用真水牛蓝色痘浆自佳，然非至亲如本生者习之，孰敢以刀轻刺见血，再入牛痘浆？不敢则痘科必须讲求，只患不真讲求提倡耳。上下能通，则天下之知能孰不可为上之知能哉？医理、地理皆人子所当知，即人臣所当知。庚戌以后之事，未必不由于形势，特非臣子所敢疑。朱子山陵之议，自是所学能任此事，今何从得其人乎？保婴之事，自是不易，须书卷与阅历合而为一，如不衣裘不可受热是一理，胃气未盛，不可使肉胜食气，尤不可过食油腻煎炒荤膻厚味使易动风是一理。阳气尚稚，须避正午之阳及日出日入之阴与帘下之风、大雨之寒湿，食后有汗，骤去衣服，暑夜阴寒之侵，四时不正之气，痘疹流行之年，皆所当慎防而讲求调治经验之方药者也。左右衣佩麝多，长或不能生子，流俗所传所知，固不可尽信，然亦有极效之方极是之论，不可不讲求之也。若夫左右前后罔非正人，邪僻不至耳目之前，亲学士大夫之时多，宦官宫妾之时少，师以格心，保以保身，又至切要之事，而为天下国家之本。书虽有间，周召遗事，不尚见于

《书》《礼》哉。往者不可挽,来者不可迟,二十年后极盛之事,可不于今日始基之乎?

区钺拓六纸,聏敦一纸,朱拓古玺印五纸、墨拓八十六纸,区钺图三纸、释二本,信稿一分,砖拓一,印规四,拓目一本,内来拓十五纸,"南公鼎斋"印文一。吴信一,瓦拓百十二纸,《藏古目》《碑目》各一,乞加封交塘中。吴书言已托袁公。

四二

廉生世仁兄左右:

十三日傅足行,致长书,然犹匆匆未及详检也。清卿书想已致,如有寄书,望切索凤翔方鼎精拓十数纸。清卿以城虢敦为所得第一器,而祺酷嗜凤翔鼎,如可易,乞指数种,当以可易者奉恳也。再小孙女择配之事,前曾谆托徐东甫,今特重恳吾兄,切乞留意。此祺心事,又钟爱此二孙女,日不能忘,乞访东甫一谈,不胜仰企。再贵潘师如需监拓之人,拟荐一可托之仆,必不至疏忽将就。为之守护收支,不计工直,唯乞年余后为力荐一外省门印耳。此问著安不具。弟祺顿首。乙亥正月十九日。

今日属子振为仿清卿藏鼎乙亥字作纪年印,先以奉赠,后再自刻,乞察入,不必酬直,噓拂之即感矣。又拜。

欲刻印,乞摹字来。今又属舍表弟谭雨帆照区钺,下次即寄,钟鼎文并可照小刻矣,并告伯寅、清卿。再及。

日内又监视砖瓦泥封上蜡,冗甚,唯念人海友朋之乐耳。

四三

廉生世大兄左右：

昨一书并石印一，人未行，今子嘉太史力来，再奉上印拓一束。虽近私□，而非寝馈秦汉手试奏刀者亦不能解。倘有厚酬润笔者，得一佳印则可省数十百印之费，此一生阅历语也。若不佳，则直不敢受，印文印字有不可与不易，亦不能不搁笔也。寄清卿一书并拓，乞阅后加封妥寄。此问著安不具。世愚弟陈介祺顿首。光绪乙亥正月廿七日。

四四

廉生世大兄左右：

久盼傅足，十一日晚始至，得正月廿六日手复长函，又附封一，银八十八两，永和《侯获碑》二轴，印石四方，俱收明，敬谢。今缕复于后。节墨刀、齐刀二分，因平平，未计。鲍、吴、胡处拓，知均交。双龙文范务再致，必删。《泉汇》不载藏某家，亦隘而不足传信。庚申角乃角中无二品，毛诗不为过，重器外即先此种矣。嬴季尊可近商，豚卣须宛转，但未知可与几何方有处。代定李丁延拓，祺无人可托。平斋藏尚有可分者，昨与之书，言我辈海内旧交止数人，又皆老将至，岂可不以古文字厚相施报，藏之而靳亦奚为，不重之亦奚取？糜财固不易，为古人文字之传，时时劳心，亦非此阿堵所能役也。得次拓，再于佳者求精拓为是。李之召器，今日之至宝也。北通州李氏器，恐藏之深，求其器则必讳，求拓足矣。然须在意。文字之好尔尔。尊履自仍宜善养，此次书有误谈为叹字，是知心气犹未充裕也。宋处银，与约以足小宝十足付之，彼用过仍如之，未去原纸，非原物矣，彼之二纸，可即与之。竹铭银至廿九日方付，且不足，彼处所存西泉《圣教》册，不能如彼所许六十两，则乞夏间与竹铭为收之。李贾所购缺页未订《隶篇》尚十八千，其二如不直，即八金一部亦可与。八大山人画册，勿早付还心泉，乃其徒意庐荒唐，他肆可托者亦可寄售，即廿四金亦可。子年候宋明府还都，甚是，故人身后如此，可悯。今日世风，教子弟之难如此，何从得人才？不待教而能自立者有几，宜乎运之日下也。拓封仅用红绳，乃以备阅，竟不肯动，又银件一一详悉，细行之必矜，临财之不苟，实足为进德之基。唯望德日进则心益明于大者，而小者亦益得其要领。然祺所渎亦琐事过多，深增愧悚耳。因论文字与践履，遂心相契而及鄙事，文字交数友，所求并过渎。尚望共相琢磨道义，而不仅在世俗之然诺，则幸甚企甚。天柱地维，止是人撑转得世界，贤者自任，不可不重也。壮年于起居饮食形神之宜不宜，细心有知觉，自易元复，药皆有偏，未必即当，且首乌性涩，不可过于久服，勿泥旧说也。西泉解古文字法过于子振，刀法又过之，特不肯刻，所以请伯寅先厚酬之。西泉能得于讨论外，子振非代拟不可，亦其中尚有未达，久自知之。无古字者，尤非西泉不可矣。各拓候目至，即与剑泉阁学所索同检上。大同石纪元字逊，是以询及。何馈图至足珍，西方庄严非所及。吕工可喜，止是慢耳。今又有残瓦十纸，乞与清卿共之。新得魏兴和孙思宾造象残石、齐乾明造象小石坐各一纸，先以初拓与良友共之。吕守业从容细致，为之不受迫促，一纸须他人数纸工夫，勿轻视之。课读无暇，日为文字劳，皆于背书后忙之。前拓中已收者可仍付，其疑者不欲存亦可付入疑伪目中，为古人志，不将就周旋，不问及则不言而已。不并拓寄则无从审定矣。盂鼎图得一纸，虽有未合亦可爱，惜未作巨幅，且铭拓更不精，如不延张耷者，则须使人来拓。不知此鼎何以传而不显，使得佳拓，则一扫其秽矣。前寄一纸，浓墨侵字，纸上破者尚有神，不知何以又易此粗布大扑，如刘太等者，尤恐用木柄包用大木椎加毡，则又为鼎战栗矣，此不敢不言者也，乞代致。瞿经孥三十金，将来由剑泉款留付。每次作复，又欲说心上语，又检点拓墨，又琐事，遂甚劳，不能太细，然要处或不差。宜古李恐未妥，故索其字，伊写来不切实，又写，遂似二事，又竹铭代交，遂似三矣，乞鉴之。人止一心，不能作小事粗心，大事转细心，然小事细心，大事却难得细心，不为小事拘牵。程子谓颜子于圣人未达一间，只是心粗。夫颜子于圣人尚谓心粗，则天下岂复有敢自谓心细者乎？此祺所以钦佩，而谓即此可为进德者也，乞教之。笺纸乃奉恳为购者，以所恳与之则近于求，尚望多为购作数年用，而使免此则至幸。古文字之施报，其望则转奢矣。凡学非家传即师传，闻祖德与庭训，知有所自矣，敬甚愧甚，尤企贤者兴寐勉之。所以此等语，实因启发而然，非好此而召憎也。剑泉处未及复，代先谢，西泉作剑泉二字白答，摹汉二字印先寄，润以二金。子振为伯寅作壶天二字朱、白二印并寄，白文佳，朱文匆匆未工，可付石再刻。与石可三金否？其佳而可常用且足俪古者，从厚无不可，若平平，则寄时当言之，勿多酬，不令还印足矣。瓦五纸，乞致伯寅，魏齐拓四与仲饴、清卿，印稿亦与清卿一。石查见印不复寄，凡奉寄者有欲得者当即寄，无须先分赠。前甫拓，故先共赏。三月中朱墨拓可毕,尚拟乞助以惠拓者。如欲绵纸朱墨拓成册则又费力。石瓦砖至粗,然非半年不能拓五六全分。好同,得勿痴亦同乎?一笑。苏七书乞早为寄陕,何昆玉书即与之为企。手复敬谢,并新装缩照五器小册,统详检是幸。即问著安不具。世愚弟陈介祺顿首。光绪乙亥二月十二日至十四日暮。

赐答勿再用红笺。

仲饴处《泥封考》,可索录存之。方拓缴伯寅。

四五

廉生世大兄左右:

傅足来,所复于二月望交匡侯观察,其车甚简而寄物颇多,恐其为累,想与正月末子嘉太史之宁仆所寄均至矣。二月下旬此地雨雪风多,春寒侵人,病躯即迎病患感冒。前数日犹如常服药,中有香附行气,次日即不思食,遂病卧而亦能起,今始嗽热俱见减,然甚惫。病虽小,所逼阴寒挟湿却与寻常感冒不同,未能多作书,然病中更望北来书也。自去腊至二月,四人拓古印,始仅得二十余分,今病中检点寄十三分,可先选一分自存之,其余乞每分代销京足银二两,不必一定即时销毕。此册不能多作,无索者仍欲自存。待后如索者多,当早拓借者。如索成书者,拟用绵纸,每册销四金。吾兄可先自装一册考之。有图二纸居中装,余则二纸一幅,各居其半之右,近中即拟自装也。傅足寄银与四千,他与一千。今自使毕芬前来,专取伯寅欲寄示之拓,并吾兄所欲寄示者,所代购者,或竟足一车,或尚不足,车或自觅，或附便，均乞询谕毕足。毕足忠诚而无用，不能不奉渎。物多不肯再扰匡侯，且不及，毕足可即归也。尊处所收各拓，可以收字小印记于《藏古册目》寄来。新得齐出汉千秋万岁残瓦四，拓十二纸，望与伯寅、清卿分存。其万岁字为砖，止奉一纸，不他寄。盂鼎大图先企数纸，尤企精拓，然恐索而诿之馆僮，又不若不索矣。伯寅、子年均未及复，勉复清卿一书并寄秦金石文字装册，乞即代确致。《续泉汇》校本，即当觅便寄竹朋。竹朋病如前，未得书将一月。乞告子年，刻出即仍寄读为快。《侯获碑》二轴即缴，乞交伯寅。子振止能刻，若令自篆钟鼎则不能成章，至钩字或增或减其过不及者，则不能解，亦极代费心目。西泉能知之，且知其意，故是良友。至汉印，人止知烂铜，而不知铜原不烂，得其刀法愈久愈去痕迹则自佳，此所常与西泉共论者也。作画不求用笔，止谋局事烘染，终不成家，仿汉烂残而不求用笔者同，大雅以为何如？三月朔日无意中宁足至，遂增复数语，并颂新居，兼问著福不具。世愚弟陈介祺顿首。光绪乙亥三月二日己亥。

外七纸，乞阅后丙之。家居不当言此，然今日中外无日无处无交涉，既为中国臣子，岂可与不言温室树意同，而漠然于中乎？然究不当言，又无可言，已有此稿，故寄正而求丙之，切企切企。

中国之礼，上古圣人所遗，而没于秦燔久矣。"非天子，不议礼"，朱子所以请修三礼，三礼不修，所以有《仪礼经传通解》未竟之书，盖汉以来未有能修之者矣。今日中外交涉，则礼尤中国所以为国，可不修明之乎？即如今大行皇帝大事，闻西人于《轮船报》知之，即问中国于此等大事是何仪注，而各关之地方官茫无以应之，又各直省省城与各州县，成服齐集皆无定期，接遗诏恩诏皆茫然不知。至先吉服出郊，而仓卒又易素服，与谥法改元易历重颁皆无通知明文，大典之旨，皆当有文通知。此似礼例之未明晰也。窃意蓝印通知文书至，三日内似即当遵制成服齐集，诏入省境，即当迅递，并仪注按站计日，按期恭候迎接，并应用何式黄亭，用何人何服抬亭，可用弁兵否？亭外尚有何仪仗，似可省。是否应须清跸，恭奉在何地方，何人宣读，一切仪礼均须有图，各府各州县如何递减嫁娶宴会，违例如何办理，各乡村皆须颁示，尤不得以赛神藉词演剧，百日内已不禁止，此则所必当编定整饬者也。凡有大事，皆当使天下闻知而有所遵守，须加详考校编定。若父子、兄弟、长幼、夫妇、男女、朋友之礼，皆当详考。礼经编定，自天子达于庶人，以为教化之本，与夫耳目手足五官百体之礼亦然。此则所当开馆延儒，分类详为编辑，附《会典》以行者也。礼以辨上下，定民志，人有礼则安，无礼则危，盖非礼无以见君之至尊，非礼无以见天理之自然也。中国有礼则四夷咸宾，此今日所不可不早为讲求者也。外攘则在修武备，内修则在政事，礼则政事之尤大者，而人所不可须臾离者也。如有可采，伏乞留意，幸甚。名前肃。

四六

廉生世大兄左右：

初三日奉致一书并各件，今午检几间，见瓦拓未封入。申刻傅足来云明早行，遂作此补寄，并附西泉为剑泉刻石印二。三祝印以石经火有自裂处，非刻之过。朱文难刻易工，然松雪、衡山之工，亦甚不易。最难者劲健，次则秀稳，有篆法有书味，数者含蓄于中，非率尔所能至，即此不甚出色，亦非寻常时派矣。雪枝印，汉铸印长方者有此种，尚不弱，无不妥处，均可用，弟于西泉非阿好，非于子振有不取，但真知，不能不抒己见耳。希鉴定，转致剑泉，如以为佳，则先少酬之，再寄石来可也。弟于初七日出屋，日内渐可复元。西泉此印，请藏《天发》佳本主人以碑校之。匆匆即问著安不具。弟陈介祺顿首。乙亥三月十日。

笺以含英六字为劣，自制藏器图笺固佳，然尚无此闲致。京肆红色足者亦紫，非正红足色膏。

拓字必以字边真而不瘦为主，瘦即进墨，不真何以看字，所以求藏石佳拓也。

鸟形壶内之牺形不古，未敢定，戆妄，恕之。

豕形至佳，古器无其匹，是以重之，凡彝皆敦，蒙之言也。再求十余精本。

尚符玺之印，印似是莽时物，以书言，非有考也。

不剔则不可见，误则恶劣。字外不剔可已，急者不可使缓，剔者已言其理与法矣。剔不可用刀，以钝针自中转动，听斑自起，勿刻字边。

戟门所藏未尽善，而中有佳者，曾见所拓，殊甚不致。

角未度海，甚慰。

为古人存真，不能不直言，然不欲其言，则不再言矣。近守此戒甚严。倘蒙虚纳而姑存其说，以俟它日质定，使敢再言，则必不敢隐，前人之书今人之藏皆如此。

此纸尚宜书，未知何名，红色何不肯用足？尚欲求刻版，多印数种，慨允当再布。又拜。

多延友即可多出好拓手，与同志共之。

极薄棉纸，至望。

豕形敦乃三代绘之至精者，乞廿纸精拓者。

戟门旧藏，乞拓寄。盦卣盖，清卿已寄。

丙申角往海东，真可惜矣。巨然《海野图》亦可惜。

弟酷嗜登州文石，海滨多有之，不第文登也。居其地者所好，则弟不嗜之，而嗜其人物、山水、花卉，以画意取之，凡世所有，无不有也。其暗然入水而章，温润有玉所不及而坚或过之，亦可比德而无玉之自炫，如有存者，或有贵族戚友解此者，均望留意，副其所请也。又拜。

西泉乞代问李养泉所作刻印刀并《圣教》册，属先谢谢。

此笺将尽，闻庚生尚有存者，乞代恳惠寄，取其便书而已。

爵拓皆择精者奉知己，误用印十六纸，乞以补者令人挖黏。潘同。

昨误以十一日为壬子，十二日为癸丑，乞为改增。

传古事若不成，则一人之心与力恐不能副所愿，非鄙且固，望知我亮之。拓友极难，昨言装金文事，却切用。此次书乞教正，附前书后刊之。又拜。

此次奉复书已录底，复伯寅书并拓剔事另一册又一书，止有一底，寄阅乞发还，将来一并发下尤感，以不及照式圈点也。此本有详于复伯寅书数字抄出后改增者。清卿金文考一本，考记二纸，又释文一纸，切乞早发还。此次不必。收拓目一本缴。往来作谈甚便，小字写不完者，或附纸夹内，或格纸订后。齐刀六十八种二分，金文拓三十一纸一包，古玺印五本，如一两不能销，或可销若干，有人要若干本，即乞示及。有欲属刻者，即寄印石来，过工细一种，虽能刻，而非（可）【所】长，石只青田、寿山无沙丁无裂者即可。潘札一纸，鲍二纸。复信未竟，令傅足住半日，予以一饭足矣。此次非有人送急信也。

四七

廉生世大兄左右：

二月望、重三日、十日后三次奉书，当已至。新居想已就绪，窗几明净、黄卷青灯之乐，胜外城旧屋否，能以闲静易纷扰否？秋闱伊迩，当熟读多作，以首艺制胜，止求敲得门开，不必责人之不识古也。居今之世，贤者亦不废举业。虽说官话，而雅人吐属自然不同，不求异而自异，不可以异为主。三艺中式，唯畏后二场有不妥处，得功名便可专读有用书，而不受举业之扰矣。企甚企甚。且科第唯能得高堂无形之说豫，为人子至幸之事，在己岂以此重轻哉？前求暂假琐用，未知有款可抵与少迟寄付否？廿八日酉刻。书至此而毕芬至，得月十八日手复，检点至戌刻。闻渠邱曹世兄入都，明晨即行，遂不及详复，又兼今日西南风，骤热甚焉，统待后北行者。潘处各书拓册金笺印石银三两。古兵拓有伪者。南鼎斋可作大额。印石不甚佳，欲刻何文须言及，不能代定。大小亦须言及。无论何石，皆不及无沙无裂细青田石，冻石虽佳，过细则亦软。金文册可疑者不多，即此亦甚不易。子振弟敬谢。剑泉处，西泉敬谢。作印有必不能甚佳者，未能印印似古，而刀则可见古法，少得一二，在今日岂易言哉？月余此间亦冷，唯未冻冰，因久不适，未及检藏拓。鲍书二至，今日得大泉土范四块，各拓二，求致。瞿书至，《印证》木刻印即可，不过看考，若石仿不佳则无味，难免鹜讥。拓本、东厚笺，敬谢。纸封拓目册目均收。权图当后寄，龚蔿人亦以似帽笑之，然止问真古，岂如今人心目，亦是去三代学问太远，虽暴不能不俗也。鼎图在厂肆，可以大纸多拓，拓毕后拓弩。《泥封考》当写寄，唯不可仿八比，琐事询过再复，止能随风气之后，而求此所无，不能如八比，求开风气之先。愧甚，以谑解之而已。新得兴和残石一，同得无年月二，再寄。石拓再二三月如毕，再寄数全分，月余已有廿种。望传古之助。无索者无妨自存，是乙见。砖瓦镜拟纵之，学拓者不能即拓三代器也。红纸有矾，不耐久，灯下读不易，是以敬辞，乞鉴之。清卿画拓至，子年、伯寅念念，未及复。即颂元安不具。乙亥三月廿八日亥正。弟陈介祺顿首。

四八

廉生世大兄左右：

三月廿九日晚得十九日书，知所寄拓墨、西泉槎河墨已至，并谂伉俪同健，慰慰。清卿银百两，所余八十九两三钱，原封无误。清卿书并拓墨，仍不能即复谢，所收陕残瓦甚佳，宜怂惠力收之。𣪘敦及尊、隋虎符俱真，唯长杨鼎字、𣪇布范有所疑。布范若以泥入之，与今传布同则真，不同则须审定。清卿所索金拓，前书已言补足相赠，其二分可代销，瓦不能刻许多。所摹刻吉金，唯字失真，又多可缓刻者，若能不失真而先其佳者，汰其伪者，当同任之，不及阮刻则无以传后，不敢妄糜。古文字义理第一，文法第二，书法第三。书能毫发不失而有力，即是佳刻，方足传古，非易易也。所索泥封各拓，当检寄，先乞代达。郗公钟何其似伯寅齐镈钟，真则俱真，伪则俱伪，非祺所能知矣。吾二人讨论之而已，勿使有多言多失之咎也。阜孙虽幸一衿，所学甚可愧。病目尚未如常，承念，谢谢。家用用行利者，甚为可虑，宜节之。古文字之求则甚贪，俗事何不即从此画一，使之心安，而必欲尚留邸抄染布之赐，以常情遇之耶？古砖不坚者，或作坯经雨，或火不到而仅外红，或仅烟熏黑。上蜡用白蜡，以木炭炙热，以蜡屑散之再炙，使入不浮，慎重则先从无字处亦可，毋火过急、蜡过厚也。瓦器玺字二种附，距末一。又寄清卿古瓦玺拓五，秦诏瓦拓二，收目一纸，求寄八大画册、红结、红布、药丸。苏信邸报俱收。傅足行甚亟。手谢，即问元安不具。四月朔日。世愚弟陈介祺顿首。

相攸事前承允为留意，向平日老心事，时萦长者。虽未敢云有淑德，而性情亦甚静婉，次者亦能遵家范，余则次儿之责矣。手此载恳，唯乞心察。东笺无多，以纸薄色足，字再刻好为企。又拜。

四九

廉生世大兄左右：

尊照题就即乘傅足便寄上，诗劣而生，教而勿示人为感。伯寅《款识》册已缴，可索看。直而不敢自欺，唯妄甚耳。䇞敦疑伪，谨缴赐本。戟门敦盖至佳，祺谓作器者名大非愿，事近史颂鼎，旧为多智友得之阎老西，尚有一大卣🜚字者，翠螺至佳。遣小子敦亦大而完。戴公戈，又一。均颜运生藏戈。又格伯敦盖虽有拓本，尚欲再得也。大泉土范又得二少大者，乞致子年。望前尚有东武藏可园之令嗣与子嘉之宁仆北上。心绪不恶，尚可缕复也。此颂元安不具。弟陈介祺顿首。乙亥四月八日雨中。

五〇

廉生世大兄左右：

傅足所携书想已至。春来拓藏石，仅得六朝者四十种，并六朝金，可七十。唐宋石少，在此六十之外，唯造像逊碑一等耳。今寄上两分八十纸，存之以待索者，每种银一钱五分，尚有二十种未拓出，后再补寄。系初学拓，故令用杭连纸，再用棉纸，精拓须二钱一种，如可销法帖肆估尤便。有索者示知即寄拓，精则不能迫促之，然一纸可敌数十百纸，是以不能如碑估之贪多务得，止求传古而已。海内如伯寅所藏，几于无二，而拓未能得古人之真，殊为企望。盂鼎图已装二巨轴，可谓大观，而图甚不如法，未免怅歉。洋照虽不必好其奇，然照古器形缩三代古文字锓木，以补其不能久存之憾，而用其能不失真之长。亦佳。形则展为巨图，小大如一，可无画工以意揣拟之失，照像则以名人笔法就其郛郭写之，而运以点睛添毫之妙，则其长皆为我用，而中国传心之学，岂彼所能知哉？新得九残瓦寄二分，乞以有题字即寄清卿，其一致伯寅。海东古刻欲借阅。晤子年乞为道念，并乞致书经莛，先求无印《古官印考证》二部，其目"候"有误"侯"者，其他尚未能细校。寓中有病者均念，心绪则仍劣，未能先作书也。此问元安不具。弟陈介祺顿首。乙亥四月廿二日。

《七家印谱》有处可借阅否？《爨碑》都中何直？西泉属奉询，乞示及。

盂鼎图甚不惬意。既有斯举，岂可不精？当以洋照取其真形，再拓鼎文鼎耳足，原样布于放大足尺寸真形上，使之无一不合乃可，照鼎大者尽其大镜，小者如《攀古楼款识》，便可锓木，与铭与各考自为一册。不合者全形多误，耳形内外前后多误，腹形误，花文误，足有误。宜以建初尺校其形，以黍重库权校其容，并校其器之重。古今尺、古今权并用而校之。

洋照乃取物产之精而明其用，亦可谓泄造化之秘矣。然止是取其形而不能取其神，以形有定而静，神无定而动，动则或照成二物而不工，而反拙矣。形工而神拙，则具物而已。点睛飞去，颊上三毫，西法岂能得乎？历法亦止是精于有定者，而于天之无定者，未能候而积之，以定岁差。若性理则不知，焉知天乎？巧者能者之心目，不能如洋照之浑成如铸，一丝不走。以为真式，而扩充之使如原器大小为图，刻石与木而拓之，墨朱，朱中用白蜡。为巨轴，铭文则用原器精拓本，亦可以刻者为稿，而拓原器补缀成之。更大雅。照而不刻，则不能久，刻而不照，则不能不失真而悉合。缩字刻之亦至佳，作古文字细书，非此不可，是为古人别开真面矣。玻璃镜之水银干，故不能蓄影，银水湿故蓄影，蓄影畏日光天气、天光风气，故须藏覆，藏覆再加药，使影真影留，以金水罩之，则银水与药水可保矣。然究是金银与药气，久则渐销，故须再刻，西人则不刻，计利不为久图也。

五一

廉生世大兄左右：

四月十四日、廿日惠书，月四日、六日至，知范拓木篋已收，经挚处书，无印亦重思先得之，乞代致子年并候近况，复潘书一及之，当可知作书之所以疏矣。东笺欲以粗笺作，二百笺一封，或一百一封，如朝珠袋式，则易用易存。坊中付一目，当使人径付之。《清爱堂款识》乃木刻，至精，汀工年少者为之，惜旋故。千万字瓦，乞拓本。敝藏瓦，俟全分再寄，题图以宣心迹，第二之末乃友朋之义。不能成韵，至愧至愧。《攀古楼金文》二册，兹又缴，均乞正之。直与，妄与？不自知也。购物谨谢，已令阜孙请东甫代缴，夏衣所需，则请交傅足，此次即携来。惟有可属而乃仰渎，真不安耳。景石已交西泉，此间雨不缺，都中想得雨。鲁节丸止一鲁字，检得即拓寄。兹又寄清卿新得二瓦拓，乞即致并乞言《石门颂》西泉急求额一纸，装入可否？《西狭颂》多求精拓五六分，额皆倍之，切企切企。六朝石又拓得五种十纸，并附。即颂元安不具。弟陈介祺顿首。光绪元年五月六日。

真《裴岑》精拓易得否？

子年以十金为购《石门颂》一册，字描失过重，都中尚可出脱半直否？

五二

廉生世大兄左右：

宁、傅二力闻日内至，俟书来再复。拂意之境，既懒又不欲以闲言语扰文思也。玉拓一，石拓十五寄，共三十二纸。又《石门颂》一册补呈。即颂元安不具。弟陈介祺顿首。乙亥五月廿三日。

昨有李枚卿舍亲京便，寄上拓墨卅二纸帖一本，想前后至。西泉为剑泉兄刻石印一，交徐吉呈，乞转索二千赏之。剑泉处久未复，甚惶悚，乞晤时代致。前拟名印稿，未知可用否，清卿有书来否？此颂廉生世大兄元安不具。弟祺顿首。五月廿四日。

五三

廉生世大兄左右：

两得惠书并有邸抄之寄，敬谢敬谢，藉详近履安和，甚慰甚慰。唯闻嫂夫人久病未念，重扰思虑，其恙自因疮疡虚损，根本尚固，非峻剂不易奏功。人海必有良医，博访可遇，勿徒焦灼为也。弟今年心气筋力俱不如前，始知加意休养，不过不即再衰，无复元之说。有学问涵养，则遇事有方，不至过则，岂能几乎？年来以古文字说心，今若亦逊于力矣。附上杞伯敏父鼎拓一，有平盖⊙无字，不高。二十年来唯仅增此一器。晋太康八年城阳黔陬王从事残砖拓一，质甚坚。敝藏齐出砖有黔陬字，得此为二。手此，即问著安不具。弟陈介祺顿首。七夕后一日。

再有沈世兄学淦处一函，乞先代交。鹿坪世兄转寄其银，廿两。傅足不便，拟俟东甫九月入都托寄，或八月有妥便即寄，再当奉恳转致，或先不交此函亦可。又拜。

五四

廉生世大兄左右：

七月朔徐足至，得六月九日书并吴札，布封景致刻资一金，谢谢。《隶篇》事，西泉并先谢。千万残瓦拓二并收。兹徐足又行，复吴处一书，托销石拓二分，乞代致可为清卿寄书者，不敢恳加函矣。此间旬余来酷暑，为近年所未有，未知都中何似。挥汗不能多作答，唯假款未得妥寄为至悚切耳。此请元安不具。弟陈介祺顿首。乙亥七月十二日。

五五

廉生世大兄左右：

七月廿五日傅足至，得三日手书，知录科冠首，想糊名易书，必当同此，甚望元作一先读也。又闻因暑滞下，想已遣喜，然总是气未壮复，尚乞于失养处加意自审也，念念企企。朱子书多伪者，吴刻与敝藏同，故寄鉴。承谕养气先不动气，敬谢。忘怒观理，定性所难，反身尤不易，过固近激，不怒亦忍，唯愧学不能无忝为至悚耳。所论刻石，自是名语，每于此等处心折。然一时人不能不囿于其时其地其人，非力去时见己见，以收敛此心，与古人真精神相赴，何以有真知？知不至，何以能作得到耶？一字一文亦是如此，况其大者乎。清卿处书物，想均即寄，谢谢。此颂元禧不具。世愚弟陈介祺顿首。光绪乙亥七月己未日。

枚卿处石玉拓卅二纸，知已收，《石门》册一。但不记是寄者销者，原目仍缴，求注复。曹石乃张子达所拓，工而未雅，爱之则属子振试仿之。子达聋悖无可医，然拓墨则它人皆不及。寒金冷石亦是好语，石何足云，金则今太不寒。寒热因人，岂在物乎？所企能耐寒者，知其中有所以寒凝者耳。收拓已足，企报亦唯此。藏壶底有铜丁，丁外又凿款成似一字，却可疑，摹者若真，自是周末物。假金竟以销抵，感愧感愧。唯企平色补足，以成友直，以慰寸心。事为六月用，过时均无需且究不可也。长孙女德性，极钟爱之，有家之愿，尤以原配为适，但不敢必耳，全美不在有无也，先谢。徒口疑即壶口，🔸则杵形，谨补完一纸。阔课，京音。冲仲，京音。无妨于人，唯祝善护爱古之心，唯以此为念。在人者不能强，在我者不至自取，则可以自处自反矣。佛象却不供，儒者自不尔，偶取其字而已。轻者作箧，重者作几，存一室，扃钥则可。或可得一汉石，又有人云似有一秦石，已有一石，仅二三残字，似琅琊台刻石而小，未至不敢信也。真是妄想人听呓语，一笑。藏物似以多作小书橱为便，今年甫作廿事未竟，易藏易检易携，须坚可载。既左右一室又不杂，以为何如？年来得钱货拓几四百余，而子苾所藏独无之，加以旧本，当可六七百，亦一大观。同好所藏，乞为致之，并希面上背下，如子年所拓式。俗云空首币。下齐者似当名镈货，似从钟制出者，钟之下齐者所以名镈训博与？若集李、鲍、陈即刘藏。布化、方肩足如布。币化、圆肩足如帛。刀化、圆化圆孔古。合而精刊之，亦三代文字一大观。勿患钩刻之难，止患自己心思精神不能聚敛，少得易骋，无以真知所以得失古人者耳。古文字浑厚者，杵书从又午。其中之真精神至坚至足至朴至感，其清刚者，刀书。其中之真精神至奇至矫至变不弱不纤，我之用心用力聚精会神，不似古人，何能不为伪所欺，而并时人之心思才力亦不能知，而乃自骋自诩乎？下笔直落，而力法全具，住同。住最忌衰飒，住不好，下笔终是不好，指动则然，古所无也。吾兄年富才美，学博而尚志，所成岂衰愚陋妄所能几？所冀好古真知，为吾东高树一帜耳。光绪乙亥七月廿五日己未。祺又顿首。

作书毕，以寄石目二，与前收目册自详校之，乃检棉纸精拓藏石，补完二十八纸，自钤印，横一。已惫甚，不及似前之题字。若欲装而又欲均有题字，则将来前后全数发还，从容写缴，但今年目眊殊甚，着镜几如去年未着镜者，或不善养气之故耶，宝润是厂肆上好者否？枝少花略重，再重二式。晶至白净者，可浼含英寄来一试否？不佳则不可，不退亦不可，不亮亦不可。玳瑁框撑，真鱼皮漆不蛀盒，有一即可，绿缘。此等事止代经意即感且便，所望则仍在以古文字相施报，不及其它不可赠则使见。为至企耳。敝藏金文册，仲冬间或可装成二部，以一寄清卿代销，以一寄阅，再请伯寅、哲生诸公与兄遇有索者应之。虽无可观，然极费心力，且思合镜、砖、瓦、石一律成之，未知来年能作到否？传古之助虽鄙，然非此无以为古役，岂为物役哉？所异在存心，唯期与君子共喻耳。外寄清卿学使书并瓦拓，乞即妥寄。乙亥七月廿七日辛酉。祺再上。

西泉《圣教》事有书与竹铭，竹铭已移居，乞饬交，或银或册，均望代收，曷胜代企。剑泉名印，何不属西泉一刻？刻不佳亦无妨。欲刻则前纸付还。汉石一纸寄伯寅，可索看，云新出东武古城，已使人往购，但不慊意，乞鉴定伪否？又拜。得即拓寄，不得则致拓本。

近浼友自苏纸行向泾县第一抄纸手抄得极细薄软绵连纸,似可敌从前十七刀者,分样半张。分样与清卿为望,日内极望清卿书。如京中觅不出,可醵资为代觅,每刀需京钱九千,但尚须寄京之费。月内三函尹、徐、傅。想已至。此上廉生世大兄几右。祺顿首。七月晦。

五六

廉生世大兄左右:

八月五日得七月廿四日交徐足书,知腹疾水谷不化,此未必是脾泻,偶食生冷即然,伤食而泻,则《全生集》中水泻方甚验,洞泻则古方理中汤,过疑虚弱亦易有弊,秋燥三场极易受热,夜又极易受风露侵元履,想安善耐劳,身心俱未甚惫,念念。大作想已纸贵,闱中当已发刻矣。假款遵候不缴,唯有感歉。壶字既未晰,究有可疑处,得佳拓乃定。古器至浅之字,亦必不弱,且可拓晰,其刻法使然。龙姞敦竟是君家旧物,可惜。尹姞似非二姓,《诗传》云王谢,疑未安,尨似即蒙,"弥乃生"文见《诗·卷阿》,见薛书,古生即性,百姓亦有作生者。甚有裨益也。黄邑必有藏器,特无人访之耳。子振学拓古石画,如子达所为者以赠,属求教正。东武汉石竟真,详伯寅书中。钟伪且劣,何以拓之,乃不自拓三代文字之藏如刀化类以见报耶?子苾之藏当至都门,能拓之否?明年拟使人来京拓各家所藏,姑发此愿。特稳细大雅者不易得耳。此颂元安不具。世愚弟陈介祺顿首。乙亥八月九日。

五七

廉生世大兄左右：

九月朔得八月十八日手书并银八两，云再详复，想徐足至即可读矣。元履想已大健，能耐酬应，念念。伯寅云吾兄得见煦堂藏器四十，曾录目否，得拓本否？人海之大，竟无一工拓者遨游于诸收藏家，使之各如其意而大广古文字之传，亦是缺典。张子达者拓佳而聋悖，且恐损器，敝斋者则非自督尚未能解事。敝邑一胥姓，其刻印能胜厂中常行者而有出入，近往张允勤处，拓图尚可，无匠人气，然又恐手口不稳。若解事而人又稳妥静细，则粟园后无其人矣。此次作字甚从容，盖文思所发，无往而不清新也。石查兄有过情之爱，而不以古文字厚施以相往还，得无以九字刀之故耶？因彼而致此，恐所爱亦偶然而古好有未至耳，一笑。吾兄所藏，亦尚未时拓见寄，似不可不共致一拓友也。清卿学使书、瓦砖拓，乞即寄之。蓬莱所出长安乐砖甚佳，兹拓四纸，乞分二与子年又即墨小刀化二纸。共赏之。与清卿言刻古文字语，可告含英阁试作笺封，第红必色足，洋照花卉套版作笺亦必佳。伯寅所用榴葵菊菊笺复旦钧天阁亦坊中物耶？含英小字甚俗，不及此。笺虽可而未造工妙，且矾纸耳。场后往还，如闻古文字语，乞示及。邸抄求属竹铭或他处看一分，看过半月一订见寄，需直先缴。西泉附候敬谢。苏信一，乞代寄。伪刻《爨》四，乞各致一纸，并志所在。先此遥贺新元，喜音早至为企。弟陈介祺顿首。光绪乙亥九月三日。

"陆高之孙𠨞公𦉢"似不成文理，其物所来知否，见之否？子年处匆匆未及复，晤时乞言《续泉汇》印片早寄一部。东武汉石如何，西泉《圣教》册如何？

九月十八日见顺天题名而吾廉生不与，意殊未遂，想贤者必不以此怏怏。此事有命而亦有文，有必售之文而不售，然后可以言命，自问亦可无愧，文不至不可。与幸获者校功令，不能不以此出身，是以朱子亦习举业，但不以此夺其进德之学耳。吾人立身保家，舍学何以？今日报国，岂帖括所能敷衍如乾嘉道间？则去时俗之见，后记问之夸，而于古人之文求古人之心，不能不大有望于贤者。以此为亟而彼有不暇，则得失不足为心累矣。手此，奉问近履不具。世愚弟陈介祺顿首。乙亥九月十九日壬子。

五八

廉生世大兄左右：

徐足未至，想在文起处，久未得详复矣。新得一瓦，拓寄清卿，乞阅过即封寄，拓二纸奉上，不复注。龙姑敦却可爱，近试询允勤，未知何直便可留，恐庄处未必也。贵邑新孝廉王庸_{字未必是。}是本家否，滇事之争如何？念念。古饕餮盘无字者，如日内可得，当拓寄，真九鼎之遗也。傅足还，即当有好音，翘颂之至。世愚弟陈介祺顿首。乙亥重九后一日癸卯。

午后盘至，草拓即寄，未知与伯寅所寄拓是一否？可请伯寅一阅。又至要件，恐伯寅随扈东陵，或其家可妥寄，或俟其归，乞酌定，以勿迟勿失为要。又拜。

又布化拓，子年、清卿、石查分之，不佳则已。

五九

廉生世大兄左右：

今年所奉书，承赐答者详于情而略于古，未获启发之益，功名之为累如是乎？前曾奉渎，未知直妄少有当于达怀否？在人者无定，在己者有凭，所以君子自求诸己也。近来想尊履安善，嫂夫人所患平复，深以为念。昨由子年补齐刀化拓，未知复否？新以三十千购一敦，器文古而字不伪，拓二纸，求审释。清卿有书见寄否？苏七寄古钩古熨斗来，祺以字为非而还之，书遂绝。今清卿宝其钩，惜钳金不可拓墨相质耳。晤子年可及之。前木篋并故絮、二杂目并缴。西泉存款，曾告虞琴否？昨为其从子莩汀书子贞集字联语，乞假一钩刻，绿拓二十纸见寄，钩刻均乞勿过滑光，需直再缴，再取版，唯仰渎耳。此问著安不具。世愚弟陈介祺顿首。乙亥冬长至戊午未正。

邸抄仍乞允其缴直，别为寄一分方安，收发费心，即已感甚，以后见爱，止求如是。古文字之交，则感道义，京事琐渎，则感情谊也。需用家乡物，亦乞示及。来年延东甫课诸孙，或可少暇，仍恐闲事多，自己看书，文字又不专，重恳相攸事，千万推爱在念。八大画册，人便乞付下。清卿刻瓦，止见一二，未知曾刻否？年来所奉书，乞饬胥录寄其联。九州、三古。七言也。又拜。

六〇

廉生世大兄左右：

去月廿四日即复一书，车重想十余日始至，廿八日奉十日惠书，并清卿寄三封邸抄一束，敬谢。昨书因恐失意，过于有累道心，殊近直妄，当鉴其诚。今诵书语，未免动心，尚祈不为境妨，进学乃有益于己，心蔽必须自开，从而附和，虽快一时心耳，非良友也。唯闻嫂夫人尚未全愈，唯宜虚心静细，世无良医，止可试药，误投多服，不可复出，焦急则心思先乱，转易误事也。吾人自修，原非望报，数是一定，循理乃为尽人事，不能改一定之数，而可造将来之命。曲肱乐在，位高未必心广，使秦皇汉武能自乐，岂复求神仙乎？不求诸人，无世俗之见，视为身心当然自然之事，或可履道渐坦耳。自得居安，岂复为名所扰？有定止而又能日用饮食，方是第一义也。祺少有心得，而甚无实学实践，甚愧。无以仰副过爱，唯增悚惕而已。高邮王氏藏书，惜不得收一二，可觅一目见寄否？近得一秦诏残瓦，至佳。人皆不解何以刻诏于瓦，蒙窃谓此宫必李斯所作，故刻诏于宫上之瓦，以纪并兼之盛者，书刻并美，锋颖犹新。读古人书，看古人字，曷可不以心精全力注之，以求古人之心力乎？《藏古目》久未缴，今闻宁足过，急属拓友检目补全，统上左右，希详察之。外复清卿书并封一，乞即交年差代寄，至企。高君丽珍乃次屏之戚，以耳为目，路要垄断，于真出土物，亦有所得。草上之风，小事且尔，深愧文字之蔽，流为玩物耳。照堂向无往还。伯寅忽有彼拓不欲相寄之语，或闻好多言，或敝邑作伪者恐发其覆，有先人之语。然欲其多拓、精拓、借拓，自大不易。盂鼎之共知，自由于笏臣廉访，今以古传，何必不照图乎？清卿史颂敦佳，中皀敦未确，所收不多而杂，真宝山虚行，惜无人代访收耳。手此，即问年安不具。乙亥十二月四日丁卯。弟陈介祺顿首。

《续泉汇》求印四部，再由京年前早自信局寄苏，金太史场吴大人退楼签，陈寄封，信资从厚。由彼付一二部，或作书致之，并索所其刻书尤佳。清卿㐂一钤范，如真则至奇，不见仍未信，乞索拓本。大顺真京。红布求二匹，俗事均乞别纸便装。眼镜东笺，明正求询之，如前请。用款乞由寄尊处项支。册目注缴，并各拓补完，唯缺一父辛盉，增而未及入目者，乞补之。清卿之封至要，切企切企。

六一

廉生世大兄左右：

去岁祀灶日得十一日手书，邸抄一束，银十两，正月十八日得五日书，二月廿九日得十五日书、邸抄、布封清卿学使书，具谂新履春和，嫂夫人勿药遄喜，即可复元，一是深慰。祺因元日后寒骤少作旧恙，正月未多出门。家事亦多累心，既为两孙授书，又遣长孙应童子试，是以公车多便而未裁复，歉歉。释古文字不得以八比用意法行之，亦似过看坏八比，其实止是以楷字俗情以自是，意轻今人而不知古人有征之信、阙文之谨，亦自忘其学之不足矣。鲁必言何以非鲁，衡必言何以为衡。甶、䍏之似两、网，二字皆见金文中。亦止可存一说以待也。伯寅十金已交西泉、子振，乞代谢。经读诚要事，义以文别，不明句读，何由通其义旨，惜无注明句读段节定本，而附以考异，以惠学者。蒙学即误，何由培植根柢？承示二举尚有重于此者，惜祺所学不能多有奉质耳。西泉款已由虞琴致。八大册四，月便乞妥封付。联未在都，不必过问。即墨周瓦再寄。复十一日。

　　高邮王氏藏书，精校本既不可得，单本佳者亦甚可重，不求赐但求读耳。双印可拓否？长一寸二分，方六分，合汉志否？刚卯。石田和香亭卷，不见无从说。东笺所存不过二百矣。协卿可惜，烟之害人如此，老母何以为生？才不难，有德之才乃真难耳。复五日。

　　竹报想已至，承欢以仲圭《草亭诗意》卷、《松泉图》卷，可谓文矣，敬羡敬羡。若真，则更思一见。旧藏元四家真迹不多，唯沙弥无佳者，竹尤企。佳者曾见杜兰溪学礼官农部时一轴。祺近好书画不如古文字，而识则进昔，尚有心得之真，唯欲多见扩之，此间苦无从也。刻敝藏瓦，本不敢请，可已则已，唯清卿所收多有可疑，若悉刻而不可去，一器一版则可去。则亦闷闷。既无名心，又交以古，不直则不诚，直则恐甚于九字刀之得诸传闻，或不言而唯质之左右，左右亦不言而教之何如？此非专为清卿发，然清卿之意又甚可感，奈何奈何。"映房寺"三字乃误释，石不唯不可得，并禁拓，村夫可哂之至。去岁闻中外往来说，拟联曰："门有通德，臣无外交。"守孰有大于此者乎？子母之说，则去岁人几一省矣。安阳刀当留意。唐蓉石舍人何名邑？距末字多而不可识，拓故未出。父辛盉则其箧未检得。《获古编》版当勿失。千秋万岁瓦似可疑。宋元嘉砖出敝邑浮山西古墓，收数十，以重未寄。🉐自是审，🉐则不可释，古印有仁言二字者。此秦以前官印。鼎字不可拓，不见则未定。亦闷闷。复二月十五日。

祺年来春夜常不寐，近因此病目，医者云少阳有热，亦未服药。以看书作字为累，余尚安善。正月十三日得一子，以鼎初爻义，乳名鼎寿，又名以厚鼐。长孙阜幸列郡庠，并闻。即问著安不具。弟陈介祺顿首。丙子三月四日丙申。

近拓镜，夏可拓砖。附近收小节墨刀有背文者二，☗☗二字者尤罕。拓上各二，与石查兄分之。装者老病，册不易成。

初五日有远来者，得古印十余，无官印而有小古私玺二。隆邱、每车、父兄复姓，父兄疑以里中父兄为氏，见官印，聚姓、符姓、原姓尚新。又似石之五铢范，面一石。背一石。各二，两范合铸，出土未散失者，此亦创获之品。又一器似刀化，长约京衣尺五寸半，柄二寸，上宽一寸一分，薄如刃，背厚二分，向上渐锐，☗。有断损一字，如今名空首币，字曰☗，自是六字，唯其制用无可考。又铅小厌胜牌一，色甚古，虽小品，亦至奇。又三代瓦片一，☗☗同安阳，残瓦柄三亦古。又残瓦廿余，残砖、石各四五。又四朱及孝建四铢薄货泉，皆吾东东西七百里、南四五百里所出。连夜拓之，寄乞考正，亦为傅足乞赏，恐公车信不足往返用也。祺又拜。丁酉日亥正。

砖拓七，瓦器拓七，瓦一、石五、小铅牌一、刀拓四，每纸赏足力京泉五十，则大泉六百，一笑。瓦当拓二十纸，乞即作书先致清卿再复，不能刻如是之多。

昔苏六以古归叶，几无一真，云有真则伪自败，可谓有诡识。推之用人，何莫不然？唯不反求斯得售，欺岂在彼乎？

大顺真红洋布一匹，敬谢。尚乞允缴直，则琐事尚敢请而甚便。望示及，今后则能请。若如此是阻之，且不以古文字见投矣，既悚且郁，千万垂察是企。祺又拜。

凡费泉事，皆不敢求见施。唯古文字则不尔，即重费更感，但恐又不肯耳，一笑。

子振舍弟今年欲北游，不在敝庐，以苦用不足耳。

石查兄古圆化重一两十四珠，孔何以又圆又方？皆真。明四当是历下杨征和旧物，宝化则似弱，未敢定。乞代谢。又拜。

西泉为退楼作印一，小蓬印一，寄正，今人岂易得耶？西泉所存槎河山庄墨十笏一箧，重四两，闻都中旧墨易销，考试年尤易，代求费心销八两十两，乞检入。好友知不嫌其扰渎也。有销三四两、一两者，多少乞代酌勿商，切企切企。

六二

廉生世大兄左右：

廿二日得十三日复，慰慰。西泉墨五两，或可增与否，代定早付直应之为企。东笺尚可用数月，唯日本多事，纸或不至，不如足数年用，以免时相渎为便，秋间亦可。田书已交，新得古印四，齐刀化十二，六朝石二，均拓上。年来万事不如古文字，而海内唯如君者良朋数人，不胜仰企，唯垂念之。此问元安不具。丙子四月廿五日丙戌。弟陈介祺顿首。

六三

廉生世大兄左右：

廿日奉月十二日手复，并银封、邸抄、东纸笺，谢谢。嫂夫人所患流注，三年始溃，自宜加意调理，且在胁腋之间，须早合口。《全生集》可信，而重补之说则未甚详。所来一金已尽购敝邑程姓阳和解凝膏，得一斤一两，此即《全生集》方。昔在都所制，即胜此。日光室想以藏镜得名，此非镜之上者，**铁**字出兄光敦，蒙久以为一字，又叔家父簠可证。今与尊释同，益信。日字用金陵甘氏日庚卣，室字用中殷父敦中奇者。寄石来即可刻上，不必先定石大小，以方石为合也。龙姞敦可谓得所。富莫富于伯寅，而精拓从此恐不易流传，若传而畏人知，则不言为谁氏而传古可已。尹姞似非二姓，绾绰与弥乃性，则薛录后不数见。登州古砖佳者亦不甚多，长安乐完者云尚有字。允勤久无书至。东纸以薄为佳，且封不厚，红色不足，版行不致，乞告含英，勿省小费。**玺**虽似星，然齐陈曼簠之齐却亦中直下贯，此二百番亦尚用得。竹铭诗文字出手即不戾于时，精神亦足，此或即是命，人亦稳，有胜人处，而考试或不得，自是有人不易知、已有可议处，亦或即是命耶？呵呵。齐出一器，似印而大，文曰革曲，详其式于伯寅书中。又齐出一玺，三字不可识，银玺缺一字一，新得古玺四，非齐新出，共七拓，乞考。蜀新出汉刻可得否？墨直西泉属代敬谢。复清卿书并瓦镜拓一大封，托子年，亦乞在意。手此，即颂元安不具。世愚弟陈介祺顿首。光绪丙子五月廿五日乙卯。

六四

廉生世大兄左右：

闰五廿二日得十一日手书,并丁亥诗抄一本,邸抄一束,属刻印石二方,清卿书一,代购东笺四合,敬谢敬谢。六月初旬,傅足又以书并四日邸抄至,闻入夏近履安善,又为秋试之计。必知彼知己,然后可以请从,放眼游戏,自可得之,勿仍以牛刀为也。呵呵。嫂夫人所患自是虚弱,细看《全生集》各方而重参芪,或可收功。此等集中未详,病重药轻而谓补亦无益,可乎?溃则先须保膜矣。求雨银牌二字,或谚人忙天不忙意乎?吾东府大旱之灾今已定八九,食新尚须十一月余,奈何奈何。立秋止四日,秋尾已无甚可望。此事甚大,震怒如此,民穷财尽如此,天将使靡子遗,人真不知为计,唯冀海粮源源不竭耳。日光室三字刻长方印未易篆,拟先作"日中之光室"五字印,不知可否?其典重在中字,似不待读铭然后晰也。胥印可者尚妥,而不能作篆,刀亦弱,不可久交,甚可惜。一二皮相稍异而不能作篆,焉知作印耶?小石不佳,改(纽)【钮】尤非易,容与商之。伯寅所索装拓册,其人老病,甫装至秦,尚未及汉。瓦砖镜石四者已拓,而印未成,刻拓范。然旱灾之大,不知斯人何以为生,岂复暇以心及此,行将停拓耳。顷得东武书,云西境及莒旱蝗已生,各处分捕。东武胶密今年多雨者,又大旱枯,且虫灾甚。自兵燹后,人心多一乱机,不甘饿死,青沂近山处尤不妥。三代瓦尚未及检拓。案齐刀范二,宝四六残范一,六化石范一,拓四种,又齐刀拓六伴函。傅足来不易,求少加酒例,为路食不易计。析子孙阳识拓,无可取。所携颇有须拓者。文字上,奇次之,刀上,刀形不过奇而已。此问著安不具。丙子六月十四日。弟陈介祺顿首。

敬谢尊藏金文拓印拓,又魏太和阎氏造石象拓之赐。今寄上汉巨张千万长方印一，乞莞存。此种前人多不以为汉印，今证以叶东卿兄旧藏大司徒、大司成、公孙陶等印，于公孙印钮之上，见有敲击痕，始知此皆施于金银鉼锭者，如今之元宝上字，出火尚软时印之也。附上郚爰金鉼拓一，莹往，即徂。来金鉼拓一，亦此制为者。又廿三年戈柲拓，当是梁器。侃㑌戈、平陆戈拓，新刻错银汉太守、莽连率虎符拓七，图于研背，并摹其文。三代圭斤，封序。合符钩拓，钩名始于愚，前人曰半钩。日入千合符半钩拓，千金氏铜、完字铜拓，汉锁钥，非藕心。莽八两律权圆拓，唐天宝永淳铜造象二小碑拓，唐慈恩寺善业泥、印度泥象泥残字拓十，汉宣帝、成帝五铢土范拓十三，陕出汉瓦拓十六，希察入。即请升安。名心具。壬午仲冬七日己丑。

新得汉画象石，有题字，当是东都时，尚未至，明春可拓即寄。

三月末由孝玉兄处寄拓四十三，孝玉兄处亦有拓寄之件，至今未得收字。此次寄拓共五十九纸，龟象符尚未及检出同拓册。

内府铜器，尊处如有拓本，可否寄读即缴？分副则尤感。又梅道人竹，习见者绢染分段画字，尊藏想有至确者，道远不敢请寓目也。又拜。

六五

廉生世大兄馆丈史席：

十二日奉去月日至手复，慰慰，清履想已安和，念念。碑银领到，前由东甫代致一事，知承慨允。春山兄之款想不误，或不过缺一二十金耳。谢谢。幼樵学士入总理署，锋色甚厉，固大体所倚。然强者见言，懦者见色，必须气体充盛，乃可制梃挞之，不可徒以口舌事，而不思实有强力高艺，先自内修无懈，如病者之轻怒也。海外之于兵事，无所不用其极，惟理不明，而彼之所为，亦我明理中所当知者，如地中行车，皆其惯技，不可不推类防之。中国积弊之大，在于吏治，病失在此不在彼。积弊不革，事事万不能见真，善者能如之何？倘能改观，则环海十里一成，可通城，见《吕览》。层层以铁路环之，有屯兵，有换防兵，内地人人皆明中外。沿边沿海使如常山之蛇，复以铁路通，皇华四牡之周咨交错，无隐不周，粮饷无不传运，以轮车为传车。废弛之政，积弱之形，无不振举，亦何患不能有为？然先不能力去己私以公天下，以用天下之人，则仍是无从说起。不必多说一字，使成无人能作之事而已。作如不作。有大任者，岂可知责人而不知责己乎？吾兄见闻真切，近事时望示以慰远忧，是所至企。手此，即问著安不具。馆姻世弟陈介祺顿首。十二月望辛酉。

新得秦诏瓦量字二片，今拓大纸小纸共四，以补前拓。又大小纸四，乞代致春山兄。又西射李氏汉陶器字一，千秋万世汉砖字一，天统石象字一，石下缺而字佳，家作家，亦异。又有卫校长封泥，尚未及拓，唯乞拓时念我之有过于弟耳。祺又拜。新刻山左土物印，初用之。借用书语，尚非无本，书原句何不刻用之？

清卿兄孤军驻于新城，以当大海之冲，而所统又陆军，或宝山或粤东，未得确音，念之不置。用之恐未能有益，不用之则何为耶？都中不仿洋法，用机器铸小平钱，终不便民而困。丹初同年何以仍回护从前之大钱耶？又拜。

求代取刻坊《泉说》《续泉说》《海东金石苑》《论泉绝句》《虞夏赎金释文》《古泉丛话》各十部，纸本同更佳。伯寅《丛录》四十本交次儿或东甫寄下，其直令刻坊具一目来即缴，乞代付。又拜。

寄郎舍亲函已交。

东洋皮纸似佳于高丽而似有矾，略松而雅，装帖似宋纸库裱册矣。旧画及帖皆不宜衬白纸，揭旧干再上糊。附及。

子年书乞代致，伯寅书可索阅，来人付复书。

六六

廉生世大兄馆丈左右：

二年之别，忽得手书，知腊望文从至都，并有新婚大喜，上慰高堂，尤为代庆。与仲饴盘桓数日，想详知小女旧恙已减情形，念念。前以归田所知奉布，知已代致令亲香涛中丞，虽无所当，尚可引伸。侧弁已于关内造馆，恐新疆百余年无数巨款都属子虚，不减昔之犬戎。清卿独当左臂，未知如何，感佩。香翁能无曲突赠策之慨耶？闻盛游获古至富，羡羡，唯以未及寄拓为虑。剑是十年宅阳者否？铅印非《泉汇》者而同隋小碑，亦见拓墨，惟均不致。若彝器与海内古今第一之古圆玺与造象，则无从拟议矣。自见尊藏土埙后，来问者、寄拓者、来售者不一，而皆不似，又陶而非土，文字至今可谓淆乱，可惧之至。大雅如吾兄与清卿与弟，均不可不慎其多术而过自负也。清卿寄款促作《印举》，昨有书恳孝玉兄。前属备蜀中索拓，久交东甫，如费至，亦可增入。《印举》如再有乐助者，尤企。新得东汉君车画象石，烘冻朱拓数纸，装轴度岁，春融当即拓鉴。关中有阖省士民公约，不卖寸土尺地与他人，曾见之否，晋省东省何不先踵行之？如有存稿，望早示寄。手复，即请留安，并贺新春新年新夫人新喜。馆世姻愚弟期陈介祺顿首。癸未元日癸未未刻。

闻匆匆有便，误写衰陋，如弟为与弟，殊不成文理，乞改正之，至企至企。匆匆即误，亦可见其衰，而由于不学矣，愧悚愧悚。尊寓如定，乞示知。再请箸安不具。馆姻世愚弟期祺顿首。癸未新正二日。

六七

廉生世大兄馆丈左右：

昨午得腊既望手书，知所寄陶篋、秦瓦诏册、鼎戈拓、《表忠观碑》册均检收。唯托破书崔所寄书，并新得瓦诏大小各二纸又四，补寄春山兄西射李氏陶器拓一，千秋万世砖拓一，天统石佛字拓一，想除前方至。杜锡九十三日北上，因未得复，未具书。傅足来，属其取书，二月即当还矣。承允暂假二数助振，至感。想春山兄之款可付，即无须由彭比部转假。书成未能速，贵老师处不能即有以寄，恐迫促相累，成时必不敢缓。倘已转假，则请仍以春山兄款代缴是企。东省元日得电音"刘义大胜，法国军绝。"八字捷音，真我朝之福。前书躁妄，然忠君爱友之诚不能自已，勿以为不可与言也，悚切悚切。新得敝邑出土石二种，其一有黄神宗伯字，_{拓二释一。}字平浅如李夫人灵第，或东汉或魏晋，乞审定示复。其一太昌小石佛，拓一。字上有磨刀痕。年来代访金石数人，皆以力不能收而日相远，唯企同志时以拓墨寄之。马生事不见属，甚妥。田宅须俟东甫寄银至，仍令前经手者面交。承惠春茶二饼，谢谢，未知于宋贡饼何如？香涛中丞《书目答问》《輶轩语》原版者，小孙奉笔乞代购，《疑年录》亦乞印时为印数册，并由东甫处缴直。手此，即问著安不具。馆世姻弟陈介祺顿首。正月廿三日己亥。

六八

廉生世大兄馆丈左右：

月九日安邱王君北上，属面致一缄，并宋本《论语集说》，当已察收。昨晚朱姓还，得三月七日、九日，四月二日手复，知前四函均达，承示一是，感感。求考定之文字，乞随时即以尊见书记一纸便寄。黄神宗伯石先企。《疑年录》谢谢。《印举》买纸既已经年，试印竟不能平妥，已误多金，必须手编，无友助。法越日亟一日，忧心未能专一。春寒多病，今尚未能理绪伏案，至愧至愧。东甫若代缴假款，万勿不收。若能印妥格纸，印正本时需用即求再付。或先以印片全分寄南，或装订即寄，前言必不敢食也。恳企恳企。闻一知二知十，窃谓二乃事事必有反正，即择以从改，十乃以一贯十，择之极精。常人用心，以知二工夫为要。田宅银与陶直，东甫谨慎，尚未寄来，望有妥便时索之，或交锡九。格贝子府古器拓，乞一副本全分。得拓即是，何不敢过问耶？贵师小山馆丈所索敝藏石拓，琅琊台秦刻剔之字有"五夫五大夫杨樛制曰"可拓，始皇诏字痕拓，并寄上转致。铜镂鞠字，能有它书可考否？景瑀之父乃五十年前旧交，尚有此意。三十年白浪河市铜担增至数百，几无遗古，今其能者俱将就东家食。若归同好，得佳拓，于愿已足矣。残封泥直几七金，已倍于昔。郑堪尚书处，昔以有所言未留意，不再渎。今家居，若续文字旧好，由苏寄烟台裕隆德行，交潍栈信足甚便。祺夏来如常，腰腿无恙，唯跪起需扶掖，卧久觉体重耳。近说请正，唐宋金数纸。近事仍望详及。附复冗晦，并乞亮察。即请著安不具。馆世姻弟陈介祺顿首。四月己未望。

《集说》事求推爱，并早赐复。所索古玺拓，再于锡九还详之。又拜。

交章切责是今日之明，然责人必须自勉，方胜大任。前书乃爱君子之诚，事事不整顿备豫，诛不胜诛。天下事究竟何人胜任，究竟事至如何，岂可不思，岂可不勉。思之勉之，则求己必切于求人，而能举直错诸枉矣。自勉一分，天下受益一分，贤者不可不为异日大用立本也。作文看不出题解，方越改越不像样。既在场中，又不能不出场，遂成场中举子之文，无从取到场外，场外者又岂可不为入场时设身处地乎？非主司至明，终不能取第一文。至明而非主司，即荐第一文，亦不能中，即中亦不能知其当然与所以然，比作得到者更上一层也。窗下须先要作第一文，真能作，方想中，真能作，又岂枉以求中哉？我辈宜先作窗下看可矣。不学不能自维其说，极是。看文所以须看后半，后半竭而不切不要，则学不足之故。京外之论，岂外是哉。自谓遂无不通，不足论。自谓识见已老，老其所老而已。京无事作而外有事，一作则入难路，更入作不得路，所以天下全不作事而至如此。此不必责之于下矣。气死愁死，有何益乎？孤注一掷，仍须掷者靠得住，<small>彼亦有教党。</small>靠不住，仍不可掷。学问有两途，一读书，一阅历。阅历者，真读书者，精深广大，至乎其极，则真圣人之似迂不枉寻而已，见微知著而已，岂易言哉。以上敬复三月七日。

新出古器极不可靠，前于来东时见之。易论七言胜，惜未取。敬复九日。

惊定思痛，用药择而不杂，冀此转机，大症尚可调理，引领仰望而已。认占而不退，久知之，无论侧不能安与生疏。事事如文，不能切题，奈何。敬复四月二日。

秦石拓二纸。汉魏六朝石拓一百十五纸。<small>唐宋金数纸，玉造象拓一纸，非白石。</small>又附铜铅造象拓三十二纸。拓费十四两。

六九

廉生世大兄馆丈左右：

前于东甫书知廷试一等，邸抄知授职留馆。上步祖武，远博亲欢，读书显扬，非常人可比，旧谊新姻，尤深同庆。近拟奉贺，阻于河水。兹于月廿二日得五月廿六日手书，并赐古拓五种六纸，敬谢敬谢。案古剑之长，几周尺四尺，其器若此，其人之长可知，当不仅文十尺汤九尺。上士之剑，非以位言。剑两面有古奇篆字在鼻，<small>璏，《说文》"剑鼻玉"，此当作镶。</small>俱鼻，左右同文。其一面向左向右各四字，尊释"宝剑永用"，蒙谓用、剑释信，剑省金，宝字作𢀛，与薛书商钟自字同，当释自，其一字当是人名，读曰"某自用剑"，与"逞之永用剑"文同，其字竟不可强释。

其一面似有饰宝，亦左右同文，似三字。其一下半作㝬，上作二鸟，似是兮字，其一近成字，其一字长而泐，不可释。庾肩吾《书品论》"蛟脚旁舒，鹄首仰立"，与此正合，真夏代文字也。余谓此种是古奇字繁文，以篆为体，以虫鸟蛟龙为象。象或在篆上下者可释，否则不易。薛书所摹珥戈、商钟、钩带，带近岣嵝。阮书之董武钟、蛟篆壶，毕良史青笺题夏壶是真象物文字。余之蛟篆戈铸字，亦疑是古戈，后又加凿款。凡无篆体可寻者，皆商前文字，近于叠篆者次之。与此近似，而刻本笔无重轻。余所藏古奇字编钟、奇字残剑，皆不若此之蛟脚独重，为今所未有。范金至精，文如稻芒，过于古镜。字之空地，又皆有细文，唯字小少近纤耳。后世鸟篆，皆仿佛臆造，唯余所得张猛铜印、緁从乡。仔妾赵从女。等玉印是真古文。然亦疑是相斯秦玺之遗，不能如古吉金之至上也。既属幼泉以油素精摹，竭昏目之力审之，即以其本奉寄，并详说，请是正之。张怀瓘云，往在翰林见古钟二，文三百余字，字紫金钿，神采惊人。今吾廉生入史馆时得此，它日得窥西清之藏，更不知有何奇遇，非复人世所有者矣。附上敝藏古剑拓三，王元讶，亦曰自作。高四，奇字二字，完者皆剑而非干首，干首则有系旄处，古奇字编钟拓一，二纸。蛟篆戈拓一，张猛铜印，緁仔妾赵、王武、侯志、龙成甲玉印朱墨拓五。古朋相从，集于史席，亦玉堂销暑之雅乎？全剑精拓，乞再惠三四纸，以一多题字尤企。手复，敬贺大喜，即问著安不具。馆姻世愚弟陈介祺顿首。六月廿八日丙子。

长安来人云，售剑者善作伪。今见墨本，万无可疑矣。方鼎、盉、瓠皆凿款非铸，则未敢以拓定者。于大令事，昨已详寄东甫，可否勿促之。敝藏吾子行《学古编》，遍检未获，乞以藏本录《三十五举》文即寄，或可代借代购尤感。又拜。

铁大泉巨范,似宣帝五铢土范制,或同时物。

毕芬行后,检几案间,始知瓦诏拓未封入。今闻杜锡九来,即寄,希察入。一函竟三日力而老态如此,心之记事,如鉴留形,老则如板漫漶,印不真矣。河赈数言,乞教之。论金拓则阙文之谨,非敢悖妄,乞亮之。水涸道通,秋冬尚可数寄书也。即颂廉生世大兄馆丈开安。馆姻世弟祺顿首。癸未重九丙戌。

七〇

廉生大兄馆丈世大人左右:

月八日毕足、十日杜锡九奉寄书拓,想察及,未知湿否?念念。今寄上夏象物饕餮盘图拓一。其有"父戊昌"三字者,在宫子行处,属幼泉摹于后。此虽无字,今所见尚无古于此者,曷能不宝重?亦不可以有父某文者皆定为商,而不知商文尚有细字一种。又距末拓一,愕作者,不知何伧怂恿程木盦剔去错金,而不知摹拓亦可。此于齐鲁得之,字多而未敢剔,仅见一字,似吾,又一似禾,似周末梁国古戈文,容审慎剔之,或可多得数字,亦属至罕之品。又齐出益寿合符钩,得时尚未分,属幼泉、子正轻刀敲剖之,又一残半者,益字上似日非日者亦同,而字较晰,各拓一。又日入千半钩拓一,似已寄入全分。又大吉弩拓一,隶颇美,乞鉴定。前寄须补者,无目不易检,若尊处有知录古文目者,寄目详补,自可无遗,来目仍可同缴。前西泉代属胥芰塘铸印,久未就,今将北游,措银交铸,始成银印二方。尊大人名印,西泉少加润色,已似胜汉印次者。大印则尚未甚失所用石印文式。伊不善磨光，别令一人为之。共用京市平足银二两八钱一分，附有清目，印即寄上。《学古编》乞早付，《疑年录》乞二部，新拓亦乞勿遗。胥君乞嘘植之。手此，即颂开安不具。馆姻世弟陈介祺顿首。九月十七日甲午。

寄清卿兄书，录稿请正，并乞致鹿滋轩中丞一纸，兼托其即寄敝亲家徐晓山方伯为企。如吾兄以为可与香涛中丞言之，即希于通问时附去。又英使与法人入都议越南界，未知如何？今早又与清卿兄言海东事一纸，并奉稿请阅。心感旧恩，杞忧难恝，知至契当不哂之也。垂察不具。祺又拜。九月十七日。

七一

廉生大兄馆丈世大人左右：

月廿二日始得八月四日、廿五日手复，并剑拓四，元嘉石象字拓一，姚刻吾邱、桂续《三十五举》，敬谢敬谢。姚本已句读并注，若再得副，当命孙皋照录请正。元嘉石不可如此拓，前书已及此事。承示新得，健羡健羡。旧藏松雪书尚有佳者，若字多古器精品，宋拓《九成》，尚可易，写经必须后款十分真及佳跋乃可。孙氏《岳麓寺》册曾见之，时以年少不敢重直收。《道因》珍在宋本，《不空》虽宋尚多。马氏古陶，其字亦须审慎。近中各处作伪日甚，弟平生不以求古不获扰乱此中，唯于疑似不肯失言于至好，则期共勉之，亦望勿以其多口而遂多费也。补拓前已具白，不能不践，唯无目则复遗难免，仍望属友校录见寄。又以司拓者去而他之，新手多未谙，年老事繁，虽日从事于此，亦不能忘情切要，止可不渝此约而已。印林兄遗集已校毕，不知可刻否？郋亭学使过访，辞避再三不获。清卿太常闻已督兵至津，曾通问否？桂续体例，述而不作，已过吾邱，大著当过于桂。自叙《印举》录请是正，以不论刻印文其浅陋，虽未属稿，已知为大雅所哂矣。张观察书何以尚在孝玉兄手，闷闷。念庭如尚在都，望代道念，并言《印举》已将编古玺矣。新得齐出六朝造二万佛砖象拓一，阳识𢓊字爵拓一，古化拓东周一，同出安臧二，卢氏一，衡阳一，安阳二，闵二，甫反二，𢆷一，安邑半釿一，涅金二，𠀟一，阳山一，共屯二，长垣一，重一两十三、四铢各一，共廿二，乞检存。后凡收拓，皆付一目为企。即问著安不具。馆姻世愚弟陈介祺顿首。九月廿八日乙巳。

古化又长尖足布兹氏，三。一甘丹，十。又，△。大阴，∧。邪山，三。共拓五。再附。

七二

廉生大兄馆丈世大人左右：

九月四寄书想均至，日来切盼北足矣。拙叙甫作草即寄，乞批削。近思大小篆自史籀、李斯以至六朝，不可不如《隶篇》成一书，阳冰则必不可入，望兄与诸大雅成之，至企至企。海氛甚恶，吾乡僻又阻水，乞详示。滇黔蜀为英人所阴企，而法欲先之，德能敌法与俄，而日欲效之，有责者不可不统吾全局，知己与彼。清卿南行确否，北边如何？即颂开安不具。馆世姻弟陈介祺顿首。田处信银交明面取收字附阅。十月五日壬子。

妄论有少当者采之，不当者论之，惟乞勿以语人是企。又拜。

此次有与东甫论者，不具述。

虞斨，一。䇞，一。闵十一。一，齐化，二。卢氏，四。武，二。㞐，一。古，一。贝，一。朲，一。公，一。四，一。八，一。二，一，即八。十，一。坪全，一。共二十一拓，十月六日寄。尊藏封泥，望早拓寄。

再汇与宜古斋李君京平二两、十足银四十两，有汇条一纸，字一纸，乞费神收清，并信件同为妥交宋世兄任柏乡令者，查系邢台。手，或托鲍印亭世兄面为代致亦可。又初印绵料纸《隶篇》二部，友人所托，欲售廿四金，或少减亦可。或至廿金。闻都中时直如此，尚未是如此之佳，暂存尊处，从容代销可也。又八大山人画册真迹一本，虽不及昔年子苾兄所赠之四巨册，而已甚难得，乞使人与心泉和尚一看，三十金即可与之，售者原直廿四金也。不能得原直，即交竹铭寄还亦佳，可迟迟。册在同邑曹竹铭处，《隶篇》与《印存》《玺印文传》在宜古斋处。又年祭需用佩兰金糕一匣，南糖麻片各半一匣，酱肉二片，山雉四尾，关东细鳞白鱼三四尾，裁尺尺半，不可大，大则盘虽大不能容。酱萝卜十余斤，苹果十余或廿，共一小帽合。又有目，托宜古李养泉。勿复，但求暂借付直。已托竹铭，有车可寄即求饬妥纪代购，无便则无须矣。奉渎过琐，不安怗爱，乞恕之。又拜。

西泉《圣教》一册，枚卿曾为得价四十金，养泉云可为销六十金或七八。册在伊手，可索看，并为留意是幸。伯寅处如有银见寄，乞代存。子年书，乞饬交。东笺望早为寄下。又拜。

竹铭汇与宜古七十金，言至都即交。苏七信，求妥便即寄。

七三

廉生世大兄馆丈左右：

　　月八日得九月廿二、廿三日手复，并石范拓一纸，谢谢。示及小女在陈署近状平安，同日仲饴处人至，亦悉，并承令爱寄佩件为祝。《捃古录》清本已及一半，来书未言，不知曾补否？续似不如补也。刻桂、许书毕，已见初印本否？桂之何种与许之先刻何种，尚未闻，念念。力收宋元本书极是，汉碑明拓初拓皆从其朔，亦不易备，似不如先刻金文佳者，一器一叶，前篆后释，考则续补。若能字如阮书，亦甚有益学者，第钩手不易得解人。崇藏《郭有道碑》未得见，闻任城有不全册，曾至历，亦未见。攀古楼新获徐王子沇儿大钟，自似周末。北齐《梁子彦志》，曾见拓否？太平镜已寄，并有标目。索补之拓，有目必寄，亦望拓尊藏时长毋相忘。或飞卿大令竟索寄，寄助可矣。前已诺，随检随得，拓出必寄矣。迂拙衰老，不作妄语，大雅古交，知必鉴之。张书五纸，缴。印格事已定，前册无用，不必觅。瓦诏补七大纸。古玺朱墨拓，须迟迟。冬寒拓友将归，又以《印举》须自理。去月八日毕足、十日杜友、十六日胥友、廿八日福兴润烟津京信局、月六日傅足便，均有寄拓，检收示晰为企。兹寄墨拓君车汉石正面六纸。石重不可时转，背拓后寄。轮舶不能大封，望于销直内拨付。直仍如朱拓，或少亦可。琅琊秦石旧拓，亦容后寄。《三十五举》乞二本，以一本校寄。《疑年录》乞二本。矾笺乞勿用，用可久者，方可常看常存也。即问著安不具。馆世姻侍功陈介祺顿首。十月十八日乙丑。

慎永堂复书一并寄,已往高密。闻滋轩中丞患痔漏,弟自十八岁患此,至将六十,检陈修园书有《本事方》神仙丸,以为专用苍术可以去湿,久服而痔漏全愈,亦一效方。书中未言及。尊藏印拓、封泥拓望亦寄。高丽珍古六字玺,可以易粟拓否?一笑。《印举》格寄一样,请正。其小不过为省纸,一印一纸,便于编及补。以用何书皮为宜,切乞留意。又拜。

高翰生印谱已将成并刻。大叙闻少增改数字,尚未见。清卿至津,寓何处?如知,示及。明罗文纸即无矾,矾则极脆。

尊藏新得金拓可迟装,先编目录释。摹其不识者见示,尤不若寄拓之真,亦可以所无补入,且可直述所见,以相切磋也。南阜所藏,乃太史公名玉印,似是燕石,相如印则未之见。竟印已书,而复弥缝之,非己之两难克,何以至此。陈曼簠旧有二拓,叶藏或非《西清》者。古簠有器盖。盖名会。字与子和子区同。《西清》器乃仿宋磨蜡。🏺鼎文与敝藏录敦文同。彼云"伯淮父来自舒",此云"师淮父至于舒",先后事耳。师官,伯长也。🏺或是禺,🏺古寓字,繁文从攴,其父即杞父,人名字省己。此器今尚在否?四字者当是小鼎,一人作无疑。🏺敦第三字是母字则真,父则疑。车彝,彝似省卄。父乙🏺尊,器精即须审其字。拓何似觯。四拓或见二。

高丽纸久则毛,非佳纸。非喜书之,止是便于作答之速。今既可作,即请代定一千余张或二千张,但必使缴直,或由销项扣还。以古文字相交,望以古文字酬之。以古性情相友,望以古性情共之。小事费心已深感,再厚则不敢请,而使无可请矣。又拜。

此种薄滑高丽纸颇宜书,未知可购否?紧、光尤佳。

信纸仿古而不清朗者,究不宜书。

细阑刻工云偷刀不耐久印。若阑如此▎者，直上直下刻线，用足红花膏印出，刻一斋名即佳。用上贡川即可。附来吉日癸巳封一，乞示坊中商之。

此次书求饬人录稿付下。并此甘纸。

七四

廉生大兄馆丈世大人左右：

九、十月有四书未得复，燕齐道路之难即如是。闻杜锡九已抵临淄七八日，有所寄必俟伊归矣。前书因谊厚而又言多，或不哂其故态而鉴其迂诚耶。晋省多煤多铁，必须延德国克鲁伯厂人来领工，而不可令其多带工人至千名外，以防我不能自为，而彼有异志。此即北京之一大机器局，又为北省运买之总局。南省则闽广滇产煤铁处亦同。德不欲法强，故可用，吾兄以为然否？墨拓汉石背六纸奉上。有所寄即可交来足毕芬，伊尚欲借买物及路费也。匆匆即请开安不具。馆姻世侍祺顿首。十一月三日庚辰。

海道不通，即用铁路以通银粮。惟近海则不可，借寇资盗耳。今日既通洋，即有不能不用洋法处。惟必须以理为主，而不能事事效之。同工异曲乃是。

七五

廉生世大兄馆丈左右：

先得十月廿二日，后得六日手复并耳封，闻已卜居城内锡蜡胡同，想已移入新宅，布置均妥，吉祥欢喜，定如心颂。瓦诏拓知已收。《三十五举》大小二种领到，大者容录拙注奉缴，无须再寄。胥生小有薄技，前赠言以缄默藏拙，不知以多言误事否？闻有新得，非金石，念念。郋亭学使书不易成，诚然，云将先刻阮书。又知拓件银印亦收，银二两八钱已领。楚鼎字鼎一纸，新得残戈柲一纸奉览。郏驺乃大印，与秦魏户大铁印，革曲大铜印，仓内作大长方印皆朱文。蒙皆以为古之火印，与有千万、万匹等长方印皆同，容与古玺从容再检。尊藏拓出，二纸乞即分一不遗。《表忠观碑》，潍无整本。裱册拓尚旧，惟数页虫蛀太甚，已与议，或不须十余金，惟恐不欲收裱册耳。展云兄去官，甲辰世兄弟又弱一个。泥风鉴而非真知固误，惠迪自吉，祈福自愚。理足而过于任气而谓无数学，似亦未安。无数无形，理于何寓？陈、张、洪、盛四大君子，合词公论固是，然不推原何以用如此人，何以不用不如此人，而又切自砥砺，岂可以一黜字致治平？且知其不可而仍用之，不求其真可者而代之，止一敢言胜人，未必能有益全局。草野仰望，尚请大之。收拓册领存，承示近事，极感。惟企贤者自勉以为天下，而不以痛诋扰动此心，则幸甚矣。手此，即问著安，并颂岁禧不具。馆世姻弟陈介祺顿首。癸未日长至庚子夜。矾笺仍乞勿用。

《表忠观碑》册一本，已于今日购妥，用京钱二十千。与杜锡九古陶大木匣同搭舍亲王孝绪舍人车，出车价六两，共交东甫处十三两。即有余，锡九尚有古陶古砖等尚未交来，伊自有书详之。册内有秦诏量瓦字大本二，其一奉赠，仍望将前赠不全之本交东甫付还，以便补完自存，其一交东甫，转致孙春山兄是企。

至日次晚辛丑灯下。又拜。

七六

廉生世大兄馆丈左右：

　　正月廿三日、二月十八日复谢二缄，想已察及。昨杜锡九来，询知近履安善，宅已购妥，尊大人近将抵都，欣慰欣慰。窴生外孙夫妇归安，窴生日亲训诲，当扩学识。承假振款，已属东甫有款即缴，未审已交否？清卿通政移军何处，是乐亭否？越南消息甚劣，滇粤孔亟。今日中国民不知兵，兵不知战，猝募之众，何以御敌？既未早图之，亦不可不再急图之。无如今日事皆是君民中间一段作不到认真二字，遂事事无可如何，有何可说乎？今日外洋不能不人人自谋，即不能不谋我，此必然之势，尤不可不防。凡事之无可如何者，其本只是自己作不到。与世浮沉而不求诸己，则终作不到矣。作不到认真二字，事焉能有所为乎？此祺田间久睹之实而窃虑者，想怀抱亦有同情也。闻掌院代递尊疏已发抄，此间尚未得见。《古文尚书》之请，想与香涛中丞所见同。正途京员津贴作正开销，亦愈辨愈正。祺昨书已言，当恩归于上而为加俸。今又思之，恩重如此，而不实有以报，仍徒养望无为，似非敬事后食之道。宜请旨设馆分斋，实力讲求，以经书义理为经济之学，以津贴为费，翰詹科道内阁以古训为主，以诚正修齐为本，以本统末，以精该粗，析之详则无不明，合之大则无不备，极之天文地理，充乎宇内海外。六部则各以其职设局分条，以经为治，讲求利弊，周知天下，勤恤小民，上法古圣之政典，远取海国之所长，均须选举贤能，主持统率，旁及隐逸，进退黜陟，以求心腹股肱之任，节钺干城之选，以广皇华四牡之交错，以大上德下情之宣达。圣朝握中图治，左右贤材，以言使则有人，以言治则有民，庶不至滥厕坐食而国为有人矣。经营八表在人，而所以经营八表有本，诵香涛中丞之言，不能不感叹无已，而隐忧莫释也。手此，即请史安，惟乞教之不具。馆世姻弟陈介祺顿首。甲申三月十二日丁亥。

文泉年丈校书三种初印本觅得一部，乞检入。又拜。

津贴事若定，似宜掌院堂官代奏，同至乾清门行礼谢恩方为郑重。又拜。

七七

廉生世大兄馆丈左右：

月十二日都昌秦姓北上，寄翟刻校书三种，想已至。昨由上海寄录中国电音，云北宁法人俱经我师殄灭，由越于二月廿七日至羊城，想捷报于月初可至京师。传闻若真，则是有洋务以来一大转机，各海口事亦有把握，彼若不敢问津，则和约可多更正，亦可内清洋教。然津防京防则尤不可忽，以备困兽之斗。伏戎之兴，鬼蜮之狡逞，亦何所不至，须使京师如泰山之安也。近事切望示及。手此，即问著安不具。馆世姻弟陈介祺顿首。三月十八日癸巳。

信玺见水不坚，又不敢上蜡，此系初得时拓。封泥拓十二，媫伃玉印拓一，古剑镮拓一，<small>朱摹上纸</small>。铜镂鞠拓一，平阿戈拓一。廉生兄鉴。求赐新拓。祺又拜。

七八

廉生世大兄馆丈左右：

杜便所寄之书，想已见复。香涛制军抵都，想更鲜暇。香翁大用，海内外无不引领仰望设施。唯晋省拱卫京畿，方资保障，不久其任，亦是用人未切当处，不能不令贤者为心与事惜也。和议虽成，内修尤切，想香翁必言及此。新得古戈一，小石造象一，<small>天保王鸭十四人</small>。拓以伴函，时企惠拓新得也。《申报》芜杂，本无可取，所论者事近而识浅，所毁誉亦未必当，而宦场人多恶之，然藉以讨论，亦有少益处。军务之秘，彼焉能知？今则自言，无可说矣。洋人藉以为中国新闻，可以知我，我则无以知彼。若告之使购外洋各国新闻纸，择其可以知彼者录之，屏其芜杂，少为费纸，<small>长纸分段</small>。使可装裁成本，<small>前列邸抄</small>。并访外洋造火器火药法及图及轻气球等图，似可更获厚利。或不至令人徒费目力，至于厌弃也。王鸭仅此初拓，贵师处容再补寄。印谱格纸，竟不能墨重字清，已糜多金，奈何奈何。即问著安不具。五月廿三日丁酉。馆姻世弟陈介祺顿首。

*信封：内廿纸，又石拓四纸，送京都南横街西路北八字大门，<small>绳匠胡同南口外</small>。交户部王老爷<small>次印廉生</small>。赐启。外寄陕甘吴学信一封，乞收入加封，即为妥寄。祈付京票三千文。

*信封：内金文三石一帖四纸，又补石拓六纸。外吴书一，

内金拓二十，又竹纸四束，一纸封。廉生世大兄惠启。傅足非有专差，冒暑远来，如不着湿，乞以京票六千赏之。伊切恳，故及之。

＊信封：外吴信一，册二，夹一，印稿一，其钱册可与子年一阅。照者先奉寄，次者铭四纸，容再寄，药不备，故未能佳。廉生世大兄惠启。

＊信封：内要信件，外绿封要件一，画册一，宋信一，联一，海味匣一，又宣古斋手书五，封银四十两，即祈面致户部福山王老爷升启。又前寄信一件，潘宅信在绿封内。

＊信封：外墨拓君车汉石六纸。廉生世大兄馆丈惠启。

＊信封：外印拓一封，潘处碑二轴，吴信一，册一，均呈兵部洼西栅栏外路北户部福山王大老爷惠启。

＊信封：外册目补完，共一封。吴信一，要拓封一，交京都中街户部福山王老爷升启。赏京票十六千文。

＊信封：内要件，外墨一匣，送中街交户部福山王大老爷升启。付京票五千文。

＊信封：外钟拓十一纸十四，齐刀拓二纸六，《藏古册目》一本。廉生世大兄惠启。

＊信封：内要复件外拓包总封，同送京都南横街迤西路北八字大门，交户部福山王老爷升启。万勿着湿。翰林院陈寄。

＊信封：外市平银百两一布封，鲍吴书各一，瓦当目一本，册一篚。廉生世大兄安启。

＊信封：外石拓廿四纸一封，徐吉至京即送南横街西路北八字墙大门，呈户部山东福山王老爷升启。祈付酒资京票四千。

＊信封：内要信件一总封，即送京都前门内兵部洼中街路

北,交户部福山王大老爷_{次印廉生}。升启。即付收条,并赏京票四千文。东旋走取回信。

　　＊信封：新移内城锡蜡胡同_{前寓绳匠胡同}。并外件详后。确交翰林院福山王老爷大开。外宋碑册一封,_{内拓又二本}。古陶大木匣一件。

　　＊信封：内书并要件一封。廉生世大兄馆丈手启。候复。汉石朱拓四纸补匣空,乞代销。

　　＊信封：京都绳匠胡同翰林院福山王老爷开启。古陶木椟过大,又不敢航海,已属菜市口针铺敞本家车便寄,亦可由京致孝绪舍人托之。

　　＊信封：外拓九纸,吴信并拓八纸,_{未封}。潘至要信一封,同上廉生世大兄惠启。

　　＊信封：内玺拓一,外吴书一,瓦拓一束,书二本,又外石拓廿八纸。廉生世大兄元升。傅足无专事,恳以京票如京钱二千赏之,并为代白。

　　＊信封：外石印四方一封,小册一封,拓本一封,祈饬送京南横街路北八字墙大门,_{绳匠胡同南口外}。交户部福山王大老爷惠启。即付收字,酌与茶资。

　　＊信封：外拓本一封,至都确交户部王大老爷_{次印廉生}。升启。祈付京票四千。

　　余自夔解组,于同治壬申六月朔旋都后,得陈寿卿前辈书颇勤。不特古雅可诵,其学识尤卓有可传。爰取素册,一一贴之,以志吾两人交谊之挚。倘世之好古者选入尺牍,刻以传之,洵快事也。鲍子年识。时甲戌八月秋分前一日。①

七九

子年仁兄世大人左右：

九月初旬，傅、毕二足便寄上书件，想邀察及，日内延望还云矣。竹朋兄奉寄《续泉汇》稿本一总封，又续寄一书，并书包一件。此次来足傅，东诸足中最黠而难托者，久不用之，再三恳求，姑令寄呈，需索酒资，最能软磨，交寄件多，每每延转。已令人呼之，与言定酒资，可则赐付如数，不可则书多须觅车便，恐迟迟矣。《古泉丛话》与《泉说》，均与竹朋兄有无厌之请。拙注本未计及附刻卷尾，幸尚无大纰缪字句，复伯寅兄书并笔记，言金文者如可采取，削改附后，或便于收藏鉴别者，尚有可取也。弟之无学无好名见，前已屡布于野人君子之前，复不觉流露胸臆于退居之大隐，知必以为不足为外人道也。日照丁氏藏许印林兄《十六长乐堂款识》，吴庚生由弟处假观，倘清卿兄能刻传于秦，亦是快事。前致清卿书，未知能在其出京前否，迟尚可即寄否？所求伯寅兄模糊卣拓，颇爱其文，求多索精拓数纸也。《获古编》自当补释文，凡所未释者，皆弟所未能释定，可与考说并请当代诸大雅补之。然与《续泉汇》均望早成，公之海内为快。秦篆各种，想已装册，如有题咏，即望见寄。拓友归去，须月余方来，拓工尚在东武。日内无所得，惟见一货泉八角小范，

---

① 此段文字为鲍康（字子年）所书。

索直过昂。近来日甚一日，并铜贩亦皆知索重资，真器无不刻字者矣，奈何奈何。冬窗拟检点归来所得秦瓦拓寄，以与关中出者别有风味，不仅若汉瓦之堂皇，惟望大雅代为广收旧拓及新出金文，寄慰远人，感企感企。手此，即颂颐安不具。世愚弟陈介祺顿首。十月二日夜。印亭兄侍福。

来足与言明，尊处书三包，京票四千，绂庭世叔处书一包，京票四千，《续泉汇》稿，李信，京票四千，乞付之。共合京制钱三千余。

九月十二日奉八月廿二日赐书，并新刊大著，清卿《鍨釜考》，敬谢。《史记》有"妪乎"，器有区字，似尚有据，釜释自胜予识。三拓容再补足。载颂近安不具。祺顿首。

八〇

子年仁兄观察世大人左右：

八月中得七月中浣赐书，得谂近履安闲，羡慰羡慰，并惠各刻书，敬感敬感。冬来想眠食益强，新居就绪，纸窗竹炉，定多佳趣。人海友朋之乐，他地所无，而雅俗静喧，在人自取，非如逾垣闭门，恐未易清闲，读几行书，扫却许多烦恼也。弟归里廿年，僻居苦于无友，问学固无人道，坦白亦甚不多。三年来惟竹朋老兄、小倩仲饴时来过访，为金石之欢。读书则自同蒙求，少有一二亲切心得处，亦苦远于师友，难为面质，殊郁孤衷。去正丧妻，夏又丧长子，今春葬子，又为亡妻卜兆，甚费心力，颇觉日衰，昨于八月始为安葬。中秋甫过，竹兄与仲饴同来，九月二君同为劳山、琅琊之游，月末始返，盘桓八九日而别，至初八日始抵利津。惟于东武得东周泉一颇佳，钟氏泉匆匆未得见，所云壮、第二布，当为访之。吾三人每谈必念吾兄，而祺则坚谓吾兄不可不刻古泉，以为燕翁虽没，其《古泉苑》不可不为刻传。竹兄之《泉汇》虽过前人，然体例尚未尽善，板本亦属简率，摹刻唐以上泉甚为不精。竹兄所患力薄，吾兄曷不就前人今人之书说，以所藏真拓精摹刻之，以为信今传后之善本。如欲为之，即当以刘氏《古泉苑》稿本奉寄，并可假竹兄《泉汇》拓稿，祺近为之加注，并去岁于刻本加注，均在竹兄处。仲饴云，此举务期美备，可为古泉丛书，祺谓即名《古泉类苑》亦可，缘兄一生于此中用力甚多，不可抛掷，而前人致力于此者，亦可附以俱传，即费千余金，亦可作多还旧逋，不得谓老悖不念子孙。书传而子年传，子年传而千金何必过惜。想吾兄阅之，必大笑以为痴人，乃如此悾悾，如此相爱，乃真野人之友矣。呵呵。今人论书，必推许氏，然许书已非真本，岂能如钟鼎为古文字庐山真面目？当以今世所传金文千余种，合古书帖，编增许书。钟鼎之外，惟古刀币及三代古印耳，是当并补许书中。岂可不精摹而使再少失真，日后又无从仿佛耶？好古家刻书，每患己见之陋而沮，愚谓刻摹精审，则天下后世皆得借吾刻以考证，又何必因噎而使错过失时？惜乎燕翁不明乎此，而徒以玩物毕一生之精力，而一无所传也。子苾兄之《捃古录》亦尚未刻，愚亦谓必当摹金文，盖今日之突过许书者，惟此古人铸金之真文字，文字精则无遗憾，文字不传，虽极博洽，后人亦何所裨益，何从窥拟耶？惟大雅鉴之。今日秦量，鲍、吴、李可谓鼎峙，亦前所无。拓墨用浓煎白芨胶上纸，再以纸隔，用刷发刷即可，不可太硬。击之，纸尚润，先上墨一遍，勿使胶未滑又上墨而使黏腻。多上墨为佳，黑者耐久易钩，但必须字边极清，又不侵入墨。乞以此再精拓尊量十余纸见赐，想有友朋可作此等事也。灞陵园丞印，乞拓十余纸，泉钮印亦乞精拓本。竹兄来匆匆，诸友为拓，至今未毕，容再拓寄一切，先寄上蓬莱张氏新得汉李夫人墓门题字一纸，聊供清鉴。考见《李纯传》，"功苗"即苗裔之谓。闻有都便，手此奉复，即问颐安不具。世愚弟陈介祺顿首。兄长弟三岁，乞先进以弟呼之，而去同直之称为企。又拜。同治壬申十月十四日乙丑。

都中如见吉金拓本，无论新旧，求为留意。新出六朝石，亦乞致佳拓。近日狂妄，以为有李斯而古篆亡，有中郎而古隶亡，有右军而书法亡。均以行款姿态有人之见存，而笔力与法遂失其真，是以好金文汉隶尤笃也。又拜。

八一

子年仁兄观察世大人左右：

昨由郭舍亲处寄复一缄，并汉拓，想已鉴及。兹有商河老拓工刘泰自历来，携有汉画，检其两城山四种，曲阜公府后门一种，见老子一种，颜氏乐圃一种，普照寺一种，鱼台一种，虽无新奇者，如命以补旧存，并属令有画即拓矣。乐安有魏孝昌皆公寺今名阳照。造象，敝藏有魏正光曹望憘造象，皆六朝画象至佳者，亦并收之否？此种须如贴落，看时以针嵌壁或以桧鳞棘刺嵌之。更换，有题字印章为佳。南阳古砖画亦颇多，而标题多阙，不易辨其故事。又吉金花文至古，惜无图之者，古玉亦然，传本似以

《博古图》为之，非玉真本也。古泉用扇料棉连纸精拓成书亦佳，不精则古文字失真面目，尚望留意，属友人为之，将来分惠见寄为企。燕翁《长安获古编》原本在弟处，刻本今入厂肆，次序多紊，补字可憎，亦不全，其汀州摹刻所藏金文拓本极佳，如有副本，乞惠我。盂鼎一大字者，一小字者，小者弟只一纸，求再物色，并近时人金文著作未刊已刊者，均望致之。此系专足前来，可住十日，如有赐复，可交寄。闲事只可与野人作笔谈，尤驰想左右不置也。即问著安不具。世愚弟陈介祺顿首。壬申十月廿五日。

外陕信乞即代为妥筹。又拜。

尊斋似必须延一能拓字之友，归来每遇此等事，辄追念粟园不置，其二子今不知如何。六吉棉连扇料纸，出于贵省泾县，极薄者名十七刀，近购极佳者，亦硬而不软，有矾。

盂鼎欲精拓之字：每行下二字。五行第六字，六行同。尤要者：三行末二字，四行末二字，六行末二字，十五行末一字，十六行末二字，十八行首一字。

记昨寄汉拓，似误书班传，乞去之，补一忠字，未误则枚卿处一纸耳。又及。

八二

子年仁兄世大人左右：

十二月朔得前月手复三缄十五纸，何言之长耶？野人之恬退，是有古性情者，故念我不置耶？感谢感谢。雍令泥封一，隋

《龙山公志》拓，伯寅少农吉金拓，尊藏古印拓，并拜领。戴文节《古泉丛话》既刊，燕翁《古泉百咏》何不并刊之？刻古泉须先选工钩刻，与拓本同乃为尽善。刀法须曲折碎切，与刻书异。得好刻工好拓手，有释文，则吉金无不可刻者，正不必畏人笑我之不博。迟迟不就，一无所成，使古人文字散失湮没，学者不得共见为憾也。《古泉苑》二巨函在弟处，说则无之，拓皆真本。《泉苑》既在先，自宜以为正本，而以《泉汇》辅之，凡所见者，皆以附入，其体例则参酌刘、李二家，因革损益之可也。版图之外，自不当收，西泉藏、刘藏颇多，不知书中何以遗之。惟鉴别真伪，同志即多聚讼，殊为不易，然文字自有真知，不能自移定见，须择善固执，不可纷移耳。不决则附后而注所疑，如近卅年伪刻吉金，前此不如是之甚，弟亦存之，以示来兹之意，未审可否？刻金文惟阮书为善，惜亦有伪器，汰而重刻亦大佳。好古者以多收拓本多刻古文字为主，考据尽可别刻附后，不厌其多，听后来之讨论可矣。痴人说梦，何以自知必当而言之不疑，有所征则可存耳，岂叔重所未及见及知者，而吾可突过之耶？金文释虽不易，然多见自可引伸，尤宜以文为主。弟谓前人多重一字而忽全文，此亦有少入处。伯寅少农好古有力，曷不为《字学统编》，以《说文》为本，而凡诸治许氏家言及字学书，皆附列于一字之后，以便考订异同，并可摹吉金文字附之，许书所无，则附部后，亦一大著作。弟年衰体病，学陋友僻，谨以愚见质之野人而君子者，与诸大雅共商榷采择之也。惟鉴之教之，幸甚。手复，敬颂新年多福不具。弟陈介祺顿首。同治壬申十二月六日丙辰。

著录吉金而不摹文，而曰我可以是传也，昧矣。有志于古者，必当于此等处推求，力求刻字之精，鉴别之审，先传三代之仅存，次及今人之博引。

三代古文字之散见于彝器外者，金惟刀币与一二印，石惟石鼓、禹书、洛字。已泐，然甚古。底柱山。

秦篆汉隶碑刻外，有瓦当及砖，铜器外有印及泉布刀。心知古人之意者，至此而止矣。六朝之佳者，不过犹有一二隶笔及无格纸行列者耳。汉之不及三代，六朝之不及秦汉，只是法不及，今也则无矣。

吉金之好，今日直成一时尚。窃谓徒玩色泽，则名为古物，与珠玉珍奇何异？我辈留心文字，必先力去此习，得一拓本足矣。识得古人笔法，自不至为伪刻所绐，潜心笃好，以真者审之，久自能别。

拓法以白芨胶水上纸，未干先上墨一次，以墨浓而不走为准，不可接拓，使墨浸字内，或透纸背，墨胶将干，不黏纸起，乃可再上。干后再上浓墨数次，乃能光采。浓墨者耐久易摹，惟不可侵入字内耳。

吉金虽以字少为古，而自今求之，则以多见一字与一奇字为幸。伪者知求奇，而不能于所见外别求所谓奇也。贾人能伪之，铜贩能别之，学士大夫岂可不于文字中求其故，而只以器为凭耶？

野人以大隐而在京洛，如得二拓，则分其一与在远之野人，得一则寄以示，闻之则以告，其他非所欲也。

泉范俟明春倩人拓上，归来此事不易，又不能自为之，六七年来思自作数册，尚未能就，竹朋、仲饴皆未能应之，可知矣。

钩字大须腕力，失真者无论已。形不失而笔力弱，则刻出亦弱。须中锋用力，心精贯注乃可。

刻时须先以细石磨板片面，须曲折直下刀，不可用指推，如刻书也。

印书切忌杭连，莫不坚于此，且易蠹。板式须以纸定。

刻精则古人可传而不失真，而书亦必传，然须自精拓精摹始。

薛氏《款识帖》不多见。其书旧不喜读，近亦取之，以其字与文有与今存器可相考者，不斥其摹之不似也。其中亦有伪器，《博古》《考古图》等书并同，《啸堂集古录》有重刊本否？均可重刻其字而去图。

《西清古鉴》刻字，亦沿宋人之陋。内府成书时，必有拓本为书底稿，惜人间不得见耳。又传闻有《宁寿宝鉴》，与《西清》同，确否？内府书成后，所收之器未著录者不少，如散盘之类，<small>散盘矢字为作器者，愚谓即吴之省。</small>乞询之知者。亦可重刻其字而去图。

以上书尚易成，亦甚有益，令人影写一本，附薛氏《款识》后可矣。

胡君石寅当与小午兄相识，可转求拓本否？闻盂鼎<small>陕曰南公。</small>尚在，为之深喜，其大者恐不存矣。盂鼎弟有释甚详，惜所见拓本下半皆拓不致，务乞为致数纸佳拓。永和斋亦无来书，想无暇远及矣。兹有一书，乞再致之，亦专为盂鼎拓本。

子白盘为刘省三收复常州所得。

潘季玉近亦力收古器，竟宁雁足镫归之。

丁筱农所收古器，真者颇不少。

各纸未及留稿，乞属人草书见寄。

弟去年老妻长子之戚，心境极不可问，是以屡欲作答伯寅兄，辄以不欲述近状而止，想必不责此病退支离之愚而曲亮之也。冬来畏寒，蛰伏不能检文字，新正当检所拓为报，乞先为代致歉悚。史颂鼎记是程木庵物，与燕翁诸器均有拓本，与诸爵俱真品，鉴内者无疑。余则有所疑者，未敢妄言之也。

竹朋兄心境却极宽闲，亦是寿征。雅事无所不好，似亦不求甚解，故所著易成，然恐不及《泉汇》之易传也。

孟鼎下半字清拓本，借看即可定释，不必求得。云已为李山农所得，前言小午者伪耶？香涛先生只是欠而让，一转语才有所长，每每如是，故兼之为难也。

四十年来所收金文多至九百种，益以吴、李，或可得千，刻此传之，即为至慰。如有好钩手刻手，请先令刻一器，并拓本付来一校定再议。自愧浅陋，仅能释文，不能为考，拟金石考皆作另编，以待大雅成之。拙作仅年来所订数器而已。泥封亦当先刻。

寻琯香家所得之钟，拓出亟望切。

积古斋宗周钟拓本，思之多年，如见勿为惜直。

《泉汇》注本奉览，随手所记，未经意也。可采者录于藏本，以原本付还可也。弟于燕庭丈至交，甚念念，吾兄当亦同，有可刻者，必勿掩之。所辑成，究在先，竹朋与兄亦当并传，则蒙之至愿耳。洋钱必当去，亦不雅。吉语则汉泉必不可删。暇时编定条例，亦可消遣也。随记随示为望，不可俟成也。

燕翁录碑文，乞访之。《海东金石苑》甚精，亦切访刻之。

伯寅处三世世交，何敢拒绝。正月稍暖，当检拓本奉上，乞转致。年来不幸，无心绪，当见谅。久不通贵人书，咨且嗫嚅亦可怜。麋鹿之性，只宜野人耳，呵呵。

《说文校议》，求物色一部。《字学统编》一书，伯寅以为如何？《史》《汉》以至六朝官名、文通五利父老等凡可附官者并载。人名、

《史姓韵编》。地名、前人已有书而未并六朝。宫殿各类。

伯寅之力，当可于人海中物色为之否？凡可资金石考证者，均及之。《史》《汉》以前人名，亦可补表。

再恳者，敝藏秦汉印旧有二千，归里后所得又几一千，今又得潘氏看篆楼印、东翁节署烬余共千余，刻甫作板，名曰《十钟山房印举》，盖一类为一举也。编次亟须时日，印泥、纸张、人工所费不少，将来只可计费取直，不能遍应同好。昔年《印集》只作十部，亦诸至好助粟园成之。未知能为纠集二十金一部，二十本。以酬敝友之劳，或可多传数部。然作弟意则甚无味，此亦姑妄言之耳。尊藏汉印园丞、邸阁督二印，可假入否？如可，即乞交来力徐姓携回，将来必缴，如可再为转借佳印尤感，有至好可借，则求借付同交，将来以谱报之。非为敝著求益，缘分谱则得者未必俱得，欲考而以不得见为憾耳。二者均未免多事，酌之可也。《古泉苑》如需用，当再专呈，千乞勿污损，勿为他人有，切切。

敝藏诏版今可有七，敬求假尊藏秦量付拓，将来同诏版各拓十余，全分奉上。李、吴二量，当并假来同拓。敝藏尚有吕不韦戈，字极浅，须摹刻证拓本，诏事二字则铸者。合之泰山残字、琅琊石刻，真斯相一巨观也。如可，则乞用木匣纸塞固，厚板钉固，或以敝藏佳品送赏，将来互缴亦可，容寄拓本择之。不敢夺爱，不敢迟缴。交来力即妥。来力乃轿夫，为邑令靳送专信者。收到乞付约京制钱一千余或二千。

六吉棉纸尊拓所用者虽不及昔，似尚薄软，近纸多硬。乞示知都中价直，可作印谱纸，并好竹纸，均望令人于纸行取样，问直问纸名。

前函乞赐复，并令人录一稿。寄竹兄信，已寄阅。

燕翁至正权钞可直若干，示知当为购求。钟氏所得十布，已托人，如得，当有以补尊藏。又弟存有余布尚多，未知近直若干，欲易吉金也。

八三

子年仁兄世大人左右：

二月始得手复，拟二月末专足北来，以今年自课两幼孙，又督次子编次《印举》，加以修葺祭室，虽落成数年而诸多未备，次子长孙尚未服阕，今始乞子永兄择期，并恳南友定作瓷器，遂甚冗迫。惠假二印，敬谢。《获古编》已校过，人来即与原稿本并呈。唐善业泥造象自当补入，燕翁所藏完者已在弟处，弟亦有完者一二，当并拓附，又有一种泥象可入，其字多，质似瓦者，乃陕伪也。《古泉百咏》昔年有之，归来未检得。《赎金释文》，记尚有一册，检得即当寄。文泉先生《隶篇》板尚存其家，新者纸墨过劣，旧者四五金一部尚可得。阮氏《款识》，他刻尚不及，不止开山之功。《啸（古）【堂】集古录》何不即刻？企切企切。鼎释文已乞竹朋兄寄，潘伯寅少农所刻沿剪本改直行，字气不贯，乞再为墨拓十余纸。伯寅邰钟极佳，求再转乞全拓二或四分，字拓二或四分，亦乞录释文。昔年曾乞枚卿与以二百五十金，今更剔出，自是伯寅所藏上品。二钟大小想不同，是编钟否？盂鼎所以欲乞精拓者，以仅数字不致，未定其释，故切望之。敝藏泉范已悉数拓就，俟专足呈。敝藏之一二泉，亦思并拓寄。《印举》只能先分一部与吾兄，他处先勿言及。《古泉丛话》尚未奉到。所询马爱林，未详其人，或是马昂字伯昂，有古泉著作者也。陈粟园名畯，为南叔克明之犹子，海盐人，【与】竹林皆馆东武刘氏。胡定生记是字，或名而字安之。郭槐堂名荫之，有吉金数种，六朝石十余，无著作。瞿木夫乃字，仲容乃《泉汇》之讹。闻伯寅收一豫贾泉数百枚，币颇不少。周印者，谱内有十五印矣。庚午年从竹朋兄处易得一富贵壶，与敝藏吉祥洗欲为一图，去冬始就，仲春始拓装甫就，先驰上一轴，为富贵吉祥之祝。又一纸，赠令侄世兄，又一纸，赠伯寅兄，同此奉祝。敝印乃同邑至戚王西泉弟石经。作，喜收金石书画古拓帖，能篆隶刻印，力薄而鉴敏，归来所得良友，惜读书少耳。双钩亦佳，非近人所及。《富贵吉祥图》又有摹刊阴识朱拓者，不减原器拓者，容续寄。伯寅兄如欲泉范拓本，当并寄，惟致意多乞拓本副墨也。薄暮闻有入都者，秉烛手复，即请颐安不具。世愚弟陈介祺顿首。同治癸酉三月廿九日。

  《富贵吉祥图》一轴，乞代致敝亲家李枚卿世讲为幸。又拜。

  再恳者，祭室板格需用大张高丽纸光滑平正者六七十张，可一百。厚薄须匀，乞属令侄世兄于高丽馆一为物色，俟专足来取，即缴纸费。又拜。

  寻氏所得古器，可致拓本否？

八四

子年仁兄观察世大人左右：

  月初舍亲李子嘉太史车便寄书件，想已察及。近想道履安善为念。泉范拓竟，欲浼人作一藏范印而未就，亦未能识其铜与土之别，土有似石者有似砖者二种。兹先呈鉴赏，将来寄一目还，或别为一册识之再呈。明日又有车便，再寄朱拓《富贵吉祥图》，随后再有专人来领代属世兄为购各件，并假拓之秦量也。年前后得古砖瓦数十种，又瓾字尤奇，从容当续呈，惟冗甚，并《印举》亦诿之次儿矣。手此，即请近安不具。世小弟陈介祺顿首。同治癸酉四月十七日微雨中。

再恳者，归来乡守之扰，子侄失学，家乡求师不得，前乞舍亲李枚卿访得一浙江孝廉骆云生，已将定馆，以考教习未得，愤愤而行，其人时文试帖尚俱出色，后托枚卿再函致谆请而无消息。子侄及小孙不可久荒，为此恃爱，切恳代为格外费心。以经学有根柢者为上，以时文诗赋佳者为次，上者不可得，则思其次，上者可得，次者亦必不可少。时文则以明文小题作根柢，理法清真为主，只贵通文义，作好秀才，可教子弟，不急于求中会也。惟必须无烟霞之嗜，品行稳妥者方可。其束修自百余金至二百金均可，惟以所学为定。必须吾兄意中切实信得，或先寄其自作诗文见示亦可，勿以人言为凭而博询之也，切企切企。小孙需用学堂书数种，乞侄世兄代购。如此外有益于初学作文者，不妨多为购求好本头数种也。又拜。

范拓共一百一十六种。

八五

子年仁兄观察世大人左右：

昨日午前复一书，午后得清明后二日书，藉谂近履安适为慰。盂鼎求一善拓以定拙释,是切企者,不问其他,惟玉成之。《获古编》刻本,并原稿六册,交旧仆程元面呈。今晨又得一五铢铜范,背有阳识"五铢多成,利年长生"八字,初拓一纸,驰奉清赏,为利子年长生之颂,文字之吉祥如此哉。又同得宜钱残砖,亦拓奉。钱之作镙,亦创获之奇,爱泉如子年,何幸而识此文耶?一笑。《获古》稿内拓本,及未黏之拓,与缺及字,记均有数,付刻与钩,诸望检交,以存原物,尤望转属为护惜也。善业泥象字尚未及拓,小铜碑象亦当附者,惟室隘,检物不可假人。小孙顽稚,不可少纵。每日只有申酉可作他事,不能待良朋之迫促也。伯寅兄清显,而乃笃嗜一二古文字,与城市之野人共此不足致用之事,又欲与海滨之野人共之,何不先施而又厚不望报,使之愧不能已耶?呵呵。墨拓鼎文至,当剪贴释文求教。钟拓并企。沈氏之宋拓至多,真为可惜。有力而不读书,徒玩古而不能安心,亦是一病。古泉之刊,三代及秦汉有裨篆学者为重,吉祥文佳者、六朝佳者次之,余则备数而已。刻之精粗,无甚关系。学问以道理为重,其次方是训诂,方及书法,只论用笔结体,则仅是艺事。近又妄谓三代后无学问,六朝后无文艺,宋以前无性理。若并书亦不足道,非备数而何?文字大小之分,岂可昧其重轻,小而古者与次者亦然,文字之在人如此哉?文字外之物,有何足重者哉?惟野人君子教之。令侄字行,乞示及并致谢。朱拓壶洗图二纸,同为君家富贵吉祥之祝。又一轴,乞致伯寅兄。此问颐安不具。同治癸酉四月十八日。弟陈介祺顿首。

　　《说文》以检字为不便,闻粤东陈兰甫澧有新刻一书。
　　阮氏《经籍籑诂》,求代购一部。有续者,尤望并致。

《说文校议》，归安吴氏及南局想有刻本。

名人旧砚拓本。新出汉魏六朝碑。

英兰坡《七家印谱》欲借看，不必购。

《爨宝子碑》如一两余可得，乞二纸。

家居苦无友，又无人可代笔墨。疏懒之苦衷，惟自喻耳。乐此而又累人，亦甚愧不恕。

路润生选时文试帖各种。《河洛精蕴》，江慎修先生。

所求诸事，乞留意。延师事尤望推念，切叩切叩。

天中节前当使人前来取信件。买物用银数目，乞饬示知。程元京寓少有存项，不足再专呈。

八六

子年仁兄世大人左右：

四月廿八日、五月七日得四月十三日、廿六日两书，藉谂近履健胜，千里笔谈，如亲言论，慰思何似。《隶篇》当代物色旧本。孟鼎虽陕中寄一纸旧拓来，然下半数字仍望佳拓。大著《泉说》谨读一过，少有所注，其中说吉金一二，则非说泉者矣。《泉汇》收到。《沙南侯获》竟多出数行字，且定侯获之名，尤快人意。未审可转假见寄，俾精摹一本寄求付刊否？姑妄言之，不敢固请也。阮文达语祺"非天机清妙不能笃嗜古文字"，伯寅少农好古如此，足以当之矣。齐镈出于邵阳，归于寻氏，伯寅得之，文有百五六十，必有可考，不知何以名之曰齐，文中有齐字耶？所出之地当是齐之汤沐邑，抑为秦所迁器，文字细浅，则又似田陈物。薛《款识》齐铸，祺尝释为田乞所作，或相似耶？字长则又似古奇字。今寄上敝藏钟拓，八种。刘氏己侯、虢叔二器后寄。可对勘之。伯寅考释成，先付一稿来为望。同出之器，未必尽无字，得拓本更可引伸。金文多见胜于株守许氏，况同作之器乎？弟之归来，人皆以为享清闲之福，而不知其殊无逸豫之时，非好自苦，实无可代，又多拂意之境，遂更畏难疏懒。伯寅置身天上，知必不怨我矣。四耳敦、兮甲盘、齐归父残盘、许子妆簠四种，秦诏版七种，吾兄与伯寅共赏之。弟所得廿六年二版，尤创获也。今敝同邑杜君景文凤山来都应试，并专足毕芬同来，前求令侄世兄乞示名片有字行者。代购高丽纸，乃为祭室糊板格用，只要坚厚平正大者，不在色白，惟在不毛耐久，与黄绫绢等，如妥，乞饬纪传毕芬。走领，或告杜君赴尊寓面付亦可。杜君人极稳细，诚实可托之至。赐假秦量同付尤感，拓毕即妥缴也。附上三泉，乃苏亿年寄而已以拓本就正者，乞再审定之。手此先谢，即请颐安不具。弟陈介祺顿首。令侄世兄处，并此敬候谢。癸酉五月廿五日。

刀泉拓一束，齐刀则敝藏，亦有刘氏数种，余多刘氏，以尊藏拓本校之可知。善业泥象亦敝藏，尚有完者，二家俱有，附吴氏二纸。容检拓再寄。印度像一纸，可入《获古编》。所拓俱未及用印记，其冗亦可知矣。此上臆园野人左右。祺再拜。廿五日申正。

八七

子年仁兄观察大人左右：

六月廿六日得五月廿二日书，知前缄已至，并示新诗，既愧奖饰，尤愧未能步答，惟忻吉祥长生之祝即逢华诞，尤见应求之有非偶然者矣。《获古编》自不能重镌，而释文不可不补，原有数镜及可代补者足成之，不必多增。《泉汇》于可疑者少阙一二，甚是。九字齐刀未敢信。新莽以后泉，则未尝究心。过于好奇，必收伪品，自以尊论为定。伯寅兄一书，并拓本郘钟释文，求阅后代致，仍乞是正。求购各件，承印亭世兄费心之至，感谢感谢，其直均由杜景文兄处奉缴。如用银迟缴，勿疑之。黄绢乃装裱御笔之用，自以属博古等处染好绘绢为宜也。申刻闻有专足，匆匆手此，即请道安不具。弟陈介祺顿首。闰六月六日戌刻。

量版拓各二纸，量版字大而肥者，始皇时刻于所作之器，二世再刻于左，先有始皇诏在右也。左右以人向南视器定，钟之左右以鼓者向北定。廿六年诏亦有二世作器刻者，刻左即刻后也。诸诏版须分始皇、二世。乞自存。旧仆程元能写字稳妥，如学差有可推爱赏荐处，乞留意，或七月初近省试差亦可，叩谒时询之可也。齐镈能胜郘钟否？盂鼎精拓望切。钟全形不难拓，只拓柄，纸隔出似柄形即可，昨寄有式，其乳不必拓。伯寅所收，仍不免有伪刻，燕翁器及史颂鼎、昨得之壶均佳，可索一目付，有他家拓本亦望付观。秦器拓本乃甚伪。又由竹朋兄处双龙文五铢范拓至否？都中寰敦，吾兄何不购之？字多而不伪也。郘钟如尚多，亦思购一二。昔只闻有二，议直未妥，今乃有四，云出河岸甚多，或钟外又有他钟也。又拜。即丙。

前泉何如？乞示及。并问印亭兄侍祉。敬谢一切。

泰山九字，琅琊台片石，秦石也。诏版，秦金也。量三，秦器也。吕戈附。琅琊台瓦当，秦瓦也。藏四十年得五瓦，郭槐堂有二，逊。

各家吉金释文。前人、近人吉金题咏。

释金文奇字，摹其文。注一字如之，注一字如今文。

编《说文》字书。诸家说分附字下。

借阅瞿木夫《古官印考证》《啸堂集古录》。

重刻薛、阮《款识》，各《款识》刻本。

《西清古鉴》《宁寿宝鉴》金文摹虽不似，刻之亦甚有益。得原拓本摹刻尤佳，以字为主，不在图也。

沈枟各帖有钩本者，早刻传之。

吉金必选精者，先拓装册。

《十六长乐堂款识》可重刻。

曶鼎、散盘可重刻。

李竹朋有晋盘文，文古而器伪，小松藏拓本。

古印古泉，以小板印纸一印一页，一泉一页，集为多册，甚便编次去取。

灯下挥汗又作数行。

八八

子年仁兄观察大人左右：

闻六月九日奉六月廿三日手复，并黄绢绫，纸尚未至。《攀古楼款识》，《侯获》钩本，王莲生兄寄各件，齐镈拓本、摹本、刻本，均领讫。遥谂近履清健，良朋胜事，销夏多暇，慰慰。齐镈文字与薛书者自是一时，既为重器，又富文字，岂可多得？晤伯寅兄，乞先为致谢，并索考释为企。弟自藏久欲装存数册，屡易拓者而多不耐心，又为他拓不专，久而未就，遑论成书。伯寅已精刻巨册，不能及矣。僻陋无友，与钝根试为之，事倍功半，石刻亦有工匠可拓者，小力能者皆不愿为。心力又衰，诸须自为。竹朋兄书来道尊意，劝勉再三，惟有切感。吾兄谓之为仙，久欲请易，久而知之，或可从直易之。野人不野，仙人不仙，名实之难副如斯耶？一笑。所拓可先与伯寅，再奉寄何如？莲生兄乞晤时代谢，并道愧歉。《获古编》乞先成稿，再议迟刻，稿成乞先付原编为切。似不可缓。秦量其二已至，惟盼尊藏，七月望前求为寄下。程元过拘执，景文又极谨慎，乞谆语之。闻盂鼎可拓，又可为伯寅所得，甚喜。得佳拓，拙释可成，诸家所释乞见寄也。《印举》恐须八九月乃成。甚望得瞿木夫《古官印考证》一看，已见目。乞一代访。诏版乃有人以刘藏仿者，所铸刻甚不少，一概不使弟见，亦狡甚矣，焉得如此之雅奴乎？大作读过。今愈出愈奇，其始皇者、二世者既可别，其始皇器而二世又刻者，二量。二世刻而并刻始皇诏者，又可以字别，李量、刘版。其阴铸诏而再刻于上，又有二可别，不可以再为歌咏乎？刘诗乞付一稿，亦可为刻入《获古编》，编中未收小造象、铜碑。福不唐捐者，闻为钟氏所得。飞燕玉印文，并程、张、吴诗，又淮阳王玺、更始印文寄赏。印各六纸，可分致伯寅、莲生诸君子。考据诗可力为裒集否？本朝金文著作，亦古所不及也。三量以竹朋者为完，兄藏者少泐。可让则竹朋望蜀之愿未免过奢，但不知何者可敌而各得其所，无以称意则仍兄自存之，拓毕奉缴，候示可也。大著《泉说》先缴，外二纸杂说所见，乞勿示人为企。拓本五纸致伯寅，余当续寄，伯寅处当有写手，求各金文考说也。高丽纸已可无须，倘兑项迟，景文未代缴楚，乞亮之。专人即请著安不具。世愚弟陈介祺顿首。印亭世兄侍祉，并谢。癸酉闰六月十二日酉刻。

八九

子年仁兄观察大人左右：

七夕后二日得手复三缄，并赐假秦量，又盂鼎拓二纸，至谊之厚，敬谢敬谢。廉生兄藏石既多，著述复勤，容拓所藏暨目与《贞石存》同求代致。《印举》竟不易易，或九月可毕。何君久稽，不可过强减直，听之可也。孙春山驾部如可一印稿酬以京蚨十余文，当属其为带一分，或廿金可矣。诏版诗稿未详，乞示及。前书云系大作者耶？敝藏六泉少、壮泉，竹朋兄东周泉似不伪。蓬莱张君名笃诚，字允勤，即藏汉石者，为故同年宝臣兄香海之孙。来见访后，即肆力于此，所藏似无多。十钟当如命，惟须宽以时日。近有《传古小启》之刻，刻成当寄野人作一大笑柄也。刻书之事，不能不望有力而在都会者，无友无工，惟有浩叹。碑版之检，亦以精力不及束置。诸君子不弃，则亦甚喜耳。《获古编》乞早编辑，稿一成则事定，原编望早发还，勿迟迟也。刘书未刻而散失，吴书又复因循，皆以畏考释不博而误，识者切须监此。祺则好名之心不敌寡悔之念，惟未能为兢兢耳。伯寅所刻《图说》一册，乞代付纸墨费，求精本十册。为购之物，缓至秋节。景文亦蒙推爱优遇，谢谢。程元事未知可浼伯寅否？非要事勿过筹为企。藏量以新黍与李、吴二器同较，先拓识寄上。外半两石范两面者二拓，汉鼎六，甗、鍑、金刀、雁足镫各一，临虞、万岁宫镫各一，晋匦一，共十五纸奉鉴。三代者可先尽伯寅，考释容当一一补足，拓者甚无暇也。自己久思装一全分，数年竟不果，明年思作别图，此间无从设想。吴平斋书亦成，所藏极有可观，不及潘刻也。足行匆匆，手此申谢，敬问颐安。秋气渐爽，积潦渐消，想起居与清兴增佳为祝不具。癸酉七月十日。弟陈介祺顿首。

不仙而谑之，乞勿再施为望。

九〇

印亭世兄侍福：

奉恳代录令伯大人所存金文目，有释文、藏者姓氏更佳，先谢。祺再拜。

一印稿十余文，十方百余文，百方千余文，千方十余千文。约有五千方，加子母、两面或可得六千矣。此时尚未计清。

九一

子年仁兄观察世大人左右：

十日手具一缄，当甫至。兹有人便，检奉二区一锟拓本并拙考，其释文则乞大雅与诸君共订之。又诏版考及诗，齐刀范诗并就正。即问颐安不具。弟陈介祺顿首。印亭兄侍福。又陈侯因𦉢敦拓一纸并释。癸酉七月望。

古印以佳纸或竹纸印小格版，每页一印，各家所藏俱可集入，亦易分类，五十印为一册，五千印便可得百册，亦巨观也。

古泉仿此亦佳,于编考尤宜。诸君子欲得印文者,寄格纸来,属何君之友为之,须早至,亦不过带一二分,每分尽七千五百页,余者寄还可也。弟思自作而未暇及,有少润笔,拓印人自乐从事,藉此鼓舞之,亦欲为古人多传计也。又拜。

将来尚拟刻《古印一隅》,每举数印,则费可省矣。家乡手民劣甚,无可如何。

九二

子年仁兄观察世大人左右:

月内已两寄书,计已至,中秋前当有惠音矣。兹奉月朔日、七日两书,并三泉、苏信及封,又各拓俱至,谢谢。半罣泉如确,自是精品,惜拓太湿。伯寅所得卣虽残而佳,器当甚大,求精拓数纸。鼎文乃东武物,曾于典肆假拓,器不甚古而文乃仿刻,其真器非鼎,弟收一拓本颇佳。而姬壶亦都中所伪,此又殊谲于凤眼矣。齐镈精拓,乞为敬谢,但此文殊不易释,自与薛书所载同时,不同者不及半也。吴平斋书来,云有金砚云《古泉考》稿四卷,其泉在一仲君处,知之否?平斋有《彝器图释》之刻,伯寅《款识》初印求十本,其纸乞一有字印者,向南中物色之。乞为付直。久印恐不能佳,不知能勇收勇汰,使归至精否?《续泉汇》甚有切望者,《获古编》尤不可因循也。燕翁诏版诗求一稿,各诗均须补入《获古》。池阳镫足,滋儿辨得一庄字,人无知者。弟有一绝云:"一字凿文谛曰庄,勒名取义两难详,当年原父犹疏略,一字缣留此日偿。"亦可附及也。《啸堂集古录》何不刻之？《十六长乐堂款识》，假得一本亦可刻者，诏版释文容再寄。《印举》十月当成。前所谓笑柄者，今寄四本来，与诸君子同为捧腹，或可多延数友，为古人传之。有拓有图即可刻，何必定己有哉。郜公敦盖，宋公䣄之孙鼎，均非敝藏。郜旧则刘氏，与䣄敦盖相似，均佳。苏寄有二泉二币，拓上，不及铅泉"辟兵莫当，富贵未央"字也。新得万岁未央残瓦，字似鸟篆，又似殳，乞赏此初拓本。伯瑜日内往东武精拓琅琊台秦刻矣。闻有急足，灯下匆匆即复，敬问颐安不具。弟祺顿首。印亭兄侍祉。癸酉七月廿八日即复。

九三

子年仁兄世大人左右：

前月廿八日，傅足便，人不及他为妥。即复一缄，想已至。兹有车便，寄上诏版释文，燕翁诗乞早寄抄入，张石匏各诗，亦求赐寄。日内宫玉甫、得河平汉石者。王西泉石经、何伯瑜同游琅琊台拓秦石，虽已漫漶，然精拓之，必有佳处，百年后日不如矣。恐无字。量与版拓，必当即装册，册不可小。拓石归，敝藏秦瓦亦当拓，释文、诗考订正后可附入，大可索诸君子题咏也。可分四册。量一，版一，石一，瓦一。秦金石刻之，在今者可谓大备。张叔未残版，已得拓本否？尚可分副，或属伯寅向平斋索之。所寄收后乞付一目，以便拓出检点续寄。来年已托人再延一二友来拓，未知妥否？《续泉汇》望者甚多，仍宜促竹朋兄早成之，销书收刻费易易，《书画鉴影》则销不多。李夫人墓门字出后，竟有作伪为建武刻石者，以给蓬莱张氏。伪金既多，又有伪石，混鱼目，宝燕石，固天地间必有之事也。多见多用心，以精为贵，久之自有真知。矜奇好异，与宝珠玉同，既富精品，又收伪器，自是所知未深，未尝以已得佳者切审之耳。覃溪先生一生字学工力甚深，而原石与翻刻并重，昔曾疑之，今乃知其只是刻舟之求，所以得翻刻善本过原石者，即以为原石初拓矣。廉生兄想有《秦汉贞石存》，前惠造象拓，尚欲乞精拓一二分。手此，即问颐安不具。弟陈介祺顿首。癸酉八月三日。

量文与永和斋书如交尊处，乞早代发陕信。又拜。

清卿兄为长孙书联，又赐撰一联书赠，乞属伯寅兄晤时先道感谢为恳。诏版释考，乞伯寅正之。彝器款识，总宜先释后说。释字宜从许印林，先注本字如器文，后注今释，为双行注为善。敝藏四耳敦，今日始释定，亦为毛器，顷甫脱稿，容再就正。李方赤先外舅藏一器，尊觯之属。云似铜瓶，为王戟门之子购得，售之京师，知此事否？手此，再问著安不具。弟祺顿首。八月三日己卯夜。

九四

子年尊兄世大人左右：

八月八日毕足还，得七月廿四日书复，并颁惠《寿藤斋诗集》，敬谢敬谢。月四日有邵姓便，寄一书，想已至。景文、苏亿年各一函，曾交尊处否？壮泉之投，极感雅意。十布六泉，本难求备，泉布之际，于斯为盛，可以傲古人者，正赖有良友耳。前注《泉说》，十布必当吾二人各存一分，即当先践斯言。乞于厂中小器作先物色紫檀瘿，细花者。其次黄花梨瘿，必不得已则豆瓣楠细花。与老紫檀亦可。得异材则先以制外椟，其次则作内十二小椟，十布十椟，六泉共二椟。泉三较长，则布椟少展，务使相同。须整木挖嵌，满盖无缝，缝均在旁。嵌布与泉，或即挖嵌木内白绢装潢亦佳。无厦门之黄明角，则易以象齿，虑其不平，或玛瑙片尤佳，椟少深则片可厚。椟面刻布泉面文及释文，外椟刻新莽十布六泉及跋。后有妥足，再寄十布来求选定，装潢先以尊藏椟刻成拓示。弟所存则此间有刻释文及跋者，只令都中手民摹泉布面文足矣。今交徐足附上小泉三枚，未知尚有精于此者否？或选一，或赐一精者，均可。幺、幼各一枚，均真而不精，中泉一，似不伪，而未敢自定。并壮泉仍同寄，再求选一极精大泉入椟，大泉必须确为莽物乃可入，有余则乞多分数枚，或代向苏七索之亦可。统乞鉴别而玉成之。木工若佳，则多为弟制一椟。乞再留意，并属苏七成一全分也。十布有大小，有幕中直通不通之别，弟所藏共三四十枚，尚未能十分一律，或两家合之，可以求备，惜燕翁一箧在钟家者不能觅耳。大布有少异者亦佳，望即与苏七书，令早寄。敝藏泉布虽不多，必当一一拓正，除至精者无二者，余均可与良友通融也。拓者终日无暇，一年作此事，亦费三百千，薄田所入，不能不算一正用项也。《印举》后十部已成十余本，每部竟至八十本，所费不意过多。此次之编，第为古人传。伯瑜虽为谋利，然其远来久稽之劳，功亦不可没，观者坐享其成，亦不可太与计较。恐《启》中所言，尚须增十金也。凡例目录已命次儿厚滋创稿，惟求瞿木夫《古官印考》与翁叔均续者不可得，已切托吴平斋。再则弟与小倩仲饴之泥封六百余枚，未能刻附，斗检封、虎鱼龟符亦同，印钮、泉钮有字者同。惜无博物君子助为之，诸须迟迟耳。又命次儿于凡例目录中摘录，每举选精印为小册，曰《古印一隅》，以为刻印者矩矱，拟随刻随印也。十钟拓本一分察存，楚公三，虢叔编一，兮仲一，虘一，又编一，鼌伯即虘，奇字编，余义编，己侯。与伯寅同取之，不足则付目拓寄。带付收目可省心力。课孙少暇，始敢作此等事，竟甚促迫。闻人便则夜以继日作答、题字及印识，常若不及，亦殊可笑。所望海内大雅常以吉金佳拓惠我，勿仅以藏拓示之，则尤企切。今夏秋弟处来往便适多，此次后恐不易。若一月专足一次，计费十千，如可三人任之，则可源源而来，中间有便足，则又无须，一年有四五次即可，每人不过十余千也。《获古编》非促索原本，只是望早成之，便可早见还也。伯寅兄手复，并惠《款识》刻初印十本，齐镈初印刻本并各家考，敬谢，惟未得有自获新见奉质为愧耳。盂鼎如可得，虽以伯寅藏器二十种易之，亦不为过，得之当求附刻拙释。想已有之。辱过爱奖许，悚甚。弟衰老不能务博，辄觉茫昧。极惭其陋。前复伯寅，云读书识字俱愧不多，非虚语也。偶于吉金文中可通经书文理者，则喜求之，辄苦不博。其好古之笃，亦由于此。若汉器与印，则不过文字而已。文以理胜，即词赋亦然，高下浅深，皆理为之。不博学详说，不能折衷返约，舍理亦不能徒博也。徐干《中论》云："凡学者大义为先，物名为后"，未谷先生以为今之针砭。然所谓大义者，恐孔孟以后，程朱以前，又未必能真见得到也。弟尝撰句云："钟鼎文同漆简面"，以"程朱语见鲁论心"偶之，子贞为篆之而不署款。今子贞往矣，书过赵董，诗学韩苏，岂人所能及？其偏处只是自己学问不足，有人之见存，遂目空余子而不能大有进境为可惜耳。言忽近腐，知不免为大雅所哂，然好古文字者此心，好古义理者亦此心，不自觉流露于良友之前，幸勿使人见也。伯寅新得钟拓，竟同无字，所复别纸录寄，少有更正，乞转致伯寅也。史阁部联似不确，并附缴。古乐失传，即古器亦不能尽合圣人之制作，似无须定其律吕，有尺寸斤权即足以传后矣。每印一纸，每泉一纸，最易增补排次，且人人能为之无错误，不必伯瑜为之，欲省费莫善于此也。过此则所假之千余印不能得矣。附阳朔上林鼎器盖、安成家鼎器盖、临菑鼎器、阳周仓金别于瓦器耳。鼎，共五纸。半两石范拓，二纸，背有甲子䷀三字。又四种，前似寄。节墨刀一种，二纸。铜五铢残范一，余一泉。安邑化二种，长勿相忘泉环一，又太字。四字易识而非甚古，前已寄。《续泉汇》望者甚多，乞早成之，何不醵资，使原刻坊一律为之？尊藏拓本甚富，何不仿《泉汇》订正一善本，以俟精刻？未备者，或湿纸干笔摹之，或黏刻本，亦甚适意。闲固有味，闲中忙而心仍清，则更有味也。清闲固是福，平安尤是福。住宅或地支路气不兼天干，或破碎，或地支方有形象不宜，或前后向相戾，皆可致驳杂。然不可有居者而妄动，盖悖阴阳自然之理则不安。特学问不至，不能知易简之自然者耳。手此，敬问颐安不具。世愚弟陈介祺顿首。印亭世兄侍福，并谢一切。同治癸酉八月廿九日。诏版诗目乞示及。

　　都中工匠，向能草率偷减，今想更甚。作椟务属坚固，外椟需用明榫、密榫，勿使不用榫只用鱼膘黏合。盖榫尖刃者易缺损，作成需用细石细磨极光，方能去斧凿痕，不可用蜡。南中拭漆，以四两香油合一两生漆拭，令漆干入木纹中，再拭再磨，使极光不见木纹丝为度。又拜。六泉不可得，亦须先制椟待之。燕翁十布次者一分，亦在弟处。

　　清卿兄得差否？篆书用笔极得法，能直起直落、独往独来则必传，不可不肆力于此。粤东陈兰甫山长澧写篆亦佳，尤长古文辞，有刻著，今不多得。廉生兄此时想高捷，盼盼。大著并敝藏石目，俟拓工自琅琊台还，再同报命。有豕形古器，求多惠十数纸。敝藏吉金，三代者将近拓毕，惟余字少小器。清卿兄处，必有以报。伯寅署何部？新题名字真者，新墨全者，新出《搢绅》，均求一分。苏亿年复字一函，乞即饬妥寄。都中金石家有往还者，乞示及，以详为企。王戟门藏格伯敦盖、愿敦，愿旧释，当名大。押在德宝，可拓否？《获古编》版已购成否？又拜。

九五

子年尊兄世大人左右：

　　昨日早得八月九日赐书，知杖履安适，甚慰甚慰。伯寅兄雅意屡荷谆致，不胜心感，弟则课孙已无余闲，而惟此为觉切己，是以百凡俱不敢移志。近来金石之索，触发古疾，已不胜劳，又无良交相商如清卿、廉生、石查诸君子者，只可听之而已。伯寅兄所重在于留心今日之事，何敢以此相渎。他族逼处，新政初亲，惟贤者能左右之，我辈闲人始得优游文字，安稳田园。盖曾经守望之难，又时见诡秘之迹，而不能无远虑，故又于良友前作此迂拘之语耳。闻清卿兄视学陕甘，可喜之至。好古而即得游古地，真为有福。秉烛匆匆作函，文理久荒，平仄字句可笑处亦不复易，退笔尤不成字，所冀星轺未发，犹及面为代致，则幸甚矣。钱献之《十六长乐堂款识》传本甚少，去岁曾假得许印林藏本，录其文而未绘图，清卿可重刻之否？苏浙能拓字钩摹绘图装池者颇多，想幕中必不乏人，有得即可成书矣，羡羡。平生以游秦为念，此愿知不可遂，思其地不仅为金石也。尊斋新得银印甚佳，各印求印亭兄以绵纸印三四分见寄。诸君子所得，亦乞勿遗。得书适有要事专足北上之便，而琅琊拓碑访瓦者适至，因竭两日夜之力拓记寄赏，有详目一纸。又悉索敝藏十布数十枚求鉴选，连夜拓得二分，以一奉寄为目，其一自存。倘可制椟，尤望令匠至寓指示，令其加工，想印亭兄亦必能乐此也。宝化四化六化亦可作椟。一ʔ有郭，似与四六化相近，是一时物否？弟所得宝化有郭而大者尤异，近来收者纷纷，弟转不得多见。十布选后，乞先拓示，如何配合，细细定其某一分为第一，某一分为第二，尊藏所缺，将以何者补足，将以何者见赠，俟奉复后，即可嵌椟，摹文椟面矣。张孝达留视蜀学，当亦可得金石，与清卿各树一帜矣。六泉十布不足者，仍乞切致苏亿年并于都中物色之。大著计日内可到竹朋兄处，当与来函并寄。惠泉已感，又益以诗，幸甚幸甚。燕翁诗目，即秦铜诏版歌五字耶？金君泉谱，可托清卿向平斋假之，并索泉拓。琴亭侯李夫人灵第门题字二纸，乞转致清卿兄，余当续报。廉生兄有捷音，乞早示。今有新拓得文登崮头集晋人石门题字二纸，晤致为企。敝藏石先令一粗工试拓，拓成者于封函时即附，石拓十四种，共十七纸。尤望吾兄与诸君子佳拓之惠数十倍于远人也。敝《藏金文目》并释四册，《藏器目》一册，有欲得者，寄抄费来，即当属人写就，公诸同好，藉获订正之益，亦所甚愿。程元事，晤伯寅乞为道感。令侄如高捷，乞示字行。苏亿年所寄只数印，内一天清丰乐钱，较吴我鸥者少清晰，今并寄上，爱则留之，而酬以佳印可乎？一笑。《泉汇》续稿云寄至弟处转呈，九月间或可再有人便也。苏七函已寄，谢谢。兹又一函，乞即饬发，倘有寄项，或即为寄苏七亦佳。《印举》过多过费，拓本所费亦多。何伯瑜索平色甚苛，此次远劳，必须善处。

清卿兄摹图至精，<small>盂鼎求多寄精拓一二十纸，千万切致。</small>过于《西清古鉴》，惟古少逊，须拓文对勘，勿尽用细丝之笔，册亦太小，释文定即可刻，不必一定有说。以建初尺较工部营造，以汉器较库平，记铭所在为要。昨复伯寅笔记，乞代求正。来足如景文出都，即乞谕令在尊寓候示，每日赏以粗饭即可。秦篆四册，甚望早装，可浼印亭世兄录拙著释文，分版各装。铜量则望多请人题咏，有佳者随时录寄。惟吕不韦戈字浅，须极薄细纸乃可，尚缺此一种耳，明年尚欲假观也。手此，即问颐安不具。弟陈介祺顿首。印亭兄侍福。癸酉九月六日巳刻。

日内笺纸不足，伯寅所用薄高丽纸者可物色否？有雅而非各色者，或购数百页先寄为恳。又拜。

九六

子年仁兄世大人左右：

月之九日、十日迭奉九月七日、十六日、廿日、廿四日各赐书，知近履安善，慰甚。刘、张诗收存，有大作并他家者望随时寄。继幼云币拓颇佳，当与致竹朋书即寄。<small>书册尚未至。</small>幼云为庚申世兄弟，又至好，弟又与春宇同年，不知竟好古能诗若此，殆阮文达所谓天机清妙方能好此者耶。如念七十余年两世至好，竟肯拓赠不遗，则真热闹场中有古性情者矣。景文尚未至，以致大著与泉布尚未得见。范拓乃绵纸，刻工上版皆竹纸，恐未习则搓动失真，须属之，或先刻一版乃定。竹朋兄处之拓，从容补还可已。《获古编》重刻尤佳，有原图自易易，但须好刻手，字则须中锋用力钩乃胜。只补释文，尚嫌不博耶？博而释不定，似未若释之有见而又审慎者。传古待后，则摹文难而成书易，扼要之图也。刻书则须精心贯注，条理不紊，方能精美完善。人不能无所为，闲静中作此等事，虽劳亦可养心也。圆首圆足币闵字者，敝藏有背文一二两品，可当之否？泉布梣吾兄既不作，又不留壮布，正不必专为弟物色矣。伯寅兄所用茧纸笺，不知其为异物，乃蒙广搜悉寄，殊愧愧，当留以答伯寅兄，寄吾兄则只用此等纸矣。大《搢绅》乃吏堂，只每季一部，前求兄代购小者，乃承伯寅见赐，琐琐附此谨谢，知有书必索观也。廉生兄复书容再复。闻有专足，已半夜半日自十一日。未曾住笔。凡事皆有数有天，而读书作人则由于己，望求之远者大者，尤不可以得失致疾也。银印拓八纸，权泉一纸，谢谢，第五似不若九一。晋石乃文登，距此八百里，来春醵资遣精拓者往，须厚绵料纸，此间不可得。乃能拓极古之碑，薄则碎矣。金文目释，写手有暇即托之。秦瓦单行固佳，然不若量与诏版瓦石同刻一书也。《啸堂集古录》承允假阅，先谢。少珊兄在都，乞道念，同年同直至好也。玉说却无之，藏有扈偃诸玉印，求拓各数纸。俗名昭文带则瑑，剑把则珌，剑格则璏，皆剑饰。杠头则似琮，压须则珩璜与三合璧，不过如此而已。周生豆乃宋器伪字之佳者，长山袁氏政和豆，敝藏崇豆皆同，则密乃建元之首一字，未见真古豆也。区拓一，鍨拓一，奉上。汉琴亭侯李夫人题字一纸，案头只此，未及奉赠者，索来当再寄。乞转赠廉生兄。廉生与弟家世谊，弟知之，年谊则乞示悉，不便函询也。《贞石存》寄一抄副，则当以所知注于其下，手录本不敢注也。《获古编》能先示稿尤慰，或可少有参酌，亦不必定年前付还，前言乃恐迟迟不成，不能为燕翁留一著作。《泉苑》既不刻，又为竹朋抉去其尤，乃见交情，昔人真慨乎其言之也。尊藏中、壮二泉，将来欲乞一观，并得见幺、幼尤幸。椟小费不多，作成不佳，则作他用。如工良而材逊，再寄椟，求属人觅佳木也。伯寅兄所用刻坊，吾兄与廉生兄二处，孰与共事最多？来书自制笺尚佳，第不甚宜书，鼎图及字与色均佳。有小文墨事，不能不求良友也。清卿之书，未知何时确递？念念。《印举》一印一纸即是，原为省费。因伯瑜工费过多，为日又久，不能使之亏折，其直只可听之。弟处不为经手，将来或可再成，惟拓印刻工不易易耳。继幼云当是敝年伯云亭先生之子，春宇之嫡堂兄弟，何官何年，乞并详示。承寄陕信并谢。专足迟发，遂若作竟日谈矣。手此奉谢，即请颐安不具。世愚弟陈介祺顿首。印亭兄侍祉。癸酉十月十二日酉正。

　　《捃古录》伯寅兄有抄本否？思抄金文以校藏目也。又拜。

　　再弟之全寄十布求鉴，实感今昔壮泉壮布之厚意，而思以各存六泉十布一椟践前言也。其拓册亦为存记而设，其中有印者乃取素爱而未忍去者，故以印识之也。吾兄听其缺如而不受，弟亦可无固请。其选记者，收到册布，即有以报命。本意吾二人所留之外，乃或商售，以别购他物，而非急急，无心为至好言之也。今虽可如来示无不可行，何能斤斤于此，惟命是听而已。各布向皆五金收一，无三金者，不但壮布第布之难得，其中字精泽美，有卅余年把玩不忍释者，又从众中拔出，既所费不赀，亦岁月精神所积，或不如兄，亦至小事，而不能无惓惓之情也。又拜。

九七

子年尊兄世大人左右：

　　月之十日雪夜，得十月十八日、廿四日手缄，知杖履安健为慰。《赎金释文》分二与竹朋兄。景文所携各件俱至，苏七书收阅，内惟盂鼎新拓及蓝田之印伪泥封一枚耳。泥有螺痕，非令非丞，古官印却无此种，不及乃兄远矣。清卿途次寄各金拓，可感。内平安鼎钗字，大可入说。兹有复函并金石拓，乞早妥寄。选布四枚，原封剞木封呈，希莞纳。虽以四报二，而如此总觉未为歉足，惟循尊意而已。复苏七一函，亦乞早妥寄。伯寅处亦有书复，先文悫公官册乞代达，并加级纪录各年月一字勿遗，或酬十金廿金，即乞代假再奉缴。所欲惠周印，望为致谢，其二则未敢领。此等古印，《印举》收十五印，容先拓呈。六邰钟真得未曾有，欲求作屏六幅数分，纸大小不同，已详书中，求再代致。笔记不同刻甚是，别汇同刻即可，惟乞两君子订正之，本无意刻传也。竹朋兄处书件，由利津过而未知，今竹朋所寄书并《续泉说》附上，徐足亦由利津过，想必更有书致。此等人待之少厚，即可为邮寄，但傅足人狡，常失信，未可深恃交物必即赍致也。清卿此时当有书至都，今将难释者、如何剔者并致之，当即可有图有佳拓矣，望之望之。廉生兄夫人病想已愈，《贞石存》原本切勿寄，若有清本而以原本寄则可，恐搁起不成事也。《泉说》，谢谢，此次有祺注数十则，乞削改编次之，匆匆随手写得，殊不可传，或可少有助大雅之采择耳。《古泉丛话》，尚欲再得。前月由伯寅寄琅琊台秦刻善拓，至否？念念。今寄秦瓦拓四纸，殊精，尚有一二十种，今年寒如此，拓者又少，未能即奉鉴矣。《传古小启》六本，希检掷几后。虽似近利，而年来为此事甚增忙迫，收放稽考与应酬拓者，周旋指画，尚且决裂，劳既不堪，费又不易，直是一件时时照料之事。但借此为古人传，则劳亦不惜，得者勿笑而责之。且如《启》后之约，俾得得资，少为布置，方有以应。然甚不愿以此烦渎老兄，必须免此一层，又先付资，又不促迫代致者方可，否则可作罢论。荇农同年至好，必有以应之，但一时未必能多寄耳。《十六长乐堂款识》虽未至佳，似不可不与《啸堂集古录》《获古编》同刻也。《清爱堂款识帖》，曾有一分，归来思之，遍觅不见。刻手乃汀州一少年，诸金文刻，殆无其匹，惜寿不永，未三十而不幸矣。信资必注明，照付即可，不必加写，时必计其所寄之物，不能无所寄而多耳。伯寅所属，悚愧悚愧，以后文字往还，不敢复讨论矣。中、壮泉可勿见寄，倘再有妥便如景文者方可，亦不过欲订所藏之真否耳。第五却不如第一第九之字，以为多言否？今有琐事乞代浼廉生兄，将所寄小信封版代饬刻坊印五百枚，即再多亦可，色须红足，纸以细毛边二层式少长为佳。再求廉生兄以所用笺纸版鼎图者印白色无胶矾纸千为企，缘作书苦无纸也。有薄高丽纸东洋纸尤佳，多则随手可涂矣。《印举》今腊明正或可就，伯瑜来已十四五月，每部八十本八函，索六十金，亦所余无多，共可成廿部。只是初稿，留四部与弟，其余伊自售。弟妄谓直不昂，非与之通同求利，恐过此不易易，即再作亦止能敝藏之印，不过六函而已。何虽谋利见小，然非好名，亦不肯久稽作此等事也。月初弟又发旧恙，作呕一次。雪前极温和，雪后骤寒，北去千里，更不知如何栗烈，惟眠食加卫为祝。此问颐安不具。世愚弟陈介祺顿首。醵资拓秦汉晋石事如何？问圆足布亦未见答。癸酉十一月望日夜。

九八

子年仁兄世大人左右：

十六日傅徐，此系傅足。足行，所寄当已至。《续泉说》注，求政示。窃又谓泉之为学，论文字已非玩物，论钱法尤为大经济，止论古则不伤时，止论便民则病者可知，唯企君子说之。轻重大小铁铅及黄铜加铅均不耐久，及铜少范精，与米盐琐屑一二文之用，为民生之要，必使之便。分类之编，可为一大著作，大雅以为何如？各刻何不裁为一式？又及。不可裹角使易蚀。秦瓦拓四又一，奉赏。余当续上，时乞示收目也。此问著安不具。祺顿首。癸酉仲冬廿三日夜。此次无伯寅处书，乞为道念。印亭世兄侍祉。

九九

子年仁兄世大人左右：

月十六日得十一月杪手复，并《啸堂集古录》影本，《十六长乐堂款识》刻本，伯寅复书，并见赠古印一、钟拓、新《款识》刻、羊毫大笔各种，俱一一领讫。新春新年，遥维福履益健，吉事有祥，门宜子孙，家常富贵，吉语泉文作如是读，以吉语镜文俪之，思得佳书，刻之为联，先以奉贺。定如所祝。莽布未敢动手封，不知天清丰乐即在内，非所好而得所，亦甚可慰，以相当小品见酬可矣，一笑。中、壮只望是真品，以大雅一言为定。中似弱，壮无青绿，幺、幼真而文亦非精晰。欲求观尊藏，亦不过欲一校耳。邰钟拓惜无甬及背拓，不能装屏。三小者一幅，可得八纸。其二小者，亦确是邰钟。乞语伯寅，再有此种无字者，不可不收，且与有字者并重也。钟已有十，可谓巨观，宜专刻一册。无字者亦必刻。蒙之十钟，乃积累而成，不及此原来未失之十钟远矣。宜何如为十邰钟主人庆，唯望制虡同悬，它日或得登堂一扣之耳。古乐之失传固由于律，蒙谓古人字音皆定以律吕，今虽造律合于古人，顺天地自然之数，恐尚不知乐章字音之律吕，而器即能如以应之也。论古笔记之刻，唯增愧汗。《续泉说》拙注奉寄后，复取《泉汇》读注一过，妄以己见试拟刀布等名目，而以化货。统之。又别圆法圆孔方孔为二类，又分六朝以上、唐宋以下为上下二编，又辨合土之说，又剔当在秦半两以上者。其尤当去者，如钱中之王必不可附于汉钱，厌胜以牌居首，其中似杂揉，分别剔汰，自有可观。而以唐宋后至俗至劣之品滥入于古泉之间，即欲留之，亦只可附于下编之后。窃以为《泉汇》乃必传之书，唯其如此，更宜求善。既有我辈数人，不可不为他山之助，且板印过多，已将漫漶，续补精善，必更相形，何不重加厘定，合刻善本，以臻美备，垂永久耶？至浅学妄说，本不足为定论，其可从者则从之而不必指明，其当辨者则直订之而不必周旋，再有所见，亦必当奉质。昨属竹兄寄呈教正，倘未至，乞作书索取，并索盂鼎释文也。至刻书之费，尝谓只患无好著作，有则损所藏第二等已可刻。若金石书，则误于畏考不博者七，资不足者三，而终不成者比比矣。大雅以为何如？《海东金石苑》原本至精，可惜可惜。示及题跋之刻，前此未闻，系何稿本，有录文否？古印近已入箧，后再印寄。《印举》

已成七分，次儿小恙月余，未能写校。何昆玉已赴历，留其友候稿补易，即印毕亦须目录二册成，乃为完书。考据虽惭浅陋，条理尚有可观，唯须迟迟方能请正耳。拓琅琊台秦刻，约四钱一纸八钱一分即可，醵资有卅余分，二三月即可遣工前往。拓毕再拓晋石，晋石距此八百余里，来往路费过多，每分八钱亦可，非卅余分则不能往矣。如拓李夫人石，则共四十余分亦可，李可四钱一纸也。数年来令此刘姓习拓石瓦二者竟能精，惟尚未能拓吉金，亦未多习之故。年少稳细，能领略指授，今日不可多得。竹朋兄处说一海丰张君守崃来拓，未敢多延过费，未与共事，不敢为伯寅荐也。伯寅所拓不用绵纸，何惜此小费，此次寄《款识》装裁纸多不到边，似是刻坊之弊，纸似亦逊，不可不购极薄软绵连扇料，留初拓数十部也。纸不可小。瓦拓容新春再寄，此时尚未拓齐。瓦非金，同文者更不能记忆已寄与否，须同寄为善。前寄兄者，能寄来补足尤企。日来自己随拓随记，已有五六十种，必须再有一分，方能奉寄。信足如数付即可，旋时不必再付资，至舍自酌与之。燕翁《论泉绝句》已为重刊，代感代感。苏书收阅，复伊一缄，乞即寄，先谢。清卿兄有复书，望即付。传古之投，吾兄择可收者暂存，先付一目，或缴拓再领，或有京用作书支取均可。惟必吾兄不以为扰，而又可如《启》约不促责，则为代收，否则不敢多事有累良友也。圆首圆足阅字币，当以一奉赠，自存其一。齐刀之范必不与小布同。刘学诗吾同邑，从东武窃观燕翁旧藏而仿之，技颇乱真，从不至弟处，谲而有定见，此所以为小鬼与？所作节墨刀范等，从他处见得，齐刀范背乃有隶书大吉，亦可见伎俩之不大矣。要之，好者日多，直所以日昂，伪者获利日厚，所以效尤者日众。使有真鉴，不过仅不得售与数人，而鬻古者必求真者以售之，则难得而利轻，不若伪者之本轻而利厚，无感乎竭其心力，日出而不穷也。然我辈好文字而不好玩器，焉得不为古人力剖之，落落寡合，唯自守此志而已。弟十日来卧病，未曾出户，今已愈，闻徐足急行，匆匆手此，即请年安，并颂新禧，惟心鉴不宣。世愚弟陈介祺顿首。次儿小孙辈随叩。印亭世兄新禧。同治癸酉十二月立春后一日癸巳。

一〇〇

子年仁兄世大人左右：

十九日复一缄交徐吉，廿日晚傅足至，得浴佛前一日手书，知福履日健，繁祉益新为慰。刻古文字以选工钩刻样本为主，试刻之费不可惜，精勘之劳不可畏，与原本无异，即是佳刻，即是良工。惟钩者必须折笔正中锋用力，一气贯注钩下，钩者有力，然后刻者有可用力处。一丝一毫不爽，而一钩有力。一描无力。刻出远逊。今与古，工与拙之分，只在有力无力。力之有无，只在有法无法。有法方知用力之道，不是卤莽灭裂。此盖数十年用心所得，而不自知其当否，希正之。外二纸亦同此意，盖企老兄之传古人以自传，而必使后人犹可见庐山真面，而无失缪之憾，以得善刻为宝，则老兄之著必传，不在考之博不博也。老兄或不能自为，而有同志可为，亦望留意，冀其有成。愚妄之言，知必垂亮而不加责，悚企悚企。手此，上问颐安，并颂春禧不具。弟陈介祺顿首。印亭兄侍福。吾二人往来简札，亦可录存删订之。甲戌正月廿一日。

一〇

子年尊兄世大人左右：

廿二日夜徐吉还，得除夕手书，以泉文吉语相颂，敬谢。天寒拓者手冻，岁暮又各归，是以未能寄伯寅处拓本，不意竟有挂误之事，未能以古文字助其写忧，殊歉歉也。周印自是真品，既伯寅珍重，暂借留入《印举》，一年后必奉缴也。伯寅既已见诸咏歌，刻入集中，又无以报琼，不敢夺爱矣。年事不问，可羡。交友在慎始，既有往还，则无可谢绝，大隐既在城市，仍宜寡交游，闭户著书，事自可以渐少，只能自己量力问心，不能求人之相亮也。村居虽有田园之乐，似北不如南，北则人事不甚便，又须甘澹泊，无友朋文字之乐，久居则须有所因，有子所云。须佃房中有住宅，青州南数县有此等山庄。昔曾爱东武山水，人事又清闲，又宜花木，又有海鲜，亟思卜居，而不忍远墓族，蹈罢则无所于归之弊而止。又俗所云小乱居城，大乱居乡者，语仍未确。捻匪之流无所不至，深山穷谷亦多不免，财物之劫不减明季，书籍之厄为尤甚耳。《泉话》收到，《款识》册当寄竹朋，苏书并谢。十钟已装，何不并伯寅十邰钟及它钟文同装，台作呂，吕作呂，本文即分明。有字者几，文同而无字者几，是十否？示之。亦是巨观。唯伯寅处拓者不用棉纸，纸又小，何耶？醵资拓碑不过附及之，拓成令拓者自售，不过直少昂耳。清卿无书至都，何耶？念切念切。《泉汇》仅酌易名目，别圆方穿，订古品前后，分六朝上、唐以下为上下二编，汰厌胜之俗劣者，或附下编，古而精者附上编而已，不足自传，亦犹吾兄辅助成《泉汇》之意，望竹朋之精益求精而臻美备耳，寄至求教之。伯寅诏版诗领到。各秦拓曾寄全否？欲得当再寄。瓦当册迟寄亦可，当寄一全分阅过，校其未寄者付补题字可矣。若欲令补近刻先秦两京二印，则寄亦可。《海东金石苑》原本甚精，竟不能传，详序其式，如《金石图》，如《三巴石纪存》，海东人当有补之者。今刻目跋，殊增慨幸。昔人之因循淹没如此者，岂少也哉，不可不求其故矣。迟迟失时，则必如此。《捃古录》亦甚可念，然究不如大刻古人吉金文字之为尤要。祺只以僻处无友无良工，又衰病，又课孙与家事皆一人勉为之而不能就，是以切望于当代君子耳。其愚妄岂不自知，以欲存古人之真，故有所不避，守以待后，或有契于将来，以附不贤识小之末也。至我辈之好古文字，以补秦燔之憾，始皇之暴，无如天地之藏但出则已是将毁，唯在早传其文字耳。爱文字之心，必须胜爱器之念，所望海内君子日有以相贶耳。自不至同玩物，而无异于珠玉之侈矣。同志共从事于斯，则自无世俗之见。自念病退，久甘沉沦，年来承野人不弃，尚望恕我愚拙也，悚企悚企。以上得书即复未竟者，正月十九日书已至。李夫人题字一纸，乞致藕翁。此次尽拓藏瓦，寄一全分与伯寅，思再检一分奉寄，而病惫未能。缘自新正五日后，此间春寒，每出数日辄病，至月五日不寐不食者四日夜，得汗始愈，又病目，今始搦管，少迟即当检寄，可先索伯寅者阅定。拓工刘守业颇能究心，如此拓墨不易得也。阳文任人拓粗拓细均可成字，但难得神耳。去岁付景文之款，并伯寅抄书等款，望再详付一目。盂鼎之归伯寅，自胜留置书院。既得此重器，其寻常小品，亦可不必过亟，凡物多皆是累也。此器似宜专作一书，刻一图。如器大不缩，装为巨轴。此等物秦以后所未出，是真本《古文尚书》，曶鼎散氏盘皆不逮，文字是学于文王周公者所为，非它可比，前乎此则文简，后则文不逮此矣。手此，即问颐安不具。世愚弟陈介祺顿首。印亭兄侍祉。甲戌二月十三日。

前书病中匆匆补竟封送，以为十三日即行，而又改期，遂再检瓦拓九十六纸，刘工。又连日补拓三十二纸，张友。共百二十八纸，未能题字加印，乞以寄伯寅全分校之，或有遗须补，或仍欲题字加印，则须寄还示及矣。选定惟陕瓦有可疑者，订正后可装四巨册，并琅琊。但装时字画外有折皱者，须令勿为折皱所掩为要耳。《丛录》校注一册，阅后致伯寅，与《泉说》注同深惭愧矣。今日得一小四朱泉，厚如一黍，面背俱平，与一半两石范同得，或一时物耶？四不作〇，甚古，拓上二纸，乞鉴定之。清卿何久无书来？翘望燕秦，唯企诸君子之时以古文字相贶耳，野人其重念此海滨之愚耶。《印举》久未理稿，今次儿北上，再理恐在夏秋间。前七八册稿已定，拟再作数部，并望仲饴作《泥封考》同刻传，加以目录、释考附各印下。凡例、叙文，今年未知能毕否？因循迟误，非敏事则不易成事也。廉生近想安善。齐地各瓦，求为代考。归来所得，费财不多而费心不少，愧未能分赠同好耳。吴退楼九字残秦诏版，已由伯寅得拓本否？退楼吉金，颇有精品，想已全有拓本。叶东卿之从子字眉洲者，曾拓集吉金文字数册甚富，未知可物色否？手此，再上臆园野人左右。甲戌二月既望。祺顿首。

一〇二

子年尊兄世大人左右：

傅足将行，竭一日夜检金石文复廉生毕，又复伯寅数语，尚须作家书，吾兄与清卿学使皆未能详复。伯寅易量欲以易匦，则望示及，否则尚欲假留，迟之又久，再缴可否？苏七乃内史、六安相二泥封，非小布也。此颂颐安不具。甲戌三月廿三日亥刻。弟祺顿首。

一〇三

子年仁兄世大人左右：

昨复一纸由伯寅代交，想已察及。今闻有北上者，再复数纸。夔郡隋仁寿金轮寺舍利塔下铭书已近唐，新出土而剥蚀若是，殊不可解，拓亦甚不致，谢谢。再有佳拓，尚乞一二纸也。醋浸古器，昔力言其不可，无字胜于伪字，何不以贶友朋耶？清卿𦁗是梁字否？二钚，乞分一纸。尊藏之泉币，有拓手时，尚求一种一纸，可以装如书式，亦便编次，唯费绵纸耳，何患无以为报耶？一笑。《续泉说》刊成望早付。前注《泉汇》，尚望向竹朋切索，寄至乞论定，先附《续说》行也。《丛录》字小，前书仍乞附大著，以见吾二人年来心迹。示及随意书不肯苟，此却是知己之感。弟于书求法，而不有意求工，心声心画，岂可伪为，所愧持敬尚不能涵养耳。古文字之好，有时亦不免近于驰放，吾兄何以教之？心不能自有所得，则不为境困即为物扰，而不能以自乐。昔弟自撰句云"钟鼎文同漆简面，程朱语见鲁论心"，倩子贞书之。今年复撰句曰"日守旧编寻孔乐，天留古器补秦燔"，虽近腐，然他不能胜也。蒙又窃谓博学非理不能断，非理不能定高下浅深，诗赋且然，无论著述，乞是正之。复廉生书想已见。四朱又得一品，并拓寄。廉生欲赴蜀，所藏金石尚望寄精拓全分也。论泉诗刻，亦乞分二册。窃则易致人火，府库且然，况无经理者之家耶？或曰心血所聚，则易生火，理亦近之。东卿收藏前人旧存者俱极可观，晚年既收伪刻，又毁于羊城，汉阳遗劫，至今亦良可慨。琅琊秦刻，近又遣工往拓，须天中后方归。秦瓦尚有残碎三五十片，容吕工 即刘，改归本宗，仍名守业。还，与近得同拓寄。敝藏金文册目释，今抄出二册，乞致伯寅，余续寄。册所未有，尤望分惠。伯寅处无拓手自不可。近多拓，始知拓时凡器易磨处皆须纸糊，乃至要事，否则古泽去矣。古金质朽，毡卷易捣裂，以圆刷软于猪鬃者为佳，或曰鬃可劈，犀牛毛亦可。尊卣深器，以刷入筒即可。行路古铜瓷与易磨易破之物，皆以纸糊为妥，收藏者不可不知爱护之方也。清卿兄处，此次尚未及复。诸君子处收敝藏各拓，尚望均时寄一目，以便检寄无复是企。魏兴和马都爱石拓，乞致廉生。手此奉复，即问颐安不具。世愚弟陈介祺顿首。并颂印亭兄撰禧，盼切盼切。甲戌三月晦壬申。

　　伯寅之去职，实出意外，一书慰之，乞代致。秦刻四纸并附。瓦拓尚未自题毕，容再寄。其一事，倘有秦器，可让其一，此时先勿言及也。刻金文事诚而过戆，乞恕之，所以爱君子者亦甚，自哂其愚也。徐吉何至今未还，清卿有复书，盼切盼切。又拜。

　　竹朋年前有小恙，手足言语少不和，已愈矣。

　　肥城近出土四卣，二完二碎，文止"作宝尊彝"。一卣柄内有象形字一，甚奇。一敦亚形中字，为长虎臣所得，尚未见拓本。

一〇四

子年仁兄世大人左右：

月朔人便，奉复一书，想已察及，月来北上者多而来者少，想次儿处积各处书不少矣。都中得雨否？首夏清和，惟体履安适为祝。秦瓦尚未及拓，于月之五日却不意竟得一秦铁权，字虽漫漶，器则完全。年来收集斯相金石文字，今竟于吾乡得此，斯相其有以相感耶？奉上初拓四纸，乞与诸君子共赏之，图一奉野人自赏之。并吕不韦戈拓一，字浅久拓不出，近始竭目力重镜，以朱填字，油素墨钩，属族弟佩纲摹刻印石，可见大概，附拓戈侧，亦秦书至精之品。既思刻秦瓦，更不可不刻秦金，选工之事，不能不重有望于野人与诸君子矣。吕戈摹本二拓，乞致伯寅廉生。廉生好齐金，退农当有以佐之，并请大之，而以所得慰我也。右卯戈二拓，亦致伯寅廉生。如清卿有书，乞录寄。香涛蜀中有所得否？继幼云古币泉拓，乞索一分。手此，即问颐安不具。同治甲戌四月十一日夜。弟陈介祺顿首。

今早又得书，以周䇹匜交次儿呈，希即转致伯寅。此亦王朝书也，首一字愚近释为幂，形不可释鲁。伯寅之邵钟，不可不珍重，真不易得，而字有可取，且字至小，亦可珍也。盂鼎何如？手此，再上臆园野人，并求新得印器各拓。祺又拜。四月十三日。

一○五

子年尊兄世大人左右：

五月朔得十四、五日两书，知近履安健，慰慰。承惠食甘多品，未至先谢。我辈今人也，今居而又古稽，则重在以古人相处矣，岂在物之厚薄哉。永以为好，期共勉之，于事于心而已，野老退农岂复尚知世俗之情耶。瓦当册并装而未裁者均至，似装者未工，有损拓墨处。弟所自题亦付装，装成当校补奉寄，并补题编次，但须秋初矣。近收叶氏物拓，印惟强弩都尉章可疑，石范大者殊佳，千金钩亦可，古币似古之锯，非币也，钩印廉生疑之甚是。君家得子与甲科两难，自是地理事。一人之事，则在修德，其历世有所不易者，自是地为之。非泥堪舆，其不顺于天地自然之理者，必有其应。若一世一家一人之运会，则天为之，而有不可强者矣。弟所自愧，惟涵养未定，向学之心则不能已，深负见知，非一朝夕，惟企有以教之。日内拓友皆归，拓工在琅琊台未还，古文字未及检寄。竹朋病愈可喜。《泉汇》注本，索来再寄请正。手此，即问颐安不具。弟陈介祺顿首。印亭兄侍福。甲戌五月十一日壬子雨窗。

老年人便秘是寿征，故宜甘滑和润，其火衰者则易燥土，亦不宜过服滑润，谨以片言报惠，乞采纳之。又拜。

《传古小启》之事，倘有索者，望与廉生兄商之，亦可托清卿。倘藉资多延友备纸墨速拓，则年余或可拓齐，既可分赠至好无遗，又可多得拓手转荐，惟性情安静而敦实者甚不易耳。又拜。

一〇六

子年仁兄世大人左右：

　　五月廿五日得午日手书，并大著《秦权量记》，示及版穿为木量之用，与蒙见合，昔已咏而记之，唯未见全权，无从定版之制。苏亿年去岁言是铁权，今年竟得之于吾东，不可谓非齐人之幸。唯一版后有横陷一道，似是嵌木之用，尚未能定耳。尊量当遵拓数纸呈，今有学拓者来，先呈十纸。仍当并呈秦金全分，别装一册也。拓友各以午节旋，近中即可至矣。古兵亦当以全拓呈，以冀藏泉家之以三代金拓好我而不惮烦也。新得叶氏西夏印，不可识而甚古厚。印背字与燕翁铜牌字相似，而此不同，同是西夏正书，印文乃西夏篆，印式乃唐以后所自出。徐星翁所得之石，疑亦西夏书。黔省又有济火书，似夷书，而又似钟鼎，皆奇而今不可识者也。祺谓外国书皆以形别，如今苏马，唯圣人书有义理，吉金是真本，故尤可重也。原州醋务记亦新，其三印有刻字否？残破者殊胜。其三汉印则殿中司马、军曲有可疑。叶氏之器似尚俱在，可力访之。叔氏钟、古铜龙节曾见否？道光廿年前所收佳者不可胜举也。幼云各拓，乞代致为企。所求棉纸拓三代秦汉泉币，一枚一纸可装订成书者，伏乞推古人之爱，若不能却不肯忘者，而竟有以惠我，且以它人之所藏及我，则海滨寂寞之感，岂金石所能渝耶？圆足圆首币，尊藏既数十年求之不得，而敝藏适有其二，谨分其一寄奉，专家于此当可以无憾矣。唯閍字从木甚明，决非火字，背文一作一，一作二，今以作一者来，乞订释之。六月二日又奉廿二日书，并苏七书，何君如至都，乞即将所寄交徐吉妥为携来，切企切企。《论泉绝句》《〈海东金石苑〉跋尾》，乞交徐东甫处寄。何资斋世兄写作想俱佳。竹朋兄虽愈，而大小解尚数，老年得病不易复元也。伯寅兄何以小恙久滞，积劳使然耶？闻足即行，手此，上问颐安不具。弟陈介祺顿首。印亭兄侍福。甲戌六月六日。

琅琊台新拓秦刻精本每纸一金，有索者，乞示及。已托廉生十纸。宋元印多收亦是一种，较钱泉更重矣。苏七书，乞即寄之。

一〇七

子年仁兄世大人左右：

七月九日徐吉还，得六月廿三日书，知长夏体健，慰慰。承赐大刻《〈海东金石苑〉目跋》《论泉绝句》，既为故人感，《丛稿》附以《泉说》并及鄙说，尤增感愧。将来注《泉汇》至，再乞教正，选附其后，则更感矣。弟不收泉而言泉，盖推三代文字及之，它则仍不求甚解也。承惠秦出环范并各拓，又寄苏亿年云阳鼎，又允假印入谱，谢谢。范似非环，如圆器盖而中空作孔，又有小柄，今不能详用，无从命名矣。其古兵虽无字而尚奇，宋以来谓之戚，似是古钺类也。兮仲敦乞再付墨不浸者五六分是企。薄钩似有三字，显微镜照看细浅小字却有用。大吉宜牛马铃亦佳。矛花文精如此而无文，何也？骑部曲督，可谓大矣。罗文纸乞一二十纸拓金石。清卿兄所索秦瓦拓，当于八九月寄，倘荷代刻，则必当缴直，而重有文字之报也。苏寄小封内三印一矛，矛字过浅，日利瓦片而已。匆匆手复，即问颐安不具。弟陈介祺顿首。印亭兄侍福。甲戌七月十一日。

一〇八

子年仁兄世大人左右：

近未得书，唯秋凉体履安健为念。近拓藏钟，先寄邢妄乍钟一纸。如未备，示目即补寄也。尊藏三代秦汉货金，知必以精拓全分赐我，尤望棉纸一枚一纸也。幼云所藏能为致全分否？前询其为弟年丈云亭先生伯仲何人之子，抑即其子，乞示及也。铲币最易损，青翠多可喜。教人学拓尤易损。躁者无心，劣者有心，传古不可不慎也。旧存马伯昂《货金文字说》寄请订正，如有可采，乞附大著以传，仍付还原本是企。年来弟所复吾兄书，乞属人录寄全分，写资当谨缴。吾兄之书如未存稿，弟即当录上。弟所寄伯寅书，亦思求一全稿也。手此，即问颐安不具。世愚弟陈介祺顿首。印亭兄侍福。甲戌八月七日丁丑。

瓦册尚未及核，唯笔画多入折皱者，未可以此付刊也。

一〇九

今日毕足行后，竹朋兄寄弟所注《泉汇》来，适明日有便可及今足，遂未启封，寄请教正，乞选可存者附《续泉说》后为幸。此请子年仁兄世大人颐安。弟祺顿首。甲戌八月九日。

一一〇

子年仁兄世大人左右：

中秋月上时，得七月廿八日书，并兮中敦三分，两面有字镈货，以钟形如此者名镈，定为镈货、钱货二种。壮布拓各一亦寄一来，想出土非仅此二者，或有弟布，可再为吾二人索之。幼云书一，币拓二百又二十一箧，敬谢。又罗文纸十叶，藉知近履安健为慰。币文己字自是背文，其二则作夯孛，与他币字不甚同。此种有笔画下即有铜高起，不审可再去青绿否？剔时用刀末。剔字之难，今复伯寅详说之，拓法亦详。兮中敦敝藏本，尚有令亲旧印，虽无奇字，自当存之。今复幼云一书，报以十钟拓本，币目四纸，附少注说，较前论币布名目为详。八月间，毕足所寄书并《泉汇》想已至，可与此参看而酌定之，其可存者，仍望附《续泉说》后。四纸漏未封入幼云函中，乞阅后作函封入，同交傅足。此次无专委之事，恳为各处求少从厚，倘可令其往后鼓楼记是此地，否则告之。院自投，可为言之，不可则须尊纪往矣。幼云家与弟处七十余年至好，非同恒泛，当年必见过，今不详其为二四两翁何人之子，又不知其何官，乞示详。所索十布拓，当精墨作小册再寄。今得其二百余种币拓，亟思广收同装。兹附一纸样，乞将尊藏之币如纸拓一全分，都中他家藏者，亦乞代致。竹朋所藏不多，仲饴有数十，当并索之。幼云之从弟亦有所藏，倘集而精刻传之，必胜《赎金释文》。若三代各化，一种一种分别刻之，如弟所拟名目，又至莽而止，似可与《泉汇》并行，附庸钟鼎，其补秦燔之憾之功,似亦不小也。齐刀拓今应廉生石查之索,止拓二分。昼短令吕工夜作,一寄幼云,一自留。闻兄新得齐刀甚富,又增币布,亦希先言目后即寄拓是企。竹朋之东周,似刘小鬼不能为,而其作伪谋利则日甚,宜乎齿及。壮布乃石查藏,自非陕寄。前误。伯寅十布已全,岂存其二耶?罗文纸可拓。明罗文文宽,前尚易得,用拓佳而且雅,此容试过再布。廿七日又得十一日书,并唐志拓、二印拓,谢谢。李道之印,厚而非精品,秦半通私印却佳,乃反文,䇹桥。字是姓,冃是名。费藏小字古敦,当即师虎。苏七书收即复,今有一书,乞即寄之。苏张之害何妨令见,既获利又务名耶?无此便宜事,一笑。陕中似又有一识字作伪新手,苏七不知则未能辨,眼力自逊其兄,未必有心。今日为有力者之利造就出人才不少,甚难觉察,同好当共审之。附上秦量大纸拓十分。两三日为伯寅、廉生、幼云作复,将近百纸,检拓钤印校稿,昏愦殊甚,秉烛奉答,已至夜分,笔秃目倦,不复成字矣。次儿承爱垂念,感感。此问颐安不具。弟陈介祺顿首。印亭兄侍福。甲戌九秋二日辛丑子刻。

近所用小印,乃族弟子振所为。今寄其摹古玺印来,乞嘘拂。有赏识而又欲其摹古文字者,酌酬之,以当绨袍之赠也。摹钟鼎须寄拓本摹本,先自钩摹配合,然后发来再酌,无者不可强凑。初令学刻时,石大尚刻不好,久则能缩小。先以极小印石令刻,恐未必佳。自篆则不及摹者,昨为东甫刻数印,可索看。不欲得即不必相强,非是小秋风也。又恳石查之劳如可代分,则苦差可免矣,一笑。年来古文字之累,野人实有以发之,而野人之劳,亦因之益甚。《续泉汇》想已动手,可惜不将古文字一气作熨贴耳。文字之役,文字之福,天壤间唯此可重,唯此是精华,知从文起自文著，愈有字愈值钱，无字即古亦不值钱，良可笑也。人之五官四体俱同，分别止在心，心之分别止在文字之浅深，大雅以为然否？昨与伯寅廉生书乞索看，可知其累，然累而乐之，其痴谁实使之，至引出许多骇话。哂之耶，屑之耶？求教海之。是在夫子矣。诸乞是正，勿令人笑我，并笑野人有如此之友也。清卿久不得书，念甚。两月来为人装敝藏金文二百余种，作十六册，每册廿余页。瓦文册尚未装，所以未能校，前云八九月可缴之说，乞恕之。祺又拜。三日早。

———

子年仁兄世大人左右：

　　重九后一日得八月廿五日书，慰慰。日来菊樽定多清兴。闻《续泉汇》已订正手稿付手民，可喜。昨复书并幼云书拓，望后当可至都。拓剔各说想已见，虽非学问而少有阅历，可应拓法之询，大雅之所哂也。《泉汇》注说、古货名目及复幼云所说，乞采订择一二附尊著后以存此一说为企。钱货、镈货、币货、布货、刀货足以辅翼钟鼎，多于古玺印。闻新获邑布甚多，尚乞拓时垂念，均早付一分也。今日编敝藏齐鲁三代两汉瓦当文字目毕，检所寄装册多未备。承屡示清卿允为刻传，今又敦促，谨将随得随拓二纸，以一赠兄，以一自存，装册未裁之本先呈并目。又检拓存所有同复清卿，乞阅过妥为代寄，_{簏仍固封为企}。并代致感切之忱与不欲作为弟刻，仍令缴刻直，再拜受寄版之诚，是所仰恳。装册当陆续补拓补题报命，编目有须改者，乞即示，以便编册为望。伯昂旧相识，乞采一二入大著，使后世知其人，未审可否？幼云事想已平，廉生想已大健，念切念切，人还尚希示悉。清卿所得东井小瓦当，非甚佳，古人作此用于何处？所收亦有伪者。今日关中又别出一种通文理人伪作，苏七或不知或知，未可定，终是无力量无法度。不可不慎也。盂鼎当已至，此次不及复伯寅书矣。即问颐安不具。世愚弟陈介祺顿首。印亭兄侍福。甲戌九月望甲寅亥正。

所见古器古印，或不可得，均乞拓惠。

瓦当目以尊册校过，清卿书、瓦册匣银百两，均与尊处书同复。廉生想已大健矣。乞即付一目，以便检补是企。祺又拜。

弟所装册，三百文一页，如欲装，亦可寄。伊裁册甚佳，惟年老耳，人极熨贴细心，如读书人也，又无好钢宽裁刀用，令装则乞留意此事。手用之宽者即是0，有大有小，必须好钢。

装册一本，以吴箧未满，且寄册片去亦不易校，乞阅目并校之。寄吴则以他物补空可也。苏七信求饬寄。祺又拜。

一一二

子年仁兄世大人左右：

十月四日得九月十四日手书，知杖履安和，慰慰。镈化忆伯寅赠兄易量，钱化少，无字尤古，易得否？何又曰赠伯寅耶？古化仅可羽翼钟鼎，与古玺印同，拓既艰则亦不敢固请，唯企不忘传古文字之心，而非徒几案摩挲之具，则公海内而信后世矣。古化究下古器一等，以非成章之文，且有出工贾之手者，然犹是秦燔前古文字真面目，故不能不重精刻传之，亦是力争上游，作者亦必居上矣。借拓或损或易，亦人事所有，似不如自延友费纸墨之为愈也。承勘刻敝藏，感感。然钩刻必不肯将就，此间大难，故望之海内，若资则去物足矣。币化圆。布化方。多刻似无妨，古文字成一巨帙，虽重出亦可，以精刻必传而胜他刻，唯必须用心力督之耳。人之所异，以其存心，传不传止在心上分也。幼云事已否？平斋藏至美富而不择，何耶？廉生病全愈否，已出户庭否？各书可索阅，阅必教之是企。弟日课二孙，已觉甚惫，年来又为古文字大劳，然不敢误课程。麦收不成，不能不望采荻，情亦可悯，直在其中，尤感古谊于金石也。手此敬谢，即问颐安不具。世愚弟陈介祺顿首。印亭兄侍福。甲戌十月十三日壬午。

一一三

子年仁兄世大人左右：

月十七日得九月廿九日手书，知前函均至，近履安和为慰。匣虽封完，中有奉缴尊处装册一，且望将瓦当录目，眉端所朱圈记已奉寄者，录付校补未寄者。缘当时甚惫，而足候已久，不及自记，故有是请。倘未发则乞以前函再阅，或言之未晰耶？京装以潍装校之，潍装以未装拓校之，便可见装不失之匪易，与传古之甚难，非至愚何以拘泥乃尔，它人见之必大笑矣。瞿木夫《官印考证》已刊，甚慰。拟寄廿金求二部，未审清卿可借交，由京还之否？妥便寄银不易，今年用又多，借用都中者，尚未楚也。拓法在伯寅廉生书中，何未见耶？中秋后拓手又少，尚未及拓瓦，又寄清卿，无存，报命在来春矣。藏泉卅函，富哉。装成书固佳，拓成书尤佳。畏难不为，与指斥为己有同，无所藏而拓富，则亦礼尽在鲁。一泉一纸，殊易编次，可分可合，大成似须如是集之。文字之乐，心虽劳而神清湛，即倦勤亦须藉以自适，严此则无可自怡者已。平斋之瓦云是沈君所藏，虎形者尚可，似已是东汉，蛛形者疑为茧馆之用，他无甚佳而有可疑。收藏富而且精，乃劣者亦厕一二于其间，殊不可解，与伪泉之拓同，疑是有力而专收著名之器，故偶出己见，遂乃不免阑入耶？手此，即问颐安不具。世愚弟陈介祺顿首。印亭兄侍福。齐大化拓，由廉生交。甲戌十月晦亥刻。

　　雪兄之逝，闻之恸不能寐。此公之天性独厚，吾兄既为长恸，能无同哭之耶？惜其身后，惟其大世兄似尚能料理。平生笃爱荫之，而以烟乞亡，其一亦将然，可见才之不足贵，必有德而后才乃可贵也。十七日夜一联挽之，录呈正之。文无足观，情真而已。

　　久不见君矣。北侍则居比邻学同砚，东归则取分俸子促装，三十年休戚未渝，何忍遽闻永诀。

　　尚有典型乎。立朝则持大体笃棐忱，遇物则尽人情敦古义，七十载悱恻若性，那堪共恸老成。此间购二匹白素绫竟不得，故迟寄。此凋敝之自然者。世事如此不俭，何以供征人之大用耶？

一一四

子年仁兄世大人左右：

前月十九日得十月廿七日手书，知杖履安胜，慰慰。闻子恭兄至都，连床数日，天伦至乐之事，闻者且代庆，况吾兄乎。亲亲之仁心，吾兄自不以爨燕易甘营，可宛转少省否？归里祺于宗祠告成，刻一门联云："莫不尊亲，入庙共知同血气；无远兄弟，推心自己有儿孙。"谓横看推不去者，直看则吾子孙即兄弟堂兄弟也。又唐镜海先生耄年犹冀生子，亦为吾兄颂之。存心至厚，其气自与天地相终始。朋友须有益于伦常，乃得与四者并立，故均不能已于言，知野人必不以为诞妄也。兮甲盘拓一纸，聊以伴函。齐刀拓在廉生书中备采。手此，敬问颐安不具。世愚弟陈介祺顿首。甲戌十二月四日。

一一五

子年仁兄世大人左右：

十二月九日、除夕两奉手书，知春履安和，德门庆集，印亭兄居然生子，是必吾兄笃于本根，存心至厚，有以感召之，世交文字至好，能无喜动于中耶？国事至此，真大不易，然唯以正，乃可巩固。兹于廉生书中有所云云，乞教之。复瞿经孥兄书希交妥，赴粤东亦确寄，内有要语。祺助刻费三十金，由伯寅廉生处借用均可，乞代达。古朱文大玺拓并图奉鉴，真至古至奇之品，后再寄墨拓一全分也。古泉何时可拓，岁月可念。《泉汇》乞致廉生石查正之，便中由王处发还。竹朋尚未能转移，老年复元不易。衰年之自保，唯在养心，口体则须人，亦犹国家之自保，必在端本，端本尤在得人也。手复，即问颐安，并贺弄孙不一。世愚弟陈介祺顿首。印亭兄并此致贺。光绪初元正月十二日。

一一六

子年仁兄世大人左右：

傅足十三日行，携一书，想察及。今缴上《啸堂集古录》《十六长乐堂款识》二书，希检存。瓦册容有便再缴。瓦砖拓毕，当监装一分寄都，诸同好酌留之可也。廉生一书一石印，仲饴一书，何伯瑜一书，交廉生即可。此问颐安不具。弟祺顿首。乙亥正月十九日。

一一七

子年仁兄世大人左右：

月十一日夜奉正月十一日、廿五日书，知杖履多暇，含饴至乐，慰慰。前言师保之责，固是上位，然达于庶人，蒙养亦不可不慎。赤子不能言时，全在心诚，求之诚方能著明，否则以习染世俗之嗜好推之，转非所宜，富贵家尤不可不矫其弊也。竹朋书未见，注《泉汇》至。昨伊书来言，属代收代校再寄。傅足不甚妥，能纠饬，如使之迁道，须为说定写明。经孷兄处助刻卅金，廉生有存寄者即可交，否则再寄，先乞无印者一二部一读。此书考证是一事，印是一事。摹则必求似，不似则无味，而似实难。经孷兄言，其刻者每印制钱五十文，则每月不过钱一千五百，吃箸且不足。子振仿古玺印自为一书，每印助以百文，且为销布，若意不足者。今欲令逼真，二百五十文一印，已畏其不易，不似则少亦多，似则不为过矣。固适有此人，故代谋之，亦须摹数印作式乃定，非为子振谋也，且能否刻竟，亦须经手者监刻而又司出入，乃能不苟。此为传古，非好多事，晤经挈言及时，乞致此意。示及御极日天日清朗，自是天下之福。今日之民，视前代真无一事之扰而不知感幸，天之爱民，自与深仁厚泽为惠迪。唯亲政又须十余年，其间维持镇定，正有无穷之祝耳。文孙嘉名肇锡，钟鼎之传，可为豫祝矣。幼云、苏七二书均至，谢谢。石范拓二寄鉴，瓦拓册未装者附缴，以目编次可矣。拟再拓时装二分，以一寄，胜此则兄自留之，为老友徐君糊口计也。雪兄身后如此，子弟有才而不好学，其害更不可言。次儿承时念之，唯有愧感。前件费心之至，感切感切，必期妥交乃慰，至恳至恳。燕翁则卜地不慎，以至于此，人事固不能违天命，然修德则能造将来。阳宅改动不吉，阴宅山向不利，风水相侵，选择不吉，则虽有天命，亦必有变。以天地大而人小，逆之则必不可。仁人孝子不可不知，而以此求利，则理必不明，未有能顺理者，老兄以为然否？手此复谢，即问颐安不具。世愚弟陈介祺顿首。印亭兄侍福并谢。文孙安壮。光绪乙亥二月十三日。

一一八

子年仁兄世大人左右：

　　三月朔得春分日手书，知春履甚和，慰慰。文孙想更壮慧可喜，杏雨窗前定多佳趣矣。竹朋处兼旬无书至，按摩未必能起沉疴。《续泉汇》三卷读注后，并日内即觅妥足寄，以后尚望仍先寄读是企。清卿处复书交廉生，清卿所得颇多，伪刻似不可不告之，令其详审。瓦竟践言，良可感也。宋大世兄复信并帖收悉，谢谢。经挈旋秦，望属其寄拓本。银项如廉生手无之，即乞向徐东甫太史处借支，缘廉生代存者已交与否未定，故不敢说真耳。廉生何忽移居，想必酌妥修好而后入宅也。此问颐安不具。世愚弟陈介祺顿首。乙亥三三日庚子。

一一九

子年仁兄世大人左右：

月七日得天中前一日手书，知近履健胜，暵干继以潦暑，杜门谢客自多清兴，曷胜驰羡。《续泉汇》已成十卷，由都径寄，未得先睹者当有五卷矣。圜泉摹不精不过唐宋以后数字，三代者则未免遗憾，又待后之人耳。不据刻本自是谨于传信，若钟鼎则版本有而拓不存，其佳者亦不能不刻也。大泉范官私印拓四，谢谢。菒姓者佳，敝藏有䍙字古晶印，当即菒。成邘亦秦印，尚有他种否？苏七所寄精伪者二，屏去后久无音问，所售与清卿亦多不佳，似不及乃兄之念旧也。豐字三代铜器拓二，燕翁所惠者，拓请鉴考，亦绝无而仅有者，不比秦汉有字小品也。经挈欲传父书，而所得不为刻资用，欲摹印而不求精，而不知木夫先生之传在考证不在谱印，印精亦复自佳耳。乞兄与伯寅谆致，先寄无印者全部数函来，吾数人分读之，不必俟其摹印也。手此，上问颐安不具。弟陈介祺顿首。印亭兄侍福。文孙均吉。光绪乙亥六月既望。

一二〇

子年仁兄世大人左右：

月十三日寄一书，想已至。廿五日傅足至，得六月廿九日手书，知暑中清健，深以为慰。承惠钱货拓九十二纸，既富且精，<small>再隋石拓二，并谢。</small>至以为感。合之幼云者二百二十，竹朋者三十七，伯寅者十六，几四百矣，亦可谓大观矣。唯子苾之七八十种索之未得，伯寅旧有未备，它家所藏亦无之。乞先假伯寅、石查、春山诸公者拓寄，并乞检副本旧拓分寄，俾成巨册。尤望合诸家布货、<small>刘藏小布在祺处。</small>刀货、圆货，凡三代古货皆拓集之，尤为快事。文字之古，诚非细细，精拓自珍，精刻公世，我辈复何求哉。廉生所云"寒金冷石"真是好语，然须耐寒人识其所以可与寒梅共守硕果仅存者，即片纸足供搜讨，不必求其热而不可致者，已为至足。石则石鼓而已，其余虽冷，乌能同语哉？含饴之乐见于咏吟，古训之诲无间今昔，唯蒙养先须慎习。窃谓小儿自能食言，无一非学，习所不当习，长而责其性恶，则教者之失。小儿何知，决东则东流而已。义理之爱，难于禽犊之爱，以其平易精细而正，为至不易。至服食一切，则尤不可以富贵性成推之，而不以小儿待之。友朋之爱，唯在于言，勿笑其喜作此等语也。子静之钟，制既非钟而似钲，字即陕刻，未知所以酬之。<small>欲索何者？乞询示。</small>清卿敦字，久已疑之。苏七二伪不收，存银亦不寄物,心目皆不及乃兄耶?藏泉质人,内城习气,然耶?手此复谢,即问颐安不具。世愚弟陈介祺顿首。今年酷暑,京苏皆同,东人可知。十八日后大风三日,伤禾想亦同。乙亥七月廿六日。

一二一

子年仁兄世大人左右:

　　十月廿五日傅足一缄,想已察及。此间旱后,不意月五日忽得快雪几盈尺,晴后虽寒而风少,朱子"忧国愿丰年"之句,甚可思也。都中气候,未知何似?杖履强健,含饴围炉之乐可知,念羡以之。近拓所得燕翁齐刀化十一,长刀化一,卢氏钱化一,大钱化二。旧必有之,似前拓未及,复则作副本可已。又新得圆首肩足币化二,想韦卿已奉寄。又一束,乞代致廉生并道念。伯寅石查如欲得,当再寄。石查极见爱而靳古文字之投,嗜奇耶,薄来耶,九字刀未忘情耶,而于文字未笃耶?好古必去俗情,俗扰可远,未可废食耳。来人乞赏以四十余拓纸,得勿笑其与索拓直同乎?伯寅书亦希致之。此问颐安不具。世愚弟陈介祺顿首。《续泉汇》成,而竹朋已口不能读矣。又及。乙亥十一月既望乙酉。

一二二

子年仁兄世大人左右:

仲冬廿八日得七日手书,并初印《续泉汇》二帙之赐,敬谢敬谢。竹朋兄又能言,当可读矣。《朱子文集大全》天顺本,子永兄之所归也,祺何有焉?存贵能读,乃为君子之泽,仰企仰企。大著廿四诗刻成,乞再寄。吾兄之文可谓斐亹,自有所长,由于情性也。𠃊一钘范,尚未得见拓本。廉生事可诧,仍内地所为耳。秋冬屡有忠告,以冀其身与学俱安,未知何如。新得秦诏字残瓦至佳,拓上一纸,真奇之至。新年新春已近,唯福履多欢为颂。世愚弟陈介祺顿首。光绪乙亥十二月四日丁卯夜。

寿卿书二纸,伯寅索去,特索回抄存一稿。①

吉金各国自有书,以王朝书为佳。吉金惟楚书气胜于法,余则以字大者为佳,多见自可知之,不识字多见每可通。楚书奇而不及王朝。

潦喜斋藏物自以郘钟为冠,史颂鼎及刘燕庭丈故物皆佳,昨寄一有阑文壶拓亦佳。

《攀古楼款识》释文自以张说为长,以其博雅而聪颖,于理为近也。祺愧不博,又不能穷理,而窃谓古学之长,必折衷于理,博而不明,不能断也。辞赋之胜,亦必以理,汉学之杂,必择以理。读古人之字,不可不求古人之文,读古人之文,不可不求古人之理,不可专论其字,窃向往之,而愧未能也。

闻成见或有偏处,此只是考古人之字,而未深求古人作篆之法。多见而深求之,真与伪自可信于心矣。文人才人,香涛足以当之。

---

① 此亦为陈介祺写给鲍康的书札,见于《簠斋尺牍》第 899—905 页,系抄录本。今案,陈氏原札见于中国国家图书馆藏陈介祺致潘祖荫手札,整理本即以原札为准。

古文字一篇中之气，一字中之气，一画中之气，岂今人所能伪哉？

古人道理，大有不可以汉魏奇字与《说文》只订其偏旁例求之。

史颂鼎记是程木庵物，文内之事与王戟门所得多智友家愿旧释🅡。敦盖文所言者同，当互参之。余谓作者名大。丁子两日非误，稣是，泽或是梦，友是，匡仍当是扬，异文定非。

匽侯鼎。鲁内小臣蠹鼎。至鼎，未见器，不敢定。舒鼎是。伯矩敦，余谓此种古人以盛和羹者。伯罛敦与余藏为一人作，而文少逊，制同。卫父卣佳。子执旂卣。申卣，未见器，不敢定。戊形卣，制奇。曼子卣，见器乃定。🅑子孙，父辛孙，同。曹侯敦，同，虽有说曹，不敢附和。休敦，同。季良父簠。龙爵，器未见。父癸甗。吕大叔斧，见器乃可定。吉金原文未精者，必须见器。伪甚者，以拓本审之可矣。

邰钟，张说翼字非戴，是。异即翼，见盂鼎。史颂鼎，稣非鲁，鲁字金文极多，法亦习见。仲弛盘，弛字未安，儿近之。第三字臣是，父字未定，第五字似肇，🅡下"以金用作中宝器"七字，中是人名，古文之简者。盂释娀未安。卫父卣，卫非国名，见《获古编》。吉金字小而细浅者，以显微镜审之。装金文以类，不得原拓，先装刻本。邰钟似铸款。

胶西灵山卫古城旁出土铜器三，二似罐，形如🅡，一似半匏，有流，形如🅡。器名区，《史记》误作妪。田陈以大斗贷民，以小斗收，齐人歌之曰："妪乎，采芑归乎。"文有"子和子"，即太公和也。区即豆区之区，十錂及区之颈，所谓小斗收也，满则不止十，所谓大斗贷也。伐鲁后作，故曰"采芑归也"。昔曾有考，容再录寄，先书大略，并拓三纸，乞致伯寅考之。又钦罍二纸，或名奇字。器铜质粗朽，文亦不及西周者。有德者必有言，自以文理长者为佳也。

节录寿卿书<small>与王廉生书，甲戌夏五。</small>①

一二三

雨帆表弟足下：

顷得手书，具悉蔿翁公祖索拓之事，乞代致此举并非谋利，实以传古，但非有资，不敢多请朋友觅工人，其经理之劳，则所不辞，又拓必须时日，未能即日拓齐，再碎铜、残石、破砖、碎瓦拓墨一束，致费多金，殊为可惜。乞以此数者代达。倘必欲拓，则先付百金或二百金，兄手具收字，仍存原款不动。拓缴可存，即再拓寄，不可则缴原银可也。再古器文字第一，图第二，现无拓图者，以无良工，刻书又无友可助，是以迟迟，仅目有一图稿也。原目仍缴，候再复。费神并谢。署中必有春兰，如已照，乞早寄一盆，即可照多少面。迎面枝叶，非画手所能也。此复，即颂近佳不具。兄祺顿首。宫玉甫兄乞道念，切切。三月廿八日。

---

① 《簠斋尺牍》第 920—925 页收录的《节录寿卿书（与王廉生书，甲戌夏五）》，其内容系从本书所整理的第二九通书札（第 34—39 页）中节录而来，故此处略去。

一二四

雨帆老表弟足下：

顷得月廿三日书，知近履安善为慰。蔼翁公祖肯助拓传，感感。乞代道愧谢，日内当即检点奉寄。惟潍足不肯多携厚封，又雨潦须使毋湿方可，乞筹妥。在烟先与说定，或托永祥亦可。此次之书，廿九日始交来，即复恐已迟矣。银两想日内即可交到。其照兰竹梅菊谱一事，来潍既不便，亦无可照。署中兰花必多，海舶亦易致多种，竹则登郡山中必多佳者。前人之谱，皆以意为之，未能形似，若以大镜照之，则既可形似，又可转侧变换多面。其迎面枝，尤画家所难，而此可得之。惟近大远小，为少过耳。照片终不耐久，若以片刻成谱版，流传海内，亦艺林胜事，未知蔼翁肯为此否？此却是空前之事。凡人作一事，必思可传。若弟能助蔼翁为此，则得法而超乎法上，是文人必传之作。数年来想到而在潍必不能为此，乞以质之蔼翁公祖也。外目希代呈。即颂文安不具。兄陈介祺顿首。甲戌五月廿九日巳刻。

一二五

雨帆表弟足下：

昨复一书，属由烟与信足商寄物，而今未得复。适张开运来，与之商妥，兹将廿日来所检金文二百二十四纸，计夹七册，共一总封，外有一目，共七十金，乞收到即呈蔼翁公祖大人鉴定。外六纸，阅后可否呈蔼翁酌之？此次所寄，如以为无可观，则所余三十金仍由永祥奉缴。如不以为过费，而又索他种，则乞再付一目为企。此次乞借付张开运足力资京蚨一千，由永祥支，由潍缴可也，不如此则寄厚封不肯携也。手此奉谢，即颂著祉不具。兄陈介祺顿首。甲戌六月十八日。

再寄拓本，未能如此之速，以此皆有存拓。及今拓者，每拓不能一种只一二纸，须一类一类分拓也。又拜。

一二六

雨帆表弟足下：

连得二书，以闻即日言旋未复，昨晚得初九日书，以庖代无人，未能快晤，歉歉。蔼翁属装之十六册，均大概补齐。昨晚亦适题毕，当即令徐凤岐妥收入篚，不甚大。封交永祥号妥寄。其尾项寄到，缺二千有余，亦是小事，不必周折矣。开篚时，用木板棱自缝垫敲，如启货箱，即可无损。装成题字甚劳。课孙之余，日以继夜，再有索者，不敢应承如此。蔼翁之意欣然方可，否则徒縻多金，甚无谓也。此次之说，较《启》略详，如欲拓何种，乞再示目，不必拘定前目。惟烟足则厚封不收，或谆托吾邑在烟者力属之为妥。手此即谢，此颂著安不具。兄陈介祺顿首。六月廿八日未刻。倘不拓，则三十金仍即由永祥取缴为恳。又及。

一二七

雨帆表弟足下：

七月朔酉刻，专马交到廿四日手书，并原拓本一封，验过未及启视。具悉。蔼翁公祖手札诵过，感愧感愧。此间装池，惟有徐凤池一人。年已六五，老悫不能急迫，作册却是所长，京苏次手尚不能及，但恐少延时日，蔼翁未能久候，伊又无人可助能速，他则不敢畏难。俟与商定几时可成再复，只可将兄所装各种搁起矣。吉金本无字多者，字少亦极有至古之器。将来三代秦汉吉金裱一全分先呈。至释文则须从缓，写毕再装则更迟，只可先急装送阅，后再寄释可也。兄之藏印，在今日却为最多者，约可五六千方，益以戚友所假，可八千方，去岁已粗将片印就。次儿编考未就，颇有更动。冬间多病，今春公车北上，以考中书而未归，恐未能一时即出。又有泥封六百余枚，已交小倩吴仲饴水部考刊。印多例详，是以未能急就，即乞代致为恳。蔼翁前乞致感谢。敬问大安。来差付以一千，余容再复。此颂文安不具。兄陈介祺顿首。甲戌七月朔薄暮。

一二八

雨帆表弟足下：

顷得十四日戌刻书，具悉。册用磁青绢，用梧桐板，平而且轻，甚宜翻阅。绢色最难，似不可以为费事。既不欲购，且用他者糊，将来亦易换，不必拘滞，可不必寄樟木来。核桃木虽雅，过重且不能定性，册大不合用。至秦权真器是如此，姑且装入，日后大雅君子鉴定以为伪，则揭去一幅不难也。钟之大幅，已属将册中挖方孔边厚外看不出。以容整张折叠之大幅，当可如意。惟图则尚未及作，当代君子尚有欲为刻图为书者，少迟可也。他拓尚未能如命，日内将各金文检点补足，同裱先寄，万勿再付拓资。将来拓成，寄请阅过，欲留再付资最妥。蔼翁装册，能于进省妥便寄示，定日再取，往来用匣，不妥则已。当择佳者录释。寄册勿多，高丽纸厚包。三四本即可，以金文为先是幸。此谢，即颂文祉不具。兄陈介祺顿首。七月廿日。

长方伯近颇得佳器，如叔向父敦、袠敦之类。

一二九

雨帆表弟足下：

廿八日得廿三日手复，知昨寄拓封已至。承于暑夜代为检点一过，感感。兄年逾六旬，课蒙之余料理此事，写字、钤印、编目、叙说亦甚劳惫，但为古人传，遂不恤耳。偶误一二纸，自是意中事，亦不能无笔误，费心代理，感感。敦缺何者，须全开来乃可见，将来再拓，则必须题记，乞请蔼翁公祖教之是企。如为太先生寄至苏，则乞与南中诸友张子青、吴平斋观之。皆寓苏，可并索题。无须浼人代达，以愚言径致即可。但乐观其成，助我拓资，精拓不易，亦不能一种止拓一二纸。则当一一分类，随拓随题随装，砖、石、瓦、镜、泉范俱未及拓齐。今年延二友甚不妥，妥为辞去，束修俱付。惟皆不及三代之古而徒靡多金。不好之则甚无谓，好之则六七金一册，七八金一册，亦不为过。合成五六十册，亦一大观矣。《印举》已编有大概，惟考与过细及标目未备。次儿考中书未取，稽迟尚未归，月内盼其到家。何伯瑜由津欲入都，其徒周子芳同往。前已印得廿部，与彼三七分。彼七者，以纸印泥一切俱属彼，书成再自印。伊行时封固，不便启，尚有稿本在外，无妥便，且时欲看。今年又增百余印，尚可入也。此谢，即问文祉。蔼翁公祖前乞代致。不必以此书呈。兄祺顿首。十月十七日。

一三〇

雨帆表弟足下：

复书后徐凤岐来，同其将册页包好，入箧固封，交永祥号转寄，至时察收代交。其费不能代定，由永祥信致收明，如信付之可矣。册式并题已自留稿，藉此编次一过，亦自慰也。东海秦刻不一，而不可见。阳主祠，云是石象臂有二篆字，阳主。象尚是古跪坐形，闻今为人以泥涂其外。可访之。此问文安不具。兄陈介祺顿首。十月十七日晚。

蔼翁处若通信，则受之更有愧矣。吾弟亮之。又拜。

金文宜装册。每册一幅装一纸，字多者加素册一幅或数幅，以文之有可考无可考计之，至少亦须余一幅，字少者或一幅二纸，然必须一类之器，方不错杂。装金文不留释文考据，余纸甚无谓。杂乱无次不分类，尤可厌。

装金文固不可裱开字，尤不可将拓本中松者裱上折皱，外紧者裱开失神。亦不可走墨。

装裱用去面筋净之稀糊方软，衬纸料细方软，册以软为工。

拓之难，非自作过不知。以三代秦汉金文为精，以金文为费，则他拓更觉其多费矣。可以少收，而不可以他拓为费，而不知工料与经理之不易也。_{候示。}三代器所缺拓，不过小品数十种，汉器则今未拓，故未寄，寄必须拓齐。

装金文宜托纸，后以花笺或杭连裁如册大黏定，式样看过再照挖。一册不过廿余开，前后余页六（册）开，便三十开一本矣。每本前可留一目，续得即可以类增入。

此次标器目而未及释文，倘再索奉寄，即目亦不注矣。释文乞释一过见示，再以所释注下奉复求正。

三代器是秦燔之所不及。

三代器之字皆圣人所制，其文亦秉圣人之法，循圣人之理，亦有圣人之言，特不过是古人之一事耳。秦汉之器，则无文字矣。后人则并纪权量、年月、地名、官名、工名、器数而无之矣。

秦止十五年，故文字至少。

秦始改古篆为今篆之祖，秦始用今笔为柔毫之祖，秦始刻石如碑为今碑之祖。

三代漆书当有用刀用聿二种。聿，手执杵也。

三代圣人文理深，故字奇而多，后世文理日浅，故字庸而少。古人文简而字不足用，后人文冗而字无奇。

装册不可小，小则将来图不能容，瓦拓不能容，秦量纸即可为册式。_{省纸则释文与考无以容。况各家考释不同，又各有引据乎。}

此次所奉寄者，足装十册或十二册，瓦二百，可装八册，砖百余，可装四册，镜百余枚，可装六册，汉魏铜器八十余，可装四册，六朝石五六十，可四册，唐石可一册，六朝铜象可一册，泉范百三四十，可四册，每册二十五六开，可共五十册，然皆不如三代金文之有裨于学问。多年未能自拓全分，或可藉大力成之耳。

不精拓则字失神，而不可以摹刻尽善。不用佳纸，则不耐久。

一、十八两七钱。钟拓十三纸，每纸五钱。计六两五钱。铎一纸，计三钱。鼎十八纸，三十余字至廿字五钱，十三纸每纸二钱。计二两五钱，二两六钱。尊六纸，一，五。计五钱，一两。牺尊三纸。计六钱。卣十六纸。二，十四。计一两，二两八钱。壶一纸，计五钱。罍二纸，计四钱。

二、二十三两一钱。鉼二纸，计四钱。爵四十四纸，计八两八钱。角四纸，一，三。计五钱，六钱。觥二纸，计四钱。觚五纸，计一两。觯一纸，计二钱。敦三十纸，百余字至廿字十六，十四。计八两，二两八钱。斝二纸，计四钱。

三、八两一钱。簠四纸，三，一。计一两五钱，二钱。簋二纸，计一两。盉三纸，计六钱。甗二纸，计四钱。鬲三纸，计六钱。盘四纸，百三十余字至廿字三，一。计一两五钱，二钱。匜五纸，二，三。计一两，六钱。四耳敦，一。计五钱。

四、十九两九钱。区二纸，计一两。鍑一纸，计二钱。古兵三十三纸，剑二，瞿三，戈二十二，矛四，镦一，小干首一。廿字以上四纸，二两。廿九纸，每纸三钱，八两七钱。计十两七钱。秦量权拓十四纸，权图一纸，秦戈一纸，集秦文如此，前人所无。每纸五钱，计八两。

此次奉寄，共七十两，存银三十两。

一三一

韦卿世讲足下：

一月未得复音，想尊大人体履甚健，春融病减，勿药有喜矣，念切。子年寄来新刊《续泉汇》三卷，读过寄上。附有缴还拓本一封，当有书在内，如无京便，可早复交来候便也。平斋云寄件已至，伊复书已寄都矣。敝藏齐出古瓦，清卿学使已为试刊，良友古谊可感。余详令兄书勋函中。即颂侍安不具。姻世侍祺顿首。尊大人前，乞代问安。三月七日。

一三二

韦卿世讲文几：

前得惠书，以试车赴历，未及即复。刻想闱作清新，湖山之胜，金石之华，俱入笔端，元履吉旋，严侍健胜，文字之喜，豫顺日增，遥为欣慰。山农、筱农、煦堂吉金之拓，曾收得否？欲乞一读。新得四布拓，寄数纸，乞堂上阅过，分致子年。何伯瑜之弟蘧盦欲携关仝绢本轴、子固书画卷来访，未知果否？尊藏集扇，闻将及千，不审可借一观否？如恐有磨损，则不必矣。吕守业来拓石，未知能精好否？其人甚妥，乞善遇之。手此，即颂元禧不具。姻世侍陈介祺顿首。尊大人前，乞代问安，并以此代话，有所言乞笔记见寄也。乙亥八月廿三日。

一三三

韦卿世讲足下：

人还得惠书，并收到《范告身》卷一匣，知尊大人服兼发表之剂有效，刻想眠食动履一切可望大愈。虽屡得详示，倏已经旬，特此遣力，上问起居，即希赐复，以慰系念。尊大人前，乞于侍暇代为请安，不敢具札，致劳作答，惟养心勿多思虑为企。附上自制酥糖二匣，蒸食一茅囤，希察入。此间食物无佳者，适有馈南海西施蛤四十枚，鲍鱼八枚，附供一酌。蛤洗净，切两片，以极热酒入碗，以片浸之自熟，甜脆甚美，或入好汤中，亦不及酒。即颂侍福不具。姻世侍陈介祺顿首。十二月五日。

一三四

韦卿世讲足下：

初六日令侄女至，得九月晦手书，知侍履安善为慰。尊大人眠食胜常，冬来气寒，自不宜多至外间。晴窗虽宜，而玻璃能透风与寒气，以薄漂布画花卉隔之更妥。《续泉汇》版寄东再印耶，抑各印合之耶？装版必厚版箱，京物每不致。字纸厚衬乃不损耳，不可不慎。昨竹报迟送一日，而专力已行，今附缴。贵昆仲所藏尊大人书双卷，谨即附数语于子年跋后，代呈堂上阅过，并寄令兄亲家一看。辞与书俱劣，唯自愧耳。前委书联，今由书勋函中详寄。吕工所拓拙联墨未毕，再乞二纸，或绿色者。辱惠刻，唯惭汗。刻工虽未精，而不甚俗，可见指示之善。尊大人前，乞代问安并谢。即颂著祉不具。外东武芋栗，聊以伴函。姻世侍陈介祺顿首。乙亥十月七日庚午夜。

一三五

韦卿世讲足下：

得书知尊大人调摄日念，久闻侍奉勤劳，不脱冠带，天佑孝思，即日感格致福，以敬以企。《争坐稿》以未敢轻易措词，故少迟。属书当春融为之，愧拙劣耳。允拓尊藏，先谢，但书勋归则无暇及此，或先以旧拓借观，从容拓出，再相易亦可。星符来，令学拓泥封，当先寄。竹报十五日约可寄矣。此颂侍祉不具。祺顿首。乙亥二月八日丙子。

一三六

韦卿世讲足下：

去力十五日始来，得三日手书，闻尊大人言语精神少逊，药尚得力，饮食尚健，既慰且念。令侄女今令前来省视，且可少分琐务。伊意似拘执，如需相助，尽可多留时日也。侍奉之闲，诸须检点家事，多一人自胜少一人也。拙书绿拓二，敬谢且愧。即问侍福，惟企时来数行为祝。乙亥仲冬既望己酉。姻世侍祺顿首。

新得魏正始李氏砖二段，书去汉近，古厚非晋以后所及，唯质红未坚，宜以白蜡满涂之，君家所当珍也。祺又拜。

借照古器即装妥。古书画、山水、树木、花草皆可照，胜古人粉本多矣。

一三七

味琴世讲姻世大人足下：

两得手书，并询悉近况安善为慰。再续《泉汇》之举，所得所见必当拓寄。惟平生于泉砖未尝笃好，又年已七十，未敢若子年兄之有成，不过偶附己见一二，以备采取耳。王念庭近日过此盘桓数日，古泉虽有佳者，亦有逊者，选拓数品，当校《泉汇》未有者奉寄也。印《泉汇》时尚有数部欲补续集者，求白纸大本与黑纸者各二，无须印初集，订而不裁为企。鲍氏泉不敢问津，印则不知多少，精粗亦与泉同。手此奉复，即颂元祉不具。姻世侍陈介祺顿首。四月廿五日雨雹后。

一三八

味琴世讲亲家足下：

前得惠书，以再续《泉汇》见属。自念生平不专收泉砖，忽已七十，精力日逊，不能为此，亦不能不相助。因检旧藏，与次子厚滋所收，校拓所无，以备稿本。自《泉汇》出，海内好古者案图索骥,几于无人不收泉,亦易有一二少异者。足下游燕、豫、历下甚久,何未闻有新拓?有新交如叶、刘、吴、吕、鲍之与尊大人者,何不示及一二耶?侍平安,三孙春间完婚,知均询悉,阜孙来历,自可更详。即颂元安不具。世姻侍陈介祺顿首。六月十八日壬申。

寄拓共三十七纸,乞鉴存,勿为人索去也。德日修,学日续,则日新,小至《泉汇》一事,再续一出,则前二集又为之一新,甚望善继述之也。祺又拜。

一三九

味琴世讲足下:

近闻贵处堤工由游星使特举足下,中丞委任,终日勤劳,想心体并健,功施桑梓,曷胜企祝。惟以入海之地,当星宿以下,众流之汇,求以一线弱堤御之,自非易易。中丞往返四日,沿河情形,堤工切要,能周知否?念念。侍近状粗安,惟跪起少艰,星符自可面详。星符入腊始归,少年久客,自是人情所难。八月后作印谱稿增选,每月五千,购纸不至,编次无暇,已两月不作谱,仍是模拓。伏案之事,学者尚以为烦苦,星符似亦未能免也。承询并附及之。次孙陔、三孙阳同入邑庠,承赐贺轴,谢谢。手此,即颂著安不具。世姻侍陈介祺顿首。十二月三日己酉。

一四〇

味琴世讲足下：

　　去岁两得手书，以岁事将近，属令兄书勋代详，昨书勋来，又奉惠函，欣闻尊大人新春康健，并贶新刻联拓，慰慰，谢谢。近想侍奉益安，兴居增胜为祝。小孙阜幸列郡庠，重三日当可还里，乞代禀尊大人前，并为请安。令大兄亲家京察一等，想记名召见，念念。昨以得子，辱承赐贺，感感。乳名鼎寿，名厚鼐，鼎初爻辞义，并闻。舍间平安，可告爱廑，惟春雨未至，大田待播耳。新得小节墨刀背有合曰二字者，未见著录，并一化字者均拓上。手谢，即问著安，余俟三月末专力再布不具。姻世侍陈介祺顿首。丙子二月廿八日。

一四一

味琴世讲苫次：

　　昨日专使远来赴告，惊闻尊大人于月廿四日未时仙逝，不胜悲骇，世交至戚，尤觉情伤。以吾味琴之至孝，必诚必信，自可无悔。尊大人寿臻古稀，毫无遗憾，尤企苫次勿过哀毁，勉襄大事，是所祷切。令兄枚卿亲家未遂捧檄，冒暑星奔，遥增驰系。使还先此奉唁，容再专力前来，余托令兄书勋代达。即问孝履，惟乞节哀。以礼未能握手一哭，无任怅歉，临楮悲感，不尽欲言。姻世侍陈介祺顿首。丙子闰五廿八日。

一四二①

平斋尊兄左右：

别来廿余年矣，海滨既陋，中间兵燹，久无从谂近状。去岁自都来者云，广庵世讲荣任太仓，想板舆就养，福履日健，古情益颛，并于子贞兄《东洲集》中得知，吴越安定后，吾兄收辑金石书画甚勤，又有阮罍亦归高斋之语。大著原刻想未散失，续刻必当极富，伏乞觅便赐寄，以慰契阔而念孤陋，无任驰仰。祺归来不学，衰老无可为兄告者，去夏酷暑中检旧藏金文册，以尊藏罍考读之，妄有所见，容得手复，即当就正。二罍及新得之器，均求精拓悉寄，祺亦当以所藏求考订也。前刻《金石记》之手民，此时尚可得否？未入阮氏书之金文，吾兄如有副本，亦乞分惠，切企切企。筱沤兄家如何？吴侃叔、瞿木夫、徐问蘧、籀庄诸先生著作可觅抄否？手此，上问著安，临风怀想不具。弟期陈介祺顿首。同治壬申三月十三日丁酉。

一四三

平斋仁兄左右：

五月二日得四月十八日手复八纸，深慰积怀，具谂近履安

---

① 陈介祺写给吴云的以下信札均系抄录本，陈氏所书原札已在 2014 年由文物出版社影印出版，名为《簠斋致吴云书札》。此次整理，释文即以《簠斋致吴云书札》一书为据。

和，古耆颛笃，训成善政，学迪文孙，无任驰羡。闻大著《吉金图说》富至二十四卷，今秋即可成书，尤为欣喜，未知皆尊藏耶，抑参他氏耶？吉金文字自以三代为尚，汉器而外，若镜、印似皆可作别集。三代文字古于许氏，阮书之后未有及者，今大著出，当与并重。窃谓今日当首以传三代文字为第一，考释次之，文字传然后人得有以考订，当依《说文》部目为一书而精摹之。惜祺年已六十，此间无可与共，不能不企之大雅诸君子。汉印亦深有补于许氏，但一印自有一印章法，前人之书，止以字编，似亦未善。若关中侯印，于关字摹全印，中字侯字印字下，则注见关字关中侯印，亦所未有而甚有益于字学印学，未审可否？尊藏两罍、永始鼎文之赐，感感。承索拙说罍文，先以初清草呈正，其清草无副，未敢即寄。鼎文似盖胜于器，敝藏一器，是同时物，兹先拓上。有三细字，二鼎一卣。尊刻初印校底与吉金文全分并大著各种，能早惠寄否？海舶虽速，缄封厚每不易，洋行有可托处否？子贞兄想时相过从，乞晤时为道切念，并乞转致有新出汉廿八将李忠后人墓门题字拓本，有妥便当即寄同赏，并有一纸求题也。销夏无事，乞联屏扇数事，均希及之。手此即复，奉问著安不具。愚弟期陈介祺顿首。同治壬申五月二日戌刻。

一四四

平斋仁兄左右：

　　三月未复，只以海便须薄函，俗事又鲜暇，虽时时以所言笔之于纸，积至十番，而究无从寄也。今专差专足毕芬由扬前来，如有赐复并寄件，尽可交付。外《印集》、金目、朱拓并附。即请著安不具。弟陈介祺顿首。壬申九月二日癸未。

年来作字苦无羊毫可用，乞惠作额者二，作联者四，作屏者四。笔头以长而不散为合用，以常行作联者为屏用，以次加长加大，作额者则不厌大小，短者提笔用力辄苦不足，毛散不相合则尤不可用耳。又恳。

近刻拙书额拓一纸，寄正，即用三寸长笔头书者。笔毫患其不长，既长又患其不圆聚而分裂。乞饬工切属精制，勿惜费也。手此，载请退楼主人吟祉。祺又顿首。九月二日。

乘舆鼎。尊藏乞绘一图见示，并及铜色。凡汉器凿款，其笔画之端皆见凿起铜痕，无则多伪。

古人有行所用之器，皆有识别曰旅鼎、旅簠、以征以行云云。旅簠、旅甗、旅车彝。兹之乘舆鼎，其义当同。乘廉虽系地名，舆字不能相属。十炼云者，自是炼冶之数，止存铜之精华也。汉镜云幽炼三商，历三商之时则一日矣。幽炼之法无传，幽则精气不泄，非仅煎熬而已。细字敝藏吾宜戈，二字。一粗画，一细画。刘燕翁杨氏鼎，亦有一细画杨字。汉器字往往非一时所刻，右漕钟、建昭雁足镫等皆同，非今伪也。

汉廿八将佐命功苗裔同。东藩琴亭国李夫人灵第之门，左右各一鹿，阳文奇古，缺其右。中秋后葬亡内事毕，始能遣工往拓，尤苦海舶难寄厚封。乞代筹之。隶虽胜于曹真，究是东汉末书，渐趋于薄矣。法不多，力不足，故薄。后代之书，只是无法，楷法欲古，当求之隶。余尝欲集汉碑笔法为一书，惜无同志，并多见佳拓耳。

敝藏画：唐王维《伏生授经图》卷。宋李唐《小江南春》

卷。文与可竹三。一无款，极思得东坡、仲圭、禹玉竹。宋元纨扇集锦。朱文公札二一。卷。真迹。黄山谷书卷。《经伏波神祠诗》。马和之画毛诗。高宗书。元王叔明《乐志论》卷、《天香深处》卷、《夏山高隐》轴。赵兰倪竹合卷。云林小景二轴。方方壶《江山秋兴》卷。赵松雪马轴。以上皆可信其不赝。昔年所得，本无多品，归里后始则无室可居，决屏玩好，嗣则守助之警，是以所见既陋，所得甚少，不足为大雅道也。

碑则二杨碑。册。《郭有道碑》真本。轴。柳诚悬《神策军纪功碑》之半一册。山东新出《河平碑》，李山农运至历。想有拓本。《刘曜残碑》出东平。《礼器后碑》未见，容切访之。六朝石近颇得数十种。敝藏吉金文字，今年吴仲饴为录目一本。

尊刻虢季盘，闻盘归刘省三军门。似未甚精，图亦似有未合。既以古文字为朋，自必恕我狂直耳。

旧拓金文，惟宗周钟最系梦寐，乞为致之。内府藏器真拓尤念之，当时编《古鉴》时，当必拓过。又闻有《宁寿宝鉴》一书，惜沿《博古》《考古》摹文之习，至大失真耳。

金文之刻，以阮书为精审，校拓本可见。钩摹金文，固须丝毫不爽，尤在中锋用力，一无力一有力，刻出大不同矣。切忌似女工描样，虽不失形而神失矣。三代所存，莫重于六经，尚不免有脱简传讹之处，吉金虽古文字之一种，而真切莫过于是，何能不深系学者之心？有图有拓，无器何害？图拓之刻不似，何以流传嘉惠后之学者？是以考释可待而摹刻不可不精严也。吉金若只赏色泽形制，而好文字不笃，其与珠宝无异。有力者刻一书成，能使学者守之，无一毫不慊之憾，方为真知笃好与古为一，而无玩物恶习。真好古者，心精力果，而朴雅大方，无一点纤靡之累，乃为得古人之心。刻图有洋照法却可用。古器不易照，可以白纸糊之，用墨拓花文照之，用其尺寸，胜以意为之。仍用拓花文作图自佳。洋照近大远小过分明亦有弊，形似而神不大雅，究不能全用其法，器之曲折处，以横线度之乃审，㾗。其不可见而仍不能不见者，仍不拘洋照式。

读书贵明理耳。理不明则极博而不能断，不能得古人用心之真是处，而不能传不能至极，故不能历久也。诗赋层次意味，全是从理上分高下，徒博则铔钉而已。可以类推之。

由篆变隶而篆法失，隶之佳者，其犹有篆法者也。由隶变楷而隶法失，楷之佳者，其犹有隶法者也。法全在下笔处，全在指不动。凡用手者，皆不可动指也。书画品格之分，全在有笔无笔。先求片段，必不成家数。

金文分时代，又分王朝列国，一国有一国书体，又有一时之工拙。

南中如见秦汉玉印，古阳朱奇篆如钟鼎古币者尤佳。敝藏已有二三十印，乞为留意，以钤本并索直示知。敝藏古印颇可成书，惜此间无同好解事者助成之，僻陋甚以不得人相助为苦也。年来目眊，不能多作字考说，每书少亦数百字，苦于自书，每日亦未能作书课，子贞兄常言为何不写，深为愧对。

子贞兄集求代索一全部。又恳代乞书"家常富贵，汉镜。门宜子孙汉泉。"联，素纸即可，一七言纸，一八言纸，均截使短，去二字。欲即刻也。如念故人，书屏四幅见寄尤感。敝藏金文六朝石文，拓成时当即寄。

吉金以钟鼎为重器，敝藏有十钟，以四小钟为屏幅，奇字编钟、己侯、鼄伯、余义编钟。因名斋为"十钟山房"。去岁易得李竹朋兄一汉富贵壶，文二细识大书，_{颇精美}。与旧存吉祥洗同置一室，名曰"富贵吉祥之室"，俟刻图成，当即寄。

瞿木夫先生《古官印考》，有处借抄否？

徐籀庄先生《从古堂款识学》，全书尚存否？托人切访，云谷孙没，_{先生子名士燕}。其妻痛之，遗书举以付火，惟祝系讹言耳。

吴侃叔《商周文字拾遗》，有处借抄否，其全书可物色否？

慈溪叶梦渔曾伯霥簠可求否？

夏松如諆田鼎_大。尚存否？

清仪阁虢叔钟及晚年所得器尚存否？字少者则取古厚，所收胜于他家。

翁叔均尚存否？刻印无误字而拘，未得汉法。名字宜汉印，收藏宜宋元佳印。尊用之印却未能古，何不乞赵抑甫大令之谦为之？并为弟求数印也。抑甫作少有名士习气，有意求乱头粗服，亦是一病。穆倩佳处只是得汉人刀法，其篆学却未能脱尽汉以后也。

尊刻冬心联，文与书并极佳，深慰寸心，千乞为留意购一二见寄。冬心书画直追古人，好之深，此间无从得也。拟以赐本先刻，再乞数付。

江村联自是仁庙时书。

枝山联亦难得，而未能惬心。

吴康甫拓丕娶敦盖尚存否？其白氏当即虢季子白也。

汉印少朱文。近年出泥封之多，余与吴子苾阁学合存数百方，亦前人所未有，叔均曾略考之。若得佳工精刻，真足为朱文印之矩矱，松雪不足道矣。

《缪篆分韵》《汉印分韵》二书，皆割裂印文不见章法，以致后人强为牵凑。若刻原印，而以其第二三四字分隶各字之下，注明见某字下某印极佳。印不必我有也。合古今印文为之，亦一大观。书成印去，亦无所憾。大君子以为然否？

古碑以录文为要。刘燕翁《海东金石苑》极精，惜未刻，今不知所在。昔见其录文，大纸稿片，多于《萃编》，亦无存矣。录文宜先断自唐，书成再及宋以后者。

沈韵初收宋拓之富，久闻之，甚慕甚慕。

顾子山观察处有文、苏、吴竹否？有，乞怂恿刻石。

昔年亦喜宋帖，今则不及碑矣。碑昔好博，今则不如古矣。

有李斯而大篆亡，有蔡邕而汉隶弱，有右军而姿态尚。

秦量今有三，一李竹朋藏，一吴仲饴藏，一鲍子年藏。斤权可访否？

客冬以敝藏秦汉小器为图屏八帧，皆有考，容写出并图拓寄。

季玉世叔昔年在贵公子中最为循谨温和，今归里不仕耶？乃有吉金文字之嗜，具见天机清妙，有古情性，曷胜驰慕。所得似阮藏与怀米山房为多。

子爵。

子𦥔似是亥异文。爵。

🤚手形有𠂇𠂇之异。ᗡ器皿形。勺形。爵。

父丙爵。

立戈形父乙爵。

举父己爵。

朕尊。

鞴人名。尊。弜，弓张旃幅之形，与射者所用不同。朩即㭉，㐁即旗，俞即扬异文。

"隹唯。三四。月，句。王工，攻、功省。句。从从、從。许印林释文，一如字，一今文，极是。鞠各格。中。句。二重文。卯锡。鞠龚，恭。句。鞠俞扬异文。中休，句。用乍作。卜，矩也。七，手也。文考尊彝永宝。句。"① 此金文之佳者。

析子孙觚。中二字当是业见。业，人名，见，见于王也。

亚俞父辛觯。疑。

非子孙父癸觯。

立戈尊。未佳。

举尊。同。

父丁觚。同。

举鼎。冂，鼎耳也。一，杠也，扃。乂，手形。

绾绰眉寿簠。宋元物，伪作也，虽见阮书，不足存。

受父己卣。器盖。两手奉舟，即受字。

凤卣。器盖。

史颂敦。器盖。

德敦。肇作敦者，始得造器也。

师𩰫敦。自非欢字。

史寏敦。二器未合时，余见之厂肆杨氏两宜轩。

襄鼎。器盖。此种须见器全形图，有考释求寄示。"襄自作飤䕯从石即硕，加鼎以明硕鼎。䰩从也，或似匜耶？兄或曰耽。其眉寿无𩰒，期从日，自通。永保用之。"此种铜多蜀产而薄。

庚黑卣。器盖。黑字从能从贝，有所考否？从贝得声，可证

---

① 此器当称靳尊，收录于《殷周金文集成》5988号，可参看。

从🏛之讹。庚罴宫，庚罴之庙也。丹一麻，自是丹楹之用，锡之然后敢涂也。锡贝然后得作祭器，可以类推。麻是丹之数，如鬯鬯之一卣也。麻有考释否？德加𨗈，或以别于成周之各格。耶？他器所无。

封敦。器盖，制作有异否？记是叔未翁物，以为康叔敦是也。自作宝器，诸侯不敢祖天子也。𢦏字，许印林以为非艾字，字见卯敦及余所藏鬲。对上一字疑即肄字。𢦏下一字似人字。茂历当即明试。乃字器系刬误。未翁得器必清剔，以未剔校，殊损真也。字虽清朗而原铸字边之锋则损，故多肥。古铸款皆上狭下宽。

秦度。前损三行，上损二字，角亦无穿痕，当仍是施于木量者，非度也。此种皆二世诏为多，此当是始皇诏。其廿六年诏后有二世元年诏者，乃所谓刻左也。昔年刘燕翁得其四，余得其一，今皆归余。吴子苾得其二，其一似未确，城陷失之，一秦量尚存。李竹朋亦有一量，云秋仲携来，兼与小倩吴仲饴者同携至共赏之。余最后得一始皇诏者，始皇者惟存此残字与敝藏耳。愚有考有咏，惜目眊僻处，无人可录呈，又不得面晤同赏，怅何如之。余又藏诏事戈，为吕不韦相秦时作，亦奇物也。

未翁拓法甚精，惜未得见，惟言用浓白芨胶耳。拓墨以字边为主，淡者雅，不及浓者耐久。

眲，瞿是矣，𦣞疑即佳形，上为眉形。

乞赐复并再赐拓本，两叠亦乞再赐二分，欲每行合装便校。前此皆手摹校之，殊费力。

张氏《古印偶存》尚在否？

太史尊。方者当标出。右漕锺。釜锺之锺，非鐘。五凤镌斗，字疑。竟宁雁足镫。余新得绥和雁足镫，因集所藏所见之镫为考说，并刻所藏汉器精者为图说之。大吉壶。季玉丈所得必不止此，如每种寄一分，当一一审之，尤望副本一二分及他家所藏者拓也。顺之丈并念切。

释金文，须先别古人文字、章法、体例、义理、句读，不仅别今古篆之异及未见字与训诂之证也。

金文多见多读自可通，真伪亦易别。

金文为许氏之书之祖，又无传刻之失，当补入许书，而不可识者以偏旁附之。

伪器旧系铸字，近年陕中始以无字古器伪刻，南中则顾湘舟所伪者不少。今都门伪刻又变一种，以拓本字摹成，转折圆融，均失之弱。古器每有不同处，伪者则无之。有意为奇字，则必大谬。学者自能辨之，不学者不能也。

盂鼎尚在否？又有一大者，字却小，余仅得一拓本。

朱建卿有款识书刻否？

徐紫珊藏器，曾见之否，有拓副否？

廿年前所作《簠斋印集》，仅成十部。友人醵赠粟园亡友每部十金或十余金不等，纸与印泥不与焉，阅八月乃毕，非粟园静专，不能就也。归来仅存二部，今辍其一赠君，乞即是正，并乞即请子贞兄鉴之，并求一序。其中体例，似甚分析，不必若子行之枚举而已无不举者，未知大雅以为何如也。归里后又得千余印，尚有可增千余之望。而玉印尤过之，久思再作，既苦无友，又兼刻版刷印诸事种种不易，今特重恳吾兄代为先觅上好竹纸，可印五十部之用，竹纸佳，则用处多，百部亦可。再六吉棉连扇料之虽厚而不松者，亦五十部之用。用多则直须廉。然后以竹纸之大小定版式之大小，使之略小于旧版，而天地宽绰，不至宽匾，为恳子贞兄再书之，如旧式或酌改之，无须函商。前列审定三人，则无须增减。其每种一版，切不可遗。至要至要。须好手精刻完美，干厚版石磨之。前集之刘氏印，竟不可再见，尊藏印若肯假入，并为代致良友来东助成之，尤为切企。惟泥封拓黏不易，合海丰吴氏，又倍于前。虎符字未易摹，各类皆有木印，底本以绿印泥印之。未及人。作为前集之阙，功程殊未易成。朱砂难得极细，印泥无他巧，只须顺研研细，细一分精一分。油难得清，须露。艾绒难净，亦难得有耐心人，费工夫岁月也。如承慨允，并求大跋，纸刻各费，示到即缴。衰病僻陋，仰望德爱，无任驰情。祺拜手。壬申九月二日癸未。

尊刻冬心小联极佳，乞假原本一刻，如能见赐，或为转购如此佳者，真至感矣。枝山、江村虽佳，非弟所好。如董文敏、黄石斋、倪鸿宝、傅青主、顾亭林、朱竹垞、何义门、杨椒山、史阁部之类，尤所企切。近人则冬心、板桥亦可，其他笔法高古联语佳妙，亦均可刻。阮文达佳者，亦思刻一二联。乞以此类推之。以人重者亦佳。

子贞兄经意之作，亦可刻一二，须撇捺佳者。朱拓试以像粉用蜡法，似胜鸡子清者，兹检所刻六联一屏，呈鉴。此间有一木工尚可，特苦无可搜耳。

敝藏吉金目，今春始与小倩仲饴成之，先寄呈览。尚未录释文及须注者。尊藏乞全赐拓本，并为广索旧本及诸家藏者。弟自不能拓，今年自三月至今，为亡内卜兆，久在田间，葬事虽毕，尚有需修补处，无暇料理检点，迟日当促友一一拓寄，并寄季玉丈也，但乞所见文字勿忘海滨老友耳。海舶不能厚封，亦大费力，拓本可以封入书册，则须专人矣。

元人如吴康斋集中亦载有联语，明以前联似不分为二，施之门版，非楹帖也。

新旧金石书，乞见寄。九月二日。

尊藏庚罴卣麻字，前未释得，昨检散盘中亦有之，因考之，乃古櫺枥字，谓丹以木匣盛之，形如枥也。散盘中麻字，乃地似枥形而因以名之。蒙又谓散盘当作矢盘，吴之省文，后云矢王即吴王，而不得谓之戾王也。盘中又有大字，不同矢，旧释第二字作大即误，乞教之。祺又拜。

近复鲍子年一书，并录稿呈。

苏肆有小文石中有人物、山水、花卉者否？《檀几丛书》中有《怪石赞》即此类，出于南中何地？乞示及，有人托为物色也。

一四五

平斋仁兄左右：

月之二日，专足至扬，由彼赴苏，手复各纸，并呈《印集》，多有所请，乞将所拟赠寄者先为理出，道远不易，务有以教我也。祺之迂拙，不在声气而在心性，是以有见即书，不复修辞，乞鉴恕之。子贞兄健否？甚念念。如精神兴致尚佳，当以所得佳者事事请教求题，望为道意。"家常富贵，汉镜。门宜子孙汉泉。"乞即代求二联，早寄付刊。一二尺五寸余，七寸五分，短于七言而宽同。一四尺余，宽一尺一寸，短于八言而宽。极薄扇料亦乞代购，并他所请，统由韩纬功兄处即缴也。手此先布，即请著安。弟陈介祺顿首。壬申九月四日乙酉。

一四六

平斋仁兄左右：

前专足竟自扬归，想久劳跂望矣。兹有寄家鳌卿弟处一书，所云张公即为携书至扬之友。如未寄，可于妥便以此书往取也。见寄之件如至扬，又恐延搁，远道寄物之难乃如是。九月间遣工拓来新出李纯墓非纯即广，以文绎之，当是纯也。石门额字，先奉一纸，乞子贞兄作诗。日内有便，当由邗江信局再寄一纸。尊藏金石书画目，藏器拓本并前所言，乞一一见复。敝同乡韩纬功兄极可托，但有东家，不能为人长途增车寄物，不可重累之耳。大著已刻成否？念念。子贞兄有在扬修志之说，确否？手此，即颂著安，匆匆不具。弟陈介祺顿首。同治壬申十月十八日。

一四七

平斋仁兄左右：

客腊十七日韩纬功兄至，得仲冬十二日书，知前寄《印集》等已至，过承赏诩，愧愧，复蒙厚爱，以恬适养心为言，感感。我辈好古，在有真性情真精神与古人相契，方非玩物丧志。夸多斗靡，与玩珠玉无异，故必重在文字，尤重有真知有思古获心之喻也。吾两人三十年前踪迹虽疏，行年俱过六十，非以心相契，以书相通，以厚不遗，以直不饰，何以异于流俗耶？惟弟僻处孤陋，尤望鉴其迂拘，扩其见闻，而时念之，则幸甚矣。承辍珍藏冬心书联见报，又以羊毫十支、松烟五锭见贻，谢谢。刻楹二种，亦并拜登。《唐石经校文》《说文声类》纸样俱领。春来起居想更清健，尊著想已刊就，或先寄校尤慰。藏器各拓，并精品副本各五六分，诸家所藏暨市售旧拓，均乞留意。弟处虽无人精拓，终当陆续奉寄。籨匣拓甚佳，乞询示。庚午冬得一富贵壶，今春始与吉祥洗并刊图，名《富贵吉祥之图》，亦名室为"富贵吉祥之室"，兹以初拓为君子颂。又李竹朋敝亲家《古泉汇》二册，此书极富，而摹刻未甚善，今有续集，将寄子年兄代刊，刊成当再索寄。又有《书画鉴影》一书，竹朋兄著作敏速，故成书较易也。年前高要何昆玉携潘氏看篆楼古印、叶氏平安馆节署烬余古印来，弟出旧藏，率次儿厚滋编辑两月余，官印、古印甫得稿十数册，益以东武李氏爱吾鼎斋藏印，海丰吴氏双虞壶斋藏印，子年、竹朋各数印，名曰《十钟山房印举》。拟前列一目，上则官古，下则私印，夏秋或可告成。倘蒙推爱，于南中代为收官印佳者数十方，或竟鼎力可转假数百方，俾于叙中详之，则尤不敢请耳。苏肆收吉金者如可通问以拓本相商者，乞示其肆与人之名为企。《印举》用纸既多，印泥人工每部需费过多，将来成书，先寄一部，求为转销。如有索者，寄资续作，应之可也。泥封拟属小倩吴仲饴水部编刻，亦一巨观。未谷《缪篆分韵》、南海谢氏《分韵》二书，皆割裂印文，不见章法，惜未刻全印，而以其第一字下者分载见第一印为较善也。瞿木夫《集古官印考证》，有刻本写本可假抄否？翁叔均有《古官印考略》，曾寄一目。与吴侃叔《商周文字拾遗》诸书，均乞切为访致。徐籀庄《从古堂款识学》，仅有敝藏器，余亦念切。弟欲以诸治《说文》家言，分字剪贴。苏坊所售，乞示一目，无者当求代购也。凡字学韵学皆可通附，以一字为一卷，以便增补。大著《论古诗文》，乞赐读。子贞兄近状想极健，甚念之，晤时乞切致，求书之联，久待刻矣。苏市去年有老莲书五言联，乞为购寄，佳联或借或购，均望在意。《化度》钩本，友人属求数本，乞饬工代印廿本分布，由纬功兄统缴各费。尊藏清仪阁秦度，虽据欧录名之，仍是木量铜版。弟今年又得一始皇诏者，拟合吴、鲍、李三量，诏版七八，吕不韦戈一，新莽饭帻制同秦量者共各拓数十纸，装册分存诸同好，乞以尊藏先拓付二十纸为企。《韩勑后碑》尚未访确。东平新出《刘曜》已残甚。李夫人灵第门题字一纸，乞赠子贞兄。如再欲得何拓，乞付数字。同好如吾数人，今存有几，能无心驰？许印林兄遗著已抄校付吴仲饴，子贞兄可先为之叙否？均乞晤致。手此敬谢，即问著安不具。弟陈介祺顿首。癸酉二月廿四日。

两齐侯罍拓，乞各十分。庚罴卣同。

退楼主人吉金，求全拓本二分，佳者三四分。海滨天壤，所冀文字不相忘耳。大纸成册尤佳。

潘季玉世丈吉金，亦乞代致同上。伯寅所收，惟邰钟二为至美，史颂鼎亦佳，搜访甚力。钟有刻图及文。

南中旧收藏家张叔未、叶梦渔、夏松如、姚六榆、吴康甫、丕𢍰敦盖所谓伯氏，当即虢季子伯。朱筱沤、韩履卿、严眉岑、文后山、怀米山房，尚有存者否？新藏家知其人者，均乞一一示及。

宗周钟拓本可得否？

散氏盘未贡内府，不知阿雨窗后归何人？矢即吴，当名吴盘。

内府未刻有《宁寿宝鉴》《续西清古鉴》二书。

盂鼎云归袁小午，或云李山农购而未得。

山西寻氏有出土古钟，尚未得拓本。

《吉金图说》想已刊就，乞先示校稿。

廿八将李忠后人墓门题字奉寄之纸，庚黑卣中麻字释柳同柝之书，未知至否？兹再附上一纸。

尊藏拓本乞属友录目，某器若干字，某地某人藏，后附释文，文之增减，如器奇者疑者摹之，见某家著录，有盖者校其字行之同异。敝藏校阮书增数百种，已录目。

瞿木夫先生考据著作，《集古官印证》尤切企。乞访借抄寄，抄直即缴。

吴侃叔、徐籀庄子士燕。金文著作，均乞留意访借抄寄。

齐侯罍未刻各家考，乞抄寄。子伯盘同。

叔未翁拓金文法，有知者否？尊藏瞿戣匣拓即佳，乞详示。属贵友写寄，以易解为要。

徐紫珊家吉金拓可得否？

近日吉金直成一大时尚，赝器纷出，不可不慎，亦不可不辨，特不易言，亦不敢妄言，安得同志留心文字者共质之耶？

尊刻丛书乞一全部，已恳韩纬功兄代为具直领取。

《说文校议》有刻本否？如有，乞二部。未谷《说文义证》湖北刊本，苏坊有售者否？欲得二部。《说文》有好刻本否？缘韩君不知，故乞转告，托为代购。子贞《东洲草堂集》，亦乞一部。

子贞兄书联如写就，即交韩君见寄。

李竹朋舍亲《古泉汇》，今有续刻之编。其哲嗣枚卿比部之女为弟孙妇，秋冬完婚。

吴仲饴小倩名薏，子苾先生次子，其胞侄峋与哲嗣会榜同年。仲饴官水部员外郎。壬戌东榜举人。承赐各刻已寄，尚未得复。

赐笔试用一二，尚未合意。今寄来退笔一支，乞饬工选毫须胜于旧者，旧毫已较见赠者佳，而尚未精。以极长而不用短毛，及坚束再用生漆入管为佳，如式者二支，加大者二支，先付试用。毫次者不滑不亮不直，尖不圆健。弟用笔惟患其不长大，而以粗短痴肥为不合用，盖用笔按至近管，则全不能提顿。以无笔用，书亦懒作。

凡托购之件，俱望由纬功兄处支用，亦可相商买纸之事，亦将样托伊携来。

前示往来书用一色笺，弟僻居既不欲用俗笺，惟用八行书，安所得雅笺用之？今冒昧恳饬工仿书笺代刻一版如原式者，又一版以原式八行改为十行，择上字刻于行末。弟作书不喜用太宽行，封厚不便也。喜作君子砖不同者，而此间无刻手，又无红色无纸，遂以非要事而止。兹乃重渎，深不安矣。

此种竹纸乃广东庄，他省所无，赖天德赛雪欺霜亦有美恶。以为笺似甚便，且宜书也。一纸二页即可。

尊笺所用之纸，砑光较重，若有蜡则不宜书，乞酌易之。

十二行十行各五千张，或六千亦可，并版同寄，其直由纬功兄代缴，示知即当函致。此次亦面托，可一见之否？

空信轮船即可寄，物则苏信局与山东省城联属者令其达知，即由山东省城内惠丰当谭藜堂名玉书典中总司事者转寄至妥，惟须信局可凭耳。

杂书各纸，辱即付装，愧甚愧甚。记性不佳，乞饬录见付，以免重复。

一四八

退楼仁兄左右：

五月十一日得四月十日书，知二月一缄，并《泉汇》、金文拓已达。续得六日札，并为购衣料均收，谢谢。以候大著《两罍轩彝器图释》未至，遂迟复。至月十日始得捧读，并五月廿一日书，远承注念，藉谂近履安和，慰甚。《化度寺》《温虞公》钩刻、《古官印》册、秦诏版残字、庚罴卣师酉敦各拓、笺纸均至，感感。大著摹文及图既过前人，收藏之精且富，亦今日南中所无，必久而愈传之作。弟则窃谓既贵精矣，则不必贵多，若能减十余种，似更增重。已成之书，曷敢多言，然为兄传信后世计，则不敢不言。且少字与小品者，略汰似亦无妨，亦未至大更动。其多字者，惟岑妃敦、鼄鬲是陕中伪刻，愚见以为可汰。戆妄拘拙，踌躇悚惕，当否均乞垂亮，幸甚。我辈所述，乃为传古人，非为传一己，古人传则己亦必传，是不可不公其心，求古人之是者，而我先为传之，正不必其器之在我。惟专以拓为贵，以图为备，只据我所及见者，其文与制，可传即传之。若考则前人者尽可多刻，勿惜所费，今人者则当酌。未考者则先刻图，摹字释文，记尺寸斤权，铭之所在，所出之地，所藏之家，传之以资博闻者之问学。庶不至因循一己，蹈前此刻书不成之弊。弟衰病一无所就，不能不为古人重有望于君子，自问所愧其甚于此者多矣。承索题辞，固甚欲附垂不朽，而言之无文，自知不可，统乞恕之。伯寅少农所刻《攀古楼彝器款识》，绘图甚精，张孝达说为佳，是文人通人之笔，伯寅自叙尤佳。大刻当已寄之，必当有一篇好文字也。其中四邰钟弟有释文，并秦量诏版释文诗记，均请是正。又《传古小启》，并博一粲。吉金考及诗，尊几收藏甚富，乞属写手录副见寄，纸直均由纬功兄代缴。笺纸虽非宜书，亦可用，乞二三千叶，行宽而上下直，不作虚锋，便可久用，色足为佳。他式均乞命刻坊为之，以往还可附存本为合。弟则朴陋，无不可用，惟羊毫今不如昔，殊不称意耳。常用拓字之墨，亦欲一二斤。羊毫旧存尚有佳者，可供二三年用，但近喜用大者，毫不净则散乱不禁用力，只求净细，不藉毫粗见力也。文房所用，必精而不费，推以及弟，则感企切矣。二罍亦知难拓，前释文时摹合之为快，今仍求分条精拓各十纸。秦量求精拓再三四十纸，能多尤妙，思与秦金并传也。宫玉甫、何伯瑜往游琅琊台，精拓秦石，中秋后可得。敝藏彼地秦瓦当，积之卅年，竟有其五，当合装之。附上李、鲍、吴三量拓，李器当即施藕堂物，鲍量出关中，容李量之三，吴器同，而为宋人通其柄为流，增兽面古环代錾，增四足如匜，浑融无迹，今人不能为，皆始皇刻右，二世后刻于左。又诏版拓八器，又新莽饭帻制如量，容李器二又半，似尚可类从，均乞赏之。补寄宝六化石范合土似石。拓，又四耳方坐敦拓，愚谓䏰即聃，聃季即毛公，方坐乃盛太羹之器，取其重而不荡，四耳乃二人奉持，器之至重者也，师害敦二器盖拓，伯雍旧释准。父敦器盖拓，城虢敦器拓，凤皇敦拓，趠方鼎拓见薛书，斟鼎拓，从甘从匕，甚之义始明，以匕尝之而甘甚也，陵子盘拓，许子妝簠拓，虢叔簠拓，子孙父癸卣残器，宝六化四化残铜范拓，新得万岁未央奇篆瓦当拓，统乞鉴定，余当一一续寄。但此间能拓者无多，精者尤不易。附纸所恳商，以慎始得人，诸事言前定为企。东省李竹朋、山农、丁筱农、吴仲饴诸收藏并可遍拓，尤望先以尊藏与南中藏家拓来，先导为快也。次儿厚滋，字德树，又曰九兰，及岁戊午，钦赐举人。长孙名阜，字祐曾。将赐书扇，先侍笔敬谢，得名手画尤佳。手复，即问道安。世兄文孙侍祉。弟陈介祺顿首。同治癸酉七月廿九日乙亥。

《古泉汇》有欲得者，二金余即可，能为销二三十部，少助其续刻之费否？《书画鉴影》同。《泉汇》续成须三金。

《古印考》已成，不敢求入《印举》，能先付打本全分，将来《印举》求正后，或欲合为一大观时再商。弟只求为古人传，不为好名而吝。同好集印，刻板刻序，前来就拓，亦无不可，但任其事者，必须极妥之友耳。

瞿木夫《集古官印考证》，亟思求抄一副本。

吴侃叔《商周文字拾遗》，乞切访之。

《从古堂款识学》，何不为刻之？

南中好金石文字者，近当益多。有好拓手如张叔未浓墨拓能为之者，其人又极文雅安详，不至损失金石，不至荒唐，可以共事，诸家醵资，来拓敝藏，或公与束修路费，或以拓本计直，如此尤妥，多拓尤便。二人前来，一人作饭伺候。弟对门有一闲院，甚可住。伯瑜即在内住。此系闲谈，倘竟有成，则请先为拓尊藏全分各十纸，精者二十纸。❽者，乞早寄，切切。二罍❽、庚罴卣、虎形父戊卣、禄康钟❽、当日受。史颂敦、师酉敦、封敦❽、爰壶、爰未确，制甚精，不可无全形拓。虢季子组壶、史仆壶、王子申盏盖、叴㠱鼎盖、叴尊❽、秦量❽、日万泉范、契刀范、太和熨斗。此外大小各铜器，瓦当六朝各种，均求无遗。潘季玉世叔收藏当可观，亦求并拓各十纸。拓多分来与诸家，并拓所藏尤佳，伪者只好拓过自择。

徐紫珊、严眉岑、韩履卿诸收藏家之器尚存否，夏松如谌田鼎尚存否，叶梦渔曾伯霥簠如何？宗周钟拓本，切乞访购一纸。

筱泭兄有颂鼎甚佳,兄光敦似亦其旧藏。张叔未有数卣,字皆大而佳,字虽不多而甚古,今尚存否,刘氏师𡇰父鼎,雍橐泉宫鼎盖见否,苏肆尚有佳者否?

书画之爱,今不如昔。以金文拓本为最切,其味为最深厚,石鼓秦刻汉隶古拓次之。

一印一页,一泉币一页,分类合编最佳,且可补入、移动。

旧玉可佩而佳者,尚求之不得,真而中等者,或可物色一二。不知南中近直如何,亦须来年韩纬功来托交矣。

凡数皆起于累黍,乃天地之自然,尺其一也。后人争利,因而递增。校古器仍当用古尺,第三代尺不可见,建初已非古制,舍此则无古可据,不得不用之。本朝尺列于前,建初尺附于后可矣,不必曲为调停也。

度是度,量是量,不可一器兼二名,而沿旧误。张直名度亦误,乃施于木斗斛者。刘作秦铜诏版,不言其为何器,亦非。余名为秦量诏版。

铭所在似宜详。

以草书推古篆,愚窃未安。

齐侯中罍,中字既不正,又女字下垂二笔甚明,似未可强名为中。

又丹一㭓,乃格于庚罴祖庙之宫,而锡以㭓,盛之丹,使之丹其宫楹,如《春秋》"丹桓公之楹"也。<small>盛丹之器如柝,应云㭓,为盛丹之器。</small>

师西敦,阮氏一器,朱氏一器,均有盖。余赠筱泭一器无盖,乃得之关中者。

蔑,明。历,试。

史颂敦器，何以未刻？

𡕹字上从内甚明，当是芮，下亦非犬，当是大，乃"芮太子"三字，未知是否？

农器，余谓为今之锯类。

册册父乙鼎，庚午父乙鼎，非尊藏之精品。

䜌父辛卣盖，祖辛觚，父辛觚，手执中觚，鱼觚，伪者非一。孙子觯，齐侯盘，朕作矛，黄山镫。昔在叔未处即疑之。

铜鼓虽精，似可汰。东卿有一阳识者，似非中国文，后所得阴款者皆伪。

孙旅弩，六朝。

钩中君宜高官，丙午神钩君高迁，千四，长寿半钩。四种皆精，余俱乞拓示一纸，当据以妄断。已成本不当如此直妄。

大著必久而愈传，其不藉以传者或可虚衷不斥其狂妄否？不敢以剽榜名士习气，待吾好古之老友也。罪甚罪甚。又拜。

笺纸色不足，行亦不甚直，尖锋不耐久，不如尊用之略粗行者。纸不喜砑太光，尤不喜矾蜡。凡纸旧则宜书，纸宜渗墨又托墨，细而无胶矾等则然矣。今之绵料皆响，即是不佳处。竹纸不耐翻阅，亦闷事。闲事暇时偶一答之可矣。

毛公聃季敦释文：①

□亥，王又有。大丰。王口域。四方，王祀㝬于。天室，降，天𠃊亡古无字，或曰乍，祚通，亦似左。又右。王，衣祀㝬于。王。不显先文王，吏事。喜饎。帝，褅。文王德在二。上。不显王，乍作。相不𦣻。坠。王作庚，从庚丙。不丕。克三衣王祀。丁丑，王卿飨。大太。且。祖。王降作则爵，复，退。囊。隹聃聃。又有。德每，敏。

---

① 此器今多称天亡簋，收录于《殷周金文集成》4261号，可参看。

肇土休\[印\]于。\[鼎\]。

以丁丑推之，或是乙亥器，不见或铸时铜镕所掩。旧疑是聃字，今日始决。癸酉七月晦丙子。

一四九

退楼仁兄左右：

前月详复并拓金文，想已至，当不以愚直为罪耶？顷得七月末书，知迟答垂念，敬谢，计月内当邀惠复矣。子贞兄作古，闻之不胜怆然。本朝之书，以刘、张为最，何实过之，惜亦少有偏处。其博学好古，非今人所及，诗当与字并传。其偏处即在目空今人，所以进步不能造极，然其工夫力量真莫能及，能勿思之耶？博学于文，约之以礼，礼即是理之自然者。文非理不能成，非理不能分，高下浅深即判于此。有人之见存，即已误却自己，识大识小，固同一理也。子贞之葬文安公，托以梦境，即是好奇之弊，言事亦是好名之心，不能反身诚求真知，学之不足也。游历不归，以至长往，能勿为之悲耶？遗集想尚有未刻者，诗集版当在苏，乞为购二帙也。瞿木夫《古官印考证》及叔均兄所续辑者，昔年只得目录，乞谆致翁世兄为抄副本见寄，能即假尤企。必有以报。想必念旧，早为发写，需费均可由韩纬功代假也。《印举》凡例目录日内甫属稿，恐一时未能就，打本则九十月可成廿帙，约八十本一帙。《启》中所载尚须增十金，伯瑜远来久稽，不能不为之谋，行否则听之，非欲自销也。大著《古官印考》如有副稿，乞赐一阅，私印先求打本一分。《印举》就正后，如以为可，又能合增，再作数十帙，传之将来，尤大快事。《官印》册印泥即可用。前人之谱皆以打本刻本同集，或以石印摹补，唯四明范氏谱印为最多，而颇有伪者，未有以真印六七千钮成书者。若可通融增广，即附大著，亦岂靳惜。但望有妥细可托可共事，又可作此等事之友，如前书所商者，刻版印纸来，彼此互假，集古大成，真文字之至幸矣。汪切庵有七印合成为一印者，是何印文，乞示及，以便检觅。叶东翁有六面朱文秦印，今在羊城。四明范氏朱文圆玺至佳，字多似瓦当镜文之类。秦九字小玺，疾疾除。古玉印朱文奇字如钟鼎刀币者，金印封爵者，石洛侯在东武，不唯不可拓，并不可见。叶氏印曾得全帙否？尚有烬余数百在羊城也。吾兄见闻广博，尚望一一告我，幸甚幸甚。书成不能再得子贞文字，良用怆然，知必同此意耳。笺纸已将用毕，尤以无佳羊毫为闷，前惠皆不及旧存，存者毫虽佳而单弱不耐驱策，新墨苦不黑，竹纸写书，少翻即破，尤为闷极，手民尤劣，遥望唯有驰羡。次子厚滋任编《印举》之劳，以卷帙过繁，择其精者，拟为《古印一隅》，摘取凡例、目录之义记之，今年或当可就，随记即付刻矣。尊藏官印读过数次，谨附管见一纸求正，尤望时赐尺书也。手复，即问著安不具。弟陈介祺顿首。同治癸酉八月廿四日庚子戌刻。

小倩仲饴患疟甫愈，唐石尚未能拓。尊册所用印泥，自制耶，抑购者？购则乞示其直。极大磁乳钵，钵厚大为佳。新者如可用，求代购一二件。笺纸等所需，纬功兄至苏，可令各肆写目交之，已托为代付矣。竹纸或可向账本铺中索纸样否？又拜。

两罍轩官印：乐昌侯印，疑。西都侯印，西都二字过奇。桃乡侯印，似伪。都乡侯印，疑。武昌亭侯，疑。临水亭侯，似伪。阳平君印，昔于《清仪阁》中疑之，今尚然。强弩都尉章，伪。宜扬将军之章，疑。后初疑前，或曰似卑即裨，后乃定为右之从彡，与空右将军一时物。首一字究未可定，将字则无疑。牙门将印，伪。骑部曲将，小者伪。兼平北司马印，伪。汉假司马，伪。桢翰宁部司马，翰即榦。猥司马之印，似猥字，余有折冲猥千人印。陈留太守章，伪。阳翟令印，须考定。需安令印，需似非需。灅水长印，疑。桔柳长印。颍川西湖之长，后人印，不可入。沛祠祀长，考祠祀长为汉初官，篆文却不似。平原徒丞印，伪。都水丞印，疑。新汲左尉。帐下行事，胜于立义行事，而未可辨，帐下行事，行事，六朝官名，又有绕帐督，官名，瞿书当详之，典韦将亲兵数百人，常绕大帐。蛮夷邑长，疑。剑士，所见皆伪。辨释仅据打本，即乞教之。桢翰宁部司马。《左传》"平板榦"，杜云："翰，桢也。"《正义》："《释诂》云'桢、翰，榦也'。"此印之官，当是掌军中筑壁垒者，故曰桢翰，宁部，安部曲也。叶氏有蒲塞口执奸，经火，今归余。

一五〇

退楼仁兄左右：

前复二书，想均察及。兹有舍亲竹朋兄奉赠所著《书画鉴影》一部，乞即检存。《续泉汇》稿今甫转寄子年，尊处所存古泉书并拓，不可不由伯寅兄致子年采入也。此请著安不具。弟陈介祺顿首。癸酉十月二日。

一五一

退楼仁兄左右：

十月十三日奉九月十三日、十八日、廿七日手复三书，并吉金汉瓦各图拓，敬谢敬谢，得谂起居安善，慰慰。并承虚怀，不以直言为妄，具见学识不同流俗，无所违忤，欣喜莫喻。唯瞿氏书及拓友事未得复，知是不易，尚乞在意也。所询者效彝，非古佳书而非伪，且有后人刀剔痕。剔字切忌用刀，尤忌损字边虚锋也。此种愚皆谓之敦，古无彝尊，彝器之重而常者之通名也。拓本不知何器者，姑名尊彝可也。册册父乙鼎，摹字未得神，又易伪，故云尔，自可存。作字以下笔具一画之力乃遒健，钩字亦须如子贞兄用笔法，中锋直立，运腕而指不动，又不失，乃得神，笔弱而指动则大逊。凡用手之事，皆以指不动为法，此近年所自得也。岑妃敦自伪，不过胜于乙亥彝耳，与奠鬲皆必不可存，且既归他氏，则无容周旋。今人尚可与口舌争，岂可留为后来君子所议耶？收藏精富著作不朽如兄，不可不以愚为然，而阑入可疑寻常之品也。二版皆刘氏故物，所收或未剔本，非别有其一，今在敝斋矣。秦量形 ⌇ 如此，柄后空中以受木，柄旁有穿以受杙。李氏者乃宋施百故物，鲍氏者乃陕出，吴氏者宋人通柄增古兽环代錾，又增四足如匜。鲍器容李器之二又半，吴与鲍同。有穿之版，自是施木量者，余所施或有不同，今不可知矣。古人五量皆谓之量，殆大小异耳，图制成再寄。琅琊秦石精拓，多"五大"一行，尚有东面，字极多而一莫辨矣。汉瓦全者，圣公府有之，毕秋帆闻亦有之，所藏当其所遗。此种非宫殿圮后幸完，乃用余或作瓦之地所出也。图乃六舟作法，不及陈南叔竹林作图，以尺寸为主，须以细铜丝或细竹筋密排于版中，使横抵于器之中，则大小可得其真，曲折悉合，然后侧之以见器之阴阳向背之情，然后素者就古器宽平者拓文，就器而撕合之，则不失矣。阴阳向背，图器同审自合。合则刻木拓之亦佳。洋照法亦佳，惟前大后小，又须器上纸再拓墨绿色乃可照，中土人能此者可试之，而不可使携版往，缩图则必记其小于器几分也。好古以文字为重，全瓦与鼓究近玩物，稍缓此等，正可肆力收其重者，此言亦他山之助也。荐字许印林说在弟处，或小倩吴仲饴假去，检过再寄。古印就打本亦可见其八九，六朝极劣者，笔画亦非今人所能为。多见真用心，知三代至六朝用笔之法，非其族类者，自望而可知。然躁心则必有失，学问之事，小道亦然也。印泥无他，只在好砂极细，秋壑胜于徽宗，亦不过极细耳。尊印自以清卿学使者为胜，似叔均之弱而书卷过之矣，盖未得古人用刀之法也。此次所寄各拓未致，切望求清仪阁拓法，吾数人共效之也。残诏字尤乞精拓佳墨，墨无他，佳者只是黑，上者油烟，澡堂中者即佳。松加油也，愈佳愈轻，次者松烟上浮者，下则锅烟与木灰耳。蔡氏钟亦曾得拓本，似非伪，而吉直下通，亦可疑。若笔画中铜绿相融为一而又有迹则确，否则直可从减，然终不如虢叔钟之佳而可以重直求之，况已有佳钟二，禄康当名受，尤佳。亦可以从容图之，何如？许丈说䖵其字也，为索隐文则确甚，否则两可。器文自有名，非名罍则定矣。尊著勿过拘定成说，而汰小而寻常者，亦甚足自豪。传古在精摹其文，多见则释可通，而阙疑以待后，则书易成。遇佳器不可不先刻，不必己有，诸家说多刻则传必久且大矣。阮氏丧史实鉼甚佳，今在吴氏。剑士印以铜质验之，此亦鉴别之一法。此一切近详于子年伯寅书中，可向伯寅索稿也。弟所寄书，求令抄胥写付，有相质者则批注尤感。金文收存者付一目，以免复遗。颂鼎确有其事，筱兄寄拓，云三百金得之。师㝢鼎可为弟致之否？惜犹是习见之文，不足以易封敦，十器不如一器，则其直可定，以为然否？兹寄鼎拓九，器八。卣拓四，器三。盘拓二，尊拓六，鬲拓一，盉拓三，器二。斝拓一，甗拓二，匜拓三，觚拓一，罍拓二，器一，名未定。箕镜拓一，以其形名之。铎拓一，共卅五纸，乞察入。齐侯罍以难拓，尤多乞，并不剪合各十分，尤望早寄，勿笑其不廉也。集古金文释而刻之，一器一叶，考说后补，只摹文逼真，即一大著作，惟能知其不失神为不易易耳。竭一日力复此，以付急足。竹朋兄寄《书画鉴影》一帙，月十六日有人赴邗上，属漕署管库宋子舟玉瑶转寄纬功兄矣。此问近安不具。弟陈介祺顿首。次儿小孙随叩。世兄侍祉。癸酉十月十三日戌刻。

此纸已用尽无余矣，望切望切。子青兄务为道念，并乞画。画用笔则有法而必传，先谋局蓄稿烘染，则不能成家而亦不传，用笔则在起住，兼前指不动之云也。细薄棉连尤所急需，竹纸与笔均常需之急。

尊藏私印，求付一分，外纸样乞照刻一板，一印一纸尤企。

一五二

昨复一书，又寄《书画鉴影》一帙，想可先后至。契刀范乞早拓寄，并他范可入《泉汇》者，均望拓来，古泉佳者亦然。如有致竹朋兄书，当为并致也。西都侯印，二邑之中确是尚者。字，吾兄偶未察耳。求饬工代制信笺，以行宽𠀆如此。刻，上下直，耐刷色，红纸宜墨为佳。前寄小字，想尚在刻工处也。归来朴陋自安，简札用市鬻八行，乃大雅欲存交迹，辄即奉渎左右，殊自愧也。南北不易，乞属工多制加意，由海舶作货封寄。尚有续恩，来年与纬功兄纸张等同寄下可也。此问退楼兄著安。祺顿首。十月十八日癸巳。

一五三

顷检得印林说𢦏字为揪即𢦏，甚确。手录寄鉴。诏版精拓并各种，乞早寄。得纬功书，云已为饬坊作笺，先谢。都中伪器日出，异于陕者，非潜心于古，真未易言。琅琊台秦刻新拓至善且多，东面不可辨字及五夫、五大夫杨樛字。"制曰可"之半。明春同志醵资往拓，并文登晋咸宁石。此问退楼老兄颐安。《印举》腊间可成，六十金可留一部否？否则俟来年自为之。示复。弟陈介祺顿首。同治癸酉十一月三日日长至。

周兄曰壬卣："作兄曰壬宝尊彝。"右拓本，吴子苾方伯赠所得扬州古器五种之一也。苏州顾湘舟又尝赠余全形拓本，文字与此如出一范，而无此秀美，岂别一器耶，抑同器而拓手有异趣耶？子苾云曰工卣，又云首末两字不可识。余案，𢦏即𢦏既字，从𠂉象人举手，从手既声乃揪字，此又省其皀耳。《集韵》八未揪揪同字，注云："博雅取也，一曰拭也，或作揪"，正其字矣。《筠清馆金石录》卷三有周叔寰敦，释其铭云："叔寰作呈宝尊彝。

举。"子苾手校寘为宿，呈为日壬二字。案古器铭曰乙、日庚、日辛，并庙主之称，日壬盖与同例。此铭似日工，而亦当作日壬。云兄日壬者，弟为兄作器也，疑与彼日壬同为一家作。彼末字作⿻，诸篆书皆载，举古文作⿻，铭末字作⿻，当即其变体。

右日照许印林瀚释文。祺案，抚释甚确。所云顾器，或别一卣，或即尊斋之壶，壶得之顾氏则定矣。壬字无疑，末字似班。即寄退楼鉴定，再乞壶拓图更佳。付仲饴，为索卣爵同文。拓也。簠斋记。又丹一梯，又赐以丹一木柝也。同治癸酉十一月三日长至午刻。呵冻草此。

凡名古器以作者，不以所为作者。字原字、今字。注式为善。自刻藏器佳者传之，同时同志藏器佳者传之，据真拓本传之，合古今刻本重刊传之，再依《说文》分编传之，即去收藏第二三等百数十种为此，亦自胜多藏也。一面摹文，一面释文，释文弟同任之，考据别作一页，则易成矣。本朝刻者汰其伪不恕，宋元者汰从宽。

年前后信船不便，由妥信局寄济南惠丰典章邱高氏。谭藜堂名玉书，潍人，为之司事。收信后即仍由此局递复。又拜。

一五四

退楼仁兄左右：

去腊廿五日韩纬功始至，得子月二日手书，并询谂近履安和，深以为慰。承赐儿孙辈法书与子青兄山水合璧纨扇二握，感谢感谢，谨命其叩领矣。尊书既力追古人，子青兄妙绘已窥王、恽之奥，洵一时传作。晤时乞代道念并谢，兼有妄论请正。作画先求神韵，不讲用笔，似是第二义，有笔再谋局，再求自然之墨韵，便不为画稿渲染所缚，方可入古宋元之室，鉴别亦先求此，然后有真见也，并请吾兄教之。书笺以吾兄欲留弟恶札，属用佳纸，僻处不能得，又见尊制者佳，与书笔俱可饬常用刻坊笔工书坊为之，而由纬功兄代缴，今俱见赐，悚愧悚愧。此次不敢却，再如此则恐渎从者而必不敢言矣。书笺究不如尊用各式版纸色之佳，刻字亦弱，未识刻坊肯代精制如式否？不敢请也。正月十二日由历典谭公寄到浴佛日书并范拓，敬谢敬谢。竹朋兄处范拓、千文拓，仲饴倩处壸范拓俱即寄。竹兄小有风疾，作字微拙，仲饴公车北上矣。敔卼方鼎兵燹后残铜一片，昔爱之而仍归敝藏，亦古缘也。千文不及宋拓本，何耶？书画著录只可备考，与吉金释而不摹同增后人怅惘。画尚是玩物，非文字比，高逸者使人扩俗而不降志，故可珍也。金文足补千古秦燔之憾，义理外即推此，吉金皆以字为古，而不知乃古《尚书》真本，文尤足重。《说文》不足征，多见自可通。宋元明金文刊本以及内府者虽相沿不变，大足为多见之助。昔之厌之与足下同，今则不然矣，所以望同志者之有见即精刻，而考从缓也。至辨伪所以存真，伪不屏则真亦非笃好，守宝字数十器、真拓数百种而犹有惑，可谓真知之乎？多见而识之，自可坚定矣。承示臂助，感感。但所憾无良友善工，所以不就，衰病又一人支持家事，不能至通都大邑，所以仰望海内之君子耳。《印举》以次儿病，稽迟久未动手，将来留不裁一部寄上，则补亦甚易矣。兹由历寄此，并琅琊台秦拓二纸，其模糊一纸，尤为创获，先装二幅赏之。今春又醵资往拓古碑，须厚纸先扑后拭乃佳，拓工刘名守业竟能受教，可敌古拓，不易得也。秦汉瓦拓二纸，乞如纸拓尊藏各瓦，并求访拓他氏，尤以秦瓦为亟也。匆匆手谢,即颂春禧,惟动履珍卫为祝。弟陈介祺顿首。甲戌二月朔甲戌。贵第均福。次儿长孙禀笔叩谢。

一五五

退楼仁兄左右:

月朔曾复一书,并琅琊秦刻石东西面精拓二纸,瓦拓三纸,于月八日谭藜堂由历正大信局转扬镇苏福兴局寄呈,想已察及。倘未至,可以收纸_附。稽也。春融惟动履安适,文字吉祥为念。南中春雨春水如何?时和人乐,想非复去岁旱干景象矣。吾兄颐养之安,济美之盛,岂弟所能及。昔归里有自撰句云:"习身所苦,求心所安。"今身则劳矣,而儿孙辈皆未能切实读书,是以心无乐处而益其衰,然自念不如此恐并目前景况亦不可得,亦安其苟安者而已。义理虽近腐,然有所一得,则心之说有非它可及而人不能阻者。其次则钟鼎古文字,祖龙虽暴,不能尽发天地之藏,实天所留,以补秦燔之憾者,想大雅必以愚言为然也。南天旧雨,惟君子一人,所望既拓尊藏而不遗,尤望精者多副,从所请而不严其渎,更望于南中收藏家广为搜致,市鬻旧拓亦乞代购,_{宗周钟拓本尤切企}。则文字知己之感,真金石之不渝矣。念我不弃,实企寸心,瞻望祷祝,驰情曷极。伯寅竟蒙左相以盂鼎相赠,可谓踌躇满志。此容八石,其容十二石者为人载归皖,未知兵燹后尚存否?其文纪献俘而字小,昔仅于尧仙得一拓本,未知南中尚可得精拓否?盂乃南宫_{宫乃公字之误。公,三公。}括之孙,服除以士礼见成王,成王命之,疑史佚之文,文胜于大者。玟琨人皆以为从玉，愚独以为从王，言文之文乃王者之文，武之武乃王者之武，非它文武比，以义起之字，从玉则其义小矣，大雅以为何如？季玉丈所藏，尚乞再为致每种数纸。近日收藏家所知者，均希示及。窃谓古器出世，即有终毁之期，不可不早传其文字。我辈爱文字之心，必须胜爱器之念，方不至丧志，而与珠玉等。盖天地以文字为开塞，义理以文字为显晦。秦燔文字而古圣之作大晦，许氏收文字之遗以为说，二千年来言字学者必宗之，要皆燔后所余，独吉金款识是燔前古文字真面，非许书可比。自宋迄今，吉金文字之传迥越前古，有是真《古文尚书》者，有不可以许书定者，其文与字非多见不能通，是以欲合今日所见拓本，摹刻善本，精摹其文为一书，一器一版，字多者释文别为一版，少者共一版。且欲合宋以来金文书摹刻失真者。附刻为一书，以存古圣之作，而为多见之助，再逐字分编许书各字之前，以立许书之本，而凡汉以来言字学之书，皆分字附焉，以证许书之义，上窥制作文字之原，下集字学之大备，则传一己而不能久者，传古人而己亦必传矣。乞是正之，并以质之同志君子。倘有能先我早成之者，正不必己出而尚可乐助。既知所学之陋，又无近名之心，唯耿耿于古文字之传耳。言之不已，得无哂其愚耶？三代以前文字，非吉金无可见，秦汉以后之篆与用柔毫之法，则必以斯相为宗。近熟读琅琊刻石及瓦字，颇有所得。自去冬十月命工拓秦瓦及齐地所出瓦，旧存关中秦汉瓦，四阅月仅得四五分，以一分自题自存，以二分倩同邑拔贡曹君鸿勋代录，一寄伯寅，一寄吾兄。虽不足二百纸，亦殊觉日月之劳。装为四册，翻阅相念，当时时不忘古文字之惠也。尊藏官印既惠一册，未审私印可再惠否？或以藏本借阅亦可。秦书八体，一曰大篆，二曰小篆，虽有许书，印亦见之，可证补焉，三曰刻符，刻符书，符节令掌之，今传虎符是也，四曰虫书，五曰摹印，六曰署书，七曰殳书，虫书今唯见于古印，有鱼鸟形之异，秦玺斯以虫书书之，盖取书之至古者也，署书今无传，而汉碑题额，吴《天发神谶》字近之，今人无能名之者，余所藏樊缵、冯泰及六面各印，其署书之遗与？萧子良云，古者文既书笏，武亦书殳。殳书见于印，又见于瓦当，或武功与武职所用与？余所藏又有垂露一印，八曰隶书，印中多参用之。凡此皆足涤《汗简》、梦英《十八体》宋人字书之陋者也，其至古者，又与三代钟鼎同，而其奇不可识者，或又过之，前人断之以秦，亦近陋矣。《缪篆分韵》《汉印分韵》二书，固前人所未有，然古人作一印有一印章法，未可移缀，宜摹原印，以一字附目，其它字下则注见某字某印下，然后再分字编《说文》各字，后仍注明见某书某字某印，此亦大有裨于字学者也。拙著《印举》本拟年前编拓可毕，以畏寒多病，次儿亦病三月余，今始北上，只可从缓。刚卯似亦可附，如见真而佳者，亦乞见寄拓本，以便刊入。敝藏泥封与子苾阁学所藏共六百余，敦促仲饴考_{旧有考}刻，与《印举》同传。凡事愈求精愈缓，可见敏事成事之不易易也。手此，即问著安，余恳纬功兄面致不具。甲戌二月廿二日乙未。弟陈介祺顿首。

极薄软细六吉棉连扇料纸，如前十七刀可拓细浅字者，望为留意物色得之，乞告纬功兄代购。

所寄敝藏吉金拓已收者，乞付一目，以便检校寄全。欲多拓者，亦望及之。_{前后奉寄之书，乞饬写一草稿，并求订正。}

南中藏吉金之家，乞言其姓氏。_{上洋有一人，存爵独多。}

秦汉瓦拓本一百九十四纸。_{外有目，详其地。}

效卣器盖拓二纸。

南中藏瓦者乞致拓本，秦瓦尤切。棉纸如式更佳。

夏松如諆田鼎。大者。筱沤颂鼎。慈溪叶梦渔鄦伯霖簠。鬲攸从鼎。未详何氏。丕嬰敦盖。吴康甫拓。

文后山藏物。姚六榆藏物。李芝龄藏物。严眉岑藏物。韩履卿藏物。徐紫珊藏物。

虢叔三钟。阮，张，伊。叔氏宝林钟。楚良臣钟。孙藏。兮中钟。兮中编钟。张叔未藏物。多佳者。颂壶。只存口。颂敦。有三四器完者。师虎敦。叶氏物。未毁于汉阳之陷。追敦。卯敦。散氏盘。未入内府，当在阿雨窗家。舀鼎。亦不知所在。天子班觚。叔觚。阳识。商牺尊盖。亚形𠂉匕牺尊。器盖。妇𪔀觥。器盖，如爵而无柱，平底，盖作牺首，或谓即兕形。土军烛豆。新莽始建国中尚方五斗钟。

并卣十一纸。

一五六

退楼仁兄左右：

二月韩君南来一书，当察及矣。三月廿三日得十日手复，知二月朔由历所转之书已至。惟闻步履少有未健，自是冬寒所致，活络丹之类即可，勿峻补转引入风疾也。去世俗之好，而文字亦使之养心而不至形劳，自可勿药矣。叚䍐方鼎完时曾见之，今收一片如版，尊藏有图，知是圆者盖也。弟冬春来亦小有恙，今课孙尚在内室，闭门者几欲不出户庭矣。次儿闱作尚无大疵，未必能侥幸，垂念，谢谢。余俟书至再复。即问颐安，惟眠食加卫为企。弟陈介祺顿首。甲戌三月廿八日庚午。

所最恳者为至薄软之棉纸,纬功兄屡购皆不佳,乞留意觅之,必须至薄而极细软不响。今棉纸似有杭连料,又灰性多,所以响。者,或代购由韩兄缴直,或以样字号纸名。付之令购,清卿拓纸尚佳,附二纸,乞再佳为企。此至恳之一也。佳则三四十刀亦不为多,须如从前十七刀之佳者。尊藏精器拓,南中金文拓,至恳之一也。

寄书径交烟台潍亨利栈谭献庭,潍谭永祥栈张保安,均住裕隆德行。即妥速。其信资即由二处借付轮船信局为便,须写明也。此次信揉殊甚,想潍足之过。若寄物则须托韩兄,有物仍须令先发信,物俟妥便,潍足只寄信不寄物也。

奉寄金文早付一目,以便续寄。文字相念,知必时时念我也。

一五七

退楼仁兄左右:

昨复一书,想已达览。兹得月四日书,知尊履元复,夏来以诵书读画自遣,想清兴必佳。但我辈一经心目,即不能不少有所言,唯企于闲静中从容为之,当不失文字之至乐也。所示祖癸父丁金文,昔年已收之,此种皆是敦,古似不以彝名器也。弟近得一距末,字不及阮书所载,而不可识,拟自精剔拓释再求定,先以二本奉上。大刻《图释》求佳纸二部,它刻亦二部。所乞金文古印文,乞在意。事事从厚,勿忘僻陋也。此问著安不具。弟陈介祺顿首。

盂鼎归伯寅，可喜，其大者未知尚存否？容十二石在皖。

一五八

退楼仁兄左右：

　　昨复一书，想已至。兹得纬卿书，云吾兄近以痔作，未能晤，想已平复。弟患外痔四十年，服《本事方》神仙丸，苍术为君，见修园书。无意全愈，未知可用否？即不能自作书，亦望见复。弟年来收访秦斯相书，以诏版为木量所用。后得一上有曲铜凿䯻似庞。字者，询之陕贾，云与刘燕庭方伯所得两诏者同为大铁权上之版，而权不存，恨不得见。昨有人云，于日照地见其一，命往访，竟获之。形如覆浅盌，上略似印之鼻钮，铜版当是铸时先嵌于范，镕铁合一，铸成刻诏，版阴当有大字诏铸款者，铜色深绿，铁侵有色变处，古泽黝然。重今库权八百十九两五铢，五十一斤四两。古制百二十斤之石也。古今校之，秦之二斤三两当今库权一斤，秦之一斤当今库权七两五铢八分。拓寄同赏，并望秦诏九字残版精拓五六十本之惠，与诸秦拓并传之。出当其时，又可有之，我辈不可谓无古缘。斯相有知，或亦有以相感耶？虽不及钟鼎文字，然暴秦忽焉，柔毫之法，实始于斯，不可不重也。书少漫漶，器则完全。其有曲铜者，则抱钮者耳。所寄金文目书稿，乞早付。手此，即问著安不具。弟陈介祺顿首。

　　瞿氏《印证》究可假抄否？念切。翁世兄处望托人代致，至企至企，不敢夺其旧藏与均兄遗著也。甲戌浴佛日。

　　胡氏琨《泥封》目录，乞代致一册。

一五九

退楼仁兄左右：

五月十三日得四月廿二日书，远承记注，藉谂近履臻善，感慰感慰。便秘乃寿征，齿痛则将摇落，虽有所苦，不足患也。秦铁权先寄未装一图片奉鉴，友人还，当再装一纸，详记求考。纸样谢谢，纬功已定制，如不逮此，再多购可也。前乞假尊藏秦汉私印一读，切企切企。《古印考证》仍乞在念。叔均曾寄《续考》印目，当必有说。胡氏绲《泥封》目录，则见于叔均参订吴子苾《古泥封考略》中。敝藏器拓目，乞以寄者校总目，而时以已寄者录寄，则可补足而无脱复。文字之惠至深，则何者敢靳耶？望日书尚未至，不及径达东海关轮船局，交潍利亨栈为速也。手此即复，问颐安不具。弟陈介祺顿首。甲戌五月甲寅日。

惠书中所言山东省可接续寄信件之处一纸，系用东洋纸之薄者，以之制笺极佳，乞即饬工以此种为之，既宜书，又经久，且薄软也，原纸交纬功兄作样代购矣。手此，再请退楼仁兄著安。弟祺又拜。廿五日。

一六〇

退楼仁兄左右：

四月十四日惠书，六月始至，非轮舶息时不必如此展转也。

伯寅书来，屡言吾兄因病减兴。前书已言其无妨，似不必以为意，溽暑想体履增佳。养病以安心为主，以移心为方，移心莫善于文字，安心莫善于澹泊。心气得养，形病之小者，不足久为累矣。文人结习至耗心血之语，似是求传自己之弊。游泳文艺，大可涵养性灵，不急躁，不驰骛，与古人相契，不可有至乐耶？乞鉴纳之。昔年严眉岑兄曾以召、散真本见贻，其后人如何，所藏如何，知之否？《古官印考证》，其季子经孳将刊之关中，袁筱坞已叙之，当可成矣。前乞尊藏精器拓，企切。两罍既为兄有，不可不精拓多传，使今日后日知之，勿以拓之不易而靳之也。黄联刻拓，敬谢。手复，即问暑安，惟爱卫不宣。弟陈介祺顿首。甲戌六月十三日甲申。

一六一

退楼仁兄左右：

今日得月六日书，知前月十九日书已至。承惠古印拓廿纸，奇物果在尊斋，足征有识，又复许假入《印举》中，感荷至谊，惟以古处自矢而已。前寄瓦拓等尚未得见，过蒙奖饰期许，伏处恐未能就，唯有惭悚。兄鉴藏之富，南中自无二人，若肯虚纳专传至精之品，定可千秋，何不俯而力从所请之诚耶？耿耿此心，非敢自信太过。求读所藏古印全本，尚望慰之，它求亦乞为传古勿吝也。清仪之三古印，唯缺右攻帀玺一印。宋以来止知有秦印，不复知有三代，今以钟鼎通之乃定，已于《印举》中首举之。兹以《印举》中自存并借入之三代古官印五十钮，拓请教正，尚有绵纸一分，容下次即寄。又族弟佩纲字子振所摹二十六印，并乞诲之，尤企代购此种，或旧谱有此所未备者，借令摹入，尤为切祷。别为一册，秦汉官印佳者并附。再张未翁晚年所收数尊卣，字画粗而古厚者尤佳，吾兄不可不物色之。《印举》须次儿归乃能编，已误三时，但可增数十印耳。仰恃重爱，遂报妄言，唯幸垂恕。弟服苍术丸似有效，其方见修园医书中，名神仙丸，《本事方》。曷不一试服之？手复敬谢，即问著安不具。弟陈介祺顿首。甲戌八月十七丁亥。

周秦朱文印过多，未能拓寄，书成再请正。

昨奉复谢，并寄《印举》中古玺印文，又族弟子振摹本请正，当已至。兹检得敝存辟邪钮朱文名姓私印母印与兄姓名适符者，拓奉鉴定。如已于汉印中得之，则乞示复。如未得，则思以为吾兄金石书画之识，而易大朱文古玺与白文徒口都，㲈都，㲈为咸吾三四印。倘竟慨然不计其以小易大之贪，其古厚之感，固非常可比。倘以为居奇，则请加古玉为报。倘均不可，则前不待请而即允假入《印举》之诺，仍乞不渝，尤企代于吴市访求此类文字也。所乞私印拓册吉金精拓，均希在念。近历市出肥城出土古器数种，已归笏臣方伯，今得其一拓，内人名是车象形上立二人，轮外有辖，甚奇古。此字自宋人编入字书释轩，牢不可破，蒙则谓似干者乃两服马形，直一象形全车，又有载旆者刀者，今增二人，更为论古增快。兹仍借为轩，令子振摹一两曡轩印稿寄正。倘可命作，则请如式寄石，石不可小，大者成，再缩小为之。寒士苦心，唯自篆则尚不及摹古之能得八九也。自制朱阑笺，每种乞数纸，何纸、何色、何坊、何直，乞饬工录一目。往还用一色笺，尤见交游之雅，第不喜矾蜡纸，而喜东洋纸之近宋版书,唯无坚细者耳。手此,即问著安。菊艳醪芬,定多嘉会,开缄伸纸,亦念我驰情否?不具。弟陈介祺顿首。甲戌八月廿二日壬辰。

一六二

退楼仁兄左右:

月内两寄印稿奉鉴,后虽近于防要,然知爱我者之必不责之鄙之而笑之也。乞求吝惜非阿堵,不失古文字之雅,想已有书复我矣。寄物何便为慎,可自南定,北力则过费,纬功兄则奉答迟也。瓦拓今日始至,匆匆题数字,先缴七纸察存,敬谢。尚祈时有古文字之惠也。即问颐安不具。弟陈介祺顿首。同治甲戌八月廿七日。

孟鼎未至,日下左相已诺伯寅专弁北来。今先以敝藏盂爵拓请鉴考,确是一手书一人物无疑。来字见散盘,莱字阮释。登字亦同见,登豆字是邓省。戌刻。

一六三

退楼仁兄左右:

今日得月十二日手复,知吾兄自家山还见前月所奉二书,后一书今想已达。所惠大著《彝器图释》两帙,屡云发纸束箧入即可,纬功兄慎重不肯,诚良友也,询及先谢古玺未请而先示及为企。族弟子振学刻钟鼎及玺印甫一载，皆弟向说刀法，尚未稚而性灵，书卷不足，仰承齿嘘，寒士欢颜矣。近与友人论古人作字及摹钟文作印语，附录请正，兼乞为求教于同好诸大雅也。印石至，当令振弟刻，刻成尚允假，至感厚谊。所商本未敢固请，唯远道往返，亦所不安，感之又感而已。古玺在叔未处，亦未甚标异，自弟以钟鼎引伸发明，当更增重。朱文如此之大，尤为罕觏。其缺笔印不出者，想尚可见，当摹备。叔均释第二字为都，甚有见，鈺即玺，止可识此二字，其二如识，可渐渐缩小也。赐齐侯两罍拓，感感。摹本虽不及真，然可以广传，欲多乞绵纸二三十分。必须刻手书数字于后，使海内得者知其宝重，不可仅以一印识之，须言古为何人之器，今得自某氏，考者几家。冬窗当以原本摹本相校而朱识之寄鉴。可再佳刻一佳石，传公海内。必须精拓，每纸三四行，用中一行而以余行定其行间空处，乃得其真。拓诚不易，而弟仍欲多得，及他所请，乞致贵友善拓者为之，可以长钳夹拓包扑之，罍内或用无烟明物照之，或于暗室，以上大下小长筒，收日光入罍腹照之，其有笔画拓不出而可见者，亦可以钢版上有齿者探剔之。当有戋戋之敬，未审肯俯允不厌否？所藏秦汉私印，必有自存之本，可否即交纬功兄付阅？读过别纸附入臆说，明春即缴。定本之惠，可迟迟矣。秦量残字乞如张氏精拓者二十纸，龟鱼符拓亦再请，当如所寄以敝藏二龟二鱼符为报。辟邪子母孙印，似汉人已有之，若刘赣刘胜子母印则似仿作，而亦非辟邪钮。辟邪钮者，敝藏却有张迁、李翕，皆汉知名人，未可概目六朝也。月望后骤凉，未审南中何似？尊履想安适，药亦未可多服也。东足即发，秉烛即复，不及检近拓矣。此问颐安不具。弟陈介祺顿首。世兄文孙侍福。甲戌九月廿三日壬戌夜。

古人作字，其方圆平直之法，必先得于心手，合乎规矩，唯变所适，无非法者，是以或左或右，或伸或缩，无不笔笔卓立，各不相乱，字字相错，各不相妨，行行不排比而莫不自如，全神相应。又作范须反书，铸出乃正，是非规矩之至神，其孰能与于此？惜乎圣人所传学书之法，今不能知矣。古人之法，真是力大于身，而不丝毫乱用，眼高于顶、明于日，而不丝毫乱下，乃作得此等字，所以遒敛之至而出精神，疏散之极而更浑沦，字中字外极有空处，而转能笔笔、字字、行行、篇篇十分完全，以造大成而无小疵，非圣人之心，孰能作之？始哉无大无小，止是一心之理推之而已。

摹吉金作印，不可一字无所本，不可两字凑一字，不可以小篆杂。一难于形似，再难于力似，三难于神似，四难于缩小，必先大小长短同能似，然后乃能缩小，五难于配合，本非一器之字，一体之书，一成之行，而使相合，是非精熟之至，孰能为之？各字结构已定，难于融通，字外留空，尤难于疏而不散，须如物在明镜之中，乃为得之。须笔笔见法，笔笔有力，乃能得神。甲戌九月廿三日壬戌亥正。

自制各笺，乞每式数纸。此间不惟不及苏之红色，并京红色亦不能为。年来因古文字多作许多字，而无笺可入大雅之目。近由京作高丽笺用，能问红色法于工人，付一纸更感。

一六四

愉庭老兄左右：

五月十四日得四月廿九日手书并廿八日复，稿书于六月八日始至。七月十二日得六月廿九日书，并师田父尊拓，阮刻范藏石鼓拓，十四日始得四月廿八日赐寄大刻《建安弩考》，冯刻宋本《说文均谱》《养一斋集》《显志堂集》《三续疑年录》《群经平议》《金石屑》七种，青田石印四方。敬谂寿履益强，诗庭多福，风雅继真率之会，古希备富寿之畴，字里行间都是精神贯注，心闲手暇尤征颐养从容，遥企晖光，曷胜羡慰。所赐书册之富，印石之精，实为爱我过厚，敬谢敬谢。书唯愧不能读，严氏《校议》尚思得副，不知此蜀本雠校审否？弟所需石止欲坚，青田无沙无钮，衣尺方五分至七分，不成对，小短石坚则可任刀力，无沙裂则字不至损，贵友出游，遇直廉者代购即可。杨款大石，两美原不可分，必当寄缴剑合。酱油文石，昔收数石，文乃手旧所成，非石之病，似雅于田黄诸石，拓题谓比兼金，诚非虚语。此等文房之玩，不宜屡磨久用，人传不藉石质，取其受刻耐用而已。与白田二石，均不敢不拜辍爱百朋之锡也。师田父尊，真吉金文佳品，弟妄谓当名传卣，附释请正。就来图看其耳，似阎立本《职贡图》中如意形，是则可仿作上古如意矣。师田父自是王卿，伯矞父是王卿之大夫，传是大夫之家臣。疑凡金文之自称小臣者，皆同此例，与称为陪臣文等。倘能精剔而不失真，又不伤已见之字，它日拓数十本见寄传之，实为至幸。弟于今日所见古文，多不敢妄置可否，只是不敢不谨，非有偏见已意，吾兄外，不敢求人人见亮，而人所欣赏，亦不可好为议论，唯自谨而已。封泥于齐鲁间亦得一二，皆共吾兄赏之。唯陈州守小倩吴仲饴家藏五百余，仅见目考，未获拓本。《考略》甫编，尚未写毕，毕则再写奉寄。弟事须躬亲，无文字之助，僻地之难如此。封泥出于印而非印范，印范拨蜡法今失传矣。张君玉斧仅往来一通问，而不可再，为之黯然。诸荷高义，并以弟寄拓转易代助，实深敬感。兹又具八金，乞再代致，其貌孤文彬，不附函矣。古陶有得即寄，不让封泥。似亦可一纸挖一小叶，分类编订，既为前人所未曾及，几上时列数片，不知何以莫名，其古与秦台残瓦同而过之。前寄古登，以轻木为坐，或锦或漆，仰盛嘉果，外罩玻璃，当亦雅致，何不试为之？弟则自安朴拙简陋，力不能兼事装饰久矣。尊藏古玺因拓稽迟，韩兄行迫，未毕而缴，是以托玉斧补朱。其摹印及图之版记已奉寄，今可否加印寄还各拓，并补未拓各古玺如式。爱之则留其少半，如全留而复允发棠之请，则自知殆不可矣。清卿兄此时仓卒布置，自未周密，闻已议妥，目前自可无事。若不忘危，则使民信、使民富、使民知兵能自固，而上复以有纪律之师卫之，可以保民土，即可以挞坚利，而不仅以募勇为可恃，则尤草野之所仰企者尔。西泉所作陶文寿字印，乃命其备石仿作者，唯求石不得，甚歉歉。建安弩市字，以敝藏阳嘉钟文"雷师作直二千五百"推之亦可从市，可存一说。金文说以多为贵也。尊用刻印，殊稳细有古意，唯极微茫处，亦须十分用力运腕，乃得古法，而不徒揣摩修饰，失于少弱，近人能此，亦是不同时俗。西泉目力不能作小印矣。《金石屑》中蓬莱张允勤藏汉石跋，张误作李。张君名笃诚，敝同年之孙，乞致鲍少筠兄正之。方琥斋吕禹六面玉印拓，言事言疏等字近古。古文字次者，非目验不敢以拓定。伯寅寄金拓中，以袁小午旧藏陕出师遽方尊为至佳，前所得拓，唯清卿者少晰。瑶，许未收，瑱当即环，𨚏当与叶氏吴方尊盖⚓义同，而彼或省或泐，则未可定。阮误作彝，器经火后归伯寅。闻此器中隔铜版，当是分容二剂，文云飨醴，或即清与醴耶？文为版分，伯寅云回环刻内，似不可不图详之。十七日西泉北上，伯寅处已具复，尚未及此。附上瓦器图字未黏幅者卅种，黏一，残瓦器拓七十七纸，瓦登拓十三纸，古小玺拓一纸，古钱化拓二纸，圆化一纸，封泥拓十纸，汉镜拓一纸，小半两石范拓一纸，砖拓一纸，附有清目。时逾三月，纸盈二十，言与谢如皆不尽。此问颐安。秋旱未知南中如何？唯眠食加护为祝。庚辰七月廿日。弟陈介祺顿首。

一六五

愉庭仁兄左右：

去岁由韩纬功书中闻杖履违和，未敢多渎，时从韩兄处问讯，乃恐重劳，非疏阔也。新正四日，韩兄始至，次日询起居，知眠食安复，唯少清减，深以为慰。承寄《二百兰亭斋古铜印存》全帙，自叙中述及贱名，得附传作不朽，敬谢且惭。前得见官印拓本，妄有讨论，是以思读私印，今竟得窥全豹，又被齿芬，感幸奚似。春寒过后，当逐印详读。自愧迟钝，地僻无友，《印举》久搁，为负期许耳。重惠愧无以报，惟二年来所得三代古陶文字二千余种，此月甫拓全二分，谨以一分奉鉴。思仿籀庄先生黏拓挖衬纸作孔取平法成册，尚未动手。韩兄将行，遂先寄此。沈中复方伯处，谨以邢钟全图、郘簠拓为报。拙书至劣，不敢匿纸，可笑甚矣。弟于旱荒后，心气益衰。竹朋没后，子年不言尚作书，今久不来书矣。伯寅处以泉刀拓寄，向未兼及，故亦久未作答。清卿救灾未已，又荐从戎，古文字自不暇及。塞上音书，海边风雨，殊难为怀耳。手复谨谢，即问颐安不具。弟陈介祺顿首。光绪戊寅二月十七日。

　　右一札在古陶装册首，适足补鄙藏之缺，因手录以存。将来汇抄诸札，并可以此为式也。乙巳九月，昌绶记。

　　乙巳十一月近游沪上，于吴伯宛孝廉所借得录而藏之，并录伯宛藏陶器拓本附黏一纸。伯宛原目尚有甲戌四月初八四页，五月四页又一页，六月十三三页，八月十七五页，八月廿二五页，八月廿七二页，九月廿三七页又二页，今皆未见，俟后问伯宛补录。簠斋金石之学，视吴平老为优，惜未有成书。吴氏两罍轩遗物，业已星散，万印楼后人不审能保守否？海波倾洞，旧学谁商，守缺抱残，殆非一二人之责也。光绪丙午九月初日，曙戒学人记。吴氏所黏素册，除伯宛所得，尚少乙丙丁戊己五年之信。

道咸以来，士大夫收藏金石之富，推潍县陈簠斋先生。其生平矜慎太过，讫无著作，尝欲选古金文之精者，依许氏《说文》部目汇而释之，卒以愿弘未就。《滂熹斋丛书》仅刻有《传古录》《笔记》及《手札》，未足以窥其所学也。先生题识于考辞颇多创解，惜无好事者为之最录成书。丙辰黄县丁佛言见其与潘文勤公尺牍一册，驰书来告，遂亟收焉，而鲍氏观古阁、王氏天壤阁所藏者亦先后归余，贵筑姚一鄂又以鲍氏手抄四通借影，裒然一集，窃自珍秘。其中析疑辨难，殆无一酬应语，诚有功金石文字，未可小品目之也。惟潘氏藏册，簠斋跋尾云三册。明年，会稽任心白谓有人于烟台曲姓家复见二册，余闻之，喜而不寐，因疑延津剑固当合耶，展转购得，装潢未改旧观，三册实出一手。今年，湘潭周印昆又自都门续寄四叶，可称缘福。至是，余始有传刻之意。长洲章式之同年曾语余云，仁和吴伯宛尚藏有与吴退楼者十余通，已移赠沅江郑叔进前辈，征求未获。幸式之录副，得以借抄。尺牍中署款雨帆谭姓，陈氏戚，是册藏阁文介家。韦卿、味琴皆利津李竹朋子，余曾求之李氏，只此数通，余皆散佚。海丰吴氏所藏，式之亦曾为探问，盖兵火之后，亡失久矣。昔潘文勤公尝以刻簠斋尺牍为言，先生谦让未遑，今幸吉光片羽尚在人间，散而复聚。余虽不及窥先生之所藏弆，得先生之尺牍而读之，斯亦有以慰吾饥渴矣。爰丐涵芬楼主人影印行世，亦聊竟前贤之志尔。将蒇事，因记其缘起。己未夏仁和陈敬第。

簠斋尺牍（致吴大澂）

篆齋尺牘

一

清卿尊兄馆丈学使大人左右：

久于伯寅少农书中得闻风雅，复于《攀古楼款识》刻得读大著，已深向往。昨猥以长孙将行婚礼，辱承宠联远锡，固愧不敢当，而巨文法篆，尤非近今所及，再拜谨登，以钦以感。前复子年兄，先恳代谢，兹得来复，欣闻荣膺新命，视学三秦，地产周桢，思作人以佐治，春融孔铸，咸好古而敏求，理以文通，才因教著，三年有成，莫名仰企。弟课孙切己，炳烛嗟迟，僻陋滋惭，奖饰加惕，专便奉贺，并敝藏金文廿拓，又琴亭侯李夫人石拓二纸。聊应雅属，由子年兄处代致。惟乞古缘所遇，不忘远人，羡有奇之必搜，企有副之必惠，当悉拓敝藏以报也。《沙南侯获》奢望一二十纸，《敦煌》《仓颉》《石门颂》诸汉刻均望洗剔，以棉料厚纸先扑墨后拭墨精拓之，水用芨胶去矾。拓费必当即缴，切勿从赐。收拓必详其目，免有遗复。即问台安，统惟心察不具。馆愚弟陈介祺顿首。癸酉八月五日夜。

二

清卿一兄学使大人左右：

前具书贺并谢，附以敝藏金文，子年兄为浼小午宫詹转致，想鉴入矣。秦中龙兴虎踞，此行可谓壮游，羡羡。盂鼎想已见，前疑当可顿释。当有佳拓，乞早见惠。附摹数字，将来仍望慎剔精拓，审释刊图，多赐不遗，则至感幸耳。月之十日雪夜，得尊藏金拓九种十纸，敬谢。前询平斋师全鼎所在，云知之而不可言。盩厔鼎、唐子祖乙爵皆刘氏故物，二父癸拓或同，加嘉。爵为二为一未详。平安君鼎至精，附摹释一纸求教。既承雅意，则尊藏固求善本全分，精者尤不严多。长安所得所见，尤望一一勿忘远人，敢不悉拓所藏以报。知必蒙过爱，时时念之而不少靳惜也。汉石精拓、瓦当、泥封、古印、六朝以上佳刻均企，或子年或徐东甫处交寄均可。附上斟、衰、郑君媿、伯鼎拓四、师害、伯雄雍。父、己纪。侯、父乙卯敦拓十，艾伯鬲拓一，父丁盉拓二，史孔和一，许子妝簠拓一，祖癸残卣拓一，上官字鼎拓二，<small>当皆是梁器，东武李氏一鼎亦相近，而有梁字，愚谓周王朝与封国皆各有书体，多见自知。</small>汉元始乘舆十涷<small>炼之从三，可证锡之从昜，以此始明。</small>铜鼎，阳周仓金鼎<small>金谓铜也。</small>器，废邱鼎盖三，<small>共廿五纸。</small>乞鉴定之。刻图细文固宜细，粗则从粗，不必双钩为合，兼之则无能出巨制右矣。拓墨之佳，今亦未有能及吾兄者，但须有善学之人代作方可。纸绵而薄，墨细而黑，字边际真而肥，易于摹刻，则能事毕矣。钩字须中锋运腕，运腕在指不动，凡用手之艺皆然，尤在下笔，微茫全力，已定已足。若古石则须厚绵料纸，先扑后拭，不妨墨重，方见笔画。《沙南侯获》，尤望早致是企。栈道日下，其上颇有汉刻，近蜀处可访之，并可语孝达学使也。秋间拓工往琅琊台，访得始皇诏刻在石东面，南面石裂后，明刻长天一色大字，西面二世诏。前"五夫。<small>一行。</small>五大夫杨樛"乃始皇从臣题名，惜始皇诏仅存字形，来春与诸同好醵资往拓，当为备四金，无须见寄，但求有拓即为代备，示知即由苏亿年缴，感企感企。再上延光精拓一，希察存。拙著《印举》成八十卷，今腊明正或可脱稿。何君久稽，十五月成廿部，以其四见酬，索每部六十金。所余无几，如欲留，明年上元前书至方可。明年拟再觅友为之，迟则戚友千余印须归还矣。前读为平斋刻"论语春秋在此罍"，似叔均而书卷过之。蒙谓作印去近人篆刻之习，而以钟鼎古印二者笔法为师，自当突过前人。古只是有力，晚只是无力，愈晚愈逊愈法少。金文神完气固而散，只是笔笔有法有力，下笔处法明力足，愈有力愈能留，愈遒愈盘礴愈不可方物，而心迹却不模糊。妄谓古人刀法不过三笔，右则)，左则(，横则一，唯其有力，所以如此，刀只是一铁指耳。有腕有心，知觉分明，则力不至卤莽灭裂而为门外汉矣。或以钝刀入古印中试之，亦可有得，其要唯以心之轻重运腕而指不动为主。无知之蒙，妄以私测，就有道正之。又近作伪字器日出，每欲与同志讨论之。二者若均垂亮而不过责，方敢续布。临楮无任惶悚，即问台安不具。馆愚弟陈介祺顿首。同治癸酉十一月望。

三

清卿仁兄馆丈学使大人左右：

三月廿日奉客腊十八日、新正五日手复两缄，并金拓十三纸，华庙汉碑阴四纸，敬谢。履卿先生知属君之外祖，宜乎天机清妙，文字契古，所会远深。乃奖勖过辞，撝谦尤甚，愧悚愧悚。大著《区鍨释文》釜字甚是，唯器形似钟而不似釜，不可烹煮。又《史记》"妪乎"之文，必是区误，可以两说并存。古器一刻伪字即毁。鉴字不精，力收不辨，不能辞其咎矣。磨蜡是宋人法，今人不能。关中土厚而无斥卤，所出每佳。金色是铜良，汉器无斑是炼细，青绿是铜质所泄，斑多是剂不精。生坑至雅，见蜡则俗，煮刷难去，唯去土以棕帚拂之即可，金色者不可拂矣。阮刻《款识》去伪则不可及，吴刻不可共语。南海。示及将举疑相告，何幸如之。古人制器至精，极细之文藏于凸而粗者之下，则精者不能伤，所以能久。刻石最佳，宜作阴文，锓木宜作阳文，不能分凸之高下，更不可细则一画，粗则双钩也。款识作阴文甚是，而不易刻，亦不易印。尊意所见者俱摹刻，分自存它存为图甚是，别刻款识尤是。必须一器一版并释，字多则释别为一版，考别版附焉，可有可无可改，不可待考不成，蹈前人之误。必以求传古人而不急于传己为是，古人传则己亦必传矣。复退楼书，昨由廉生农部寄正，想已至。金文别纸奉复，唯壶字之疑尚未能释，乞姑存其说，或它日竟得寓目面订，尤所企耳。真器辨字边之有刀痕与否，旧器字边有色泽锋利而指拂浑融，旧玉同。字底有铜汗灰，此市贾所能知。若文人学士，则见拓之笔画行款神味力量文义篆体即可决定，不待见器而知，疑者偶一失之，其字亦必非佳者，此吾辈所以异于市贾。然不虚心，不细心，不多见而识之，则亦不能无失也。今日都中伪字至谲，有似而非之可恶，而究不能不弱，其奇不能出意外而在理中。旧伪之斑有珐琅者，刀不可动。剔字甚难，须使斑自动，不可刀刻，切须慎之。剔误固大可悔恨，如张叔未之清晰而失神，究不如未剔本之可重也。古器无字何害？何必损之。拓字须先将器易磨处纸坚糊之，手易摩处每失古泽，不可不慎也。鉴古必先不以色泽为重，乃不同珠玉玩物，亦不以器异为重、以必我得为重而豪夺，而专以多收文字，收得即刻，刻本佳者亦先重刻为主。多见则能贯通古人之文法，作字之义，作书之笔法，而引伸触类于今传许书之外矣。兹有人便，复廉生一书属其录呈，统乞教之。近所奉书，亦乞摘录寄廉生切磋之。附上金文二十纸，乞察入。即请台安不宣。馆愚弟陈介祺顿首。甲戌四月书，五月十一日壬子夜缄。

盨卣盖，❍旧释单，未详其义，此下曲作亻，尤未详。寻归。女贲小卣，聿以聿书，非刀书也，乚足形，矩形，乁未详，浑厚自是商器，旧释庚丙者非，宰桃角。贲，赏贝也。作宝彝卣，愚以为古市鬻器。木父丁爵。梁鼎，❍其鼎之异文耶？❍当是容，益，溢，确，斨与币同，❍古受字，❍从二又，或是奉字，上官宰，官名，悥疢，名。❍❍❍❍鼎盖，当亦是梁鼎，❍似齐刀字，谁，末字疑即鼎。内芮，确。公禺，凡内皆芮国芮姓。辟雍镜，当是莽，以首二字似新兴也，其二习见。中多壶，首一字右作易，而下从才，左半之中乃肉形，上从木，下似女，与唇鼎字相近，或有滕音，似非韩，多字向上之笔过长，似非古字，字亦似弱，以为姑妄言之可也，亮之。

《褒斜》开后一行，《惠安西表》四字额，《五瑞图》小字一行，乞勿遗。《耿勋》亦乞精拓。《侯获》自是不易往拓，不能无存。古器出土，非春秋耕地及用土不能得。古瓦须有残字瓦砾处，大雨后可得。留意得赴乡买铜铜贩妥者数人至一二十人，可代物色。

再乞精拓数纸：❍三十合文。❍三沬下画。❍。年。一行。❍平。❍。安。二行。❍，似非君。❍。❍，斫未定。三行。❍客。❍梦。四行。❍❍。容，古文从面形。五行。❍五。❍金。❍。六。六行。❍斨。❍当是古半字。❍。斨。七行。❍❍斨。❍。疑爱即镮，或似平。八行。约二十字。拓本上段似是两面，戈文中有此种。

廿三⚓。三十合文三年。一行。皇。似皇，下又似有笔画⚓。二行。上上。⚓官。三行。⚓宰。⚓。喜。四行。⚓。五行。⚓平字，见古币。⚓。安。六行。⚓君。⚓。疑者。七行。⚓也。八行。中空无文者约三四分。上。上。九行。⚓宰。十行。十八字。

袁藏方彝似是方尊，盖形当如⚓，有觚棱，借拓时乞审之，并惠六七纸。释附："⚓佳，唯。⚓正。⚓月。⚓既。生⚓霸，魄。●丁。酉，王⚓在。周萧康。⚓，寝，古作⚓。乡飨。⚓，醴。师⚓遽。⚓蔑。⚓历。⚓友。王乎呼。宰利黎。易锡。师遽⚓疑鸿，或曰项。圭一、⚓环。章璋。⚓，四。遽⚓拜。稽首，⚓敢。对⚓扬。天子不显休，用作文且祖。⚓。公宝尊彝，用丐万年亡无。彊，疆。⚓似朕。孙子永宝。"六十六字。

加作父戊爵，加即嘉字，当在内，二爵耶，抑否耶？师⚓鼎⚓字，求其释而无据，释皇有所本否？若以自、王推之，则仍是后来语，古字从日出土上，⚓其光也。鼎曾数见，花文、文字俱佳，惟文少熟。拓时上纸即不易，粟园所拓多留折于无字处，今拓合之，鼎腹宛然，亦殊精妙。与螯屋鼎、唐子祖乙爵记均刘氏物，阳识父癸爵亦当同。⚓子孙父癸，何器？角乎，爵乎？刘乎，叶乎？惟壶文未敢定。

孟鼎：一行，⚓。⚓，上目，左剔大，右未晰。三行，⚓，皂旁中有二点。虘。四行，下敢未晰。敢下醿，虡封豖足形。有下字疑飞，左未晰。通非。非下烝。⚓字似临，以文通之，似嗣字，后却有嗣字，文当作"古故。天异翼。嗣子法"。五行：⚓，铸时镕铜移动字范，内却有土可剔，第须审慎。我截殷坠命，命字审有口否？六行：⚓，亦镕铜所掩。百，百同。⚓，率。⚓，肆，治井之象。㕣，故。羌，丧，下必从亡，须审剔。七行：㠯，师。八，父字，可定《酒诰》为武王时作。八行：𠦪，疑反克为违，无据。𩫖，黾。九行：三，隹，须剔。末盂字，须剔。十行：召，绍。𦰩，艾，乂。㔾，敬，见师虎敦太保四耳敦及后。巠，经。𢾿，敏，谏，从門，辟四门之意。享奔走俾。十一行：永命。井，型。十二行：盂廼召绍。夹𣅈死，终也。司戎。唯口出好兴戎，官名或曰司戎。敏谏剛从言。讼。召，须剔。十三行：雩，下于略剔误，少磨去斑自见，原不作㐄也。迈相先王受民受。十四行：冂冕省。衣芾舄。车，似干者，余谓两服马形，非干。十五行：旁，旂。用𩫖，即守。鬲下字未晰。十六行：首一字驭当是驭，或曰上当是徒，徒御也。十七行：二白百。人，人字一剔误。微，极。宓，宓，即密，《诗》"密人"地，字见使鄀伯鼎，刘子敬。上高密戈。𠂎，万，右须剔，地名，下㳄，当是为字。十八行：若敬乃正，勿废朕命。十九行：对，须剔。廿又，又须剔。剔字宜先看斑中隐隐字画之痕，不可用刀，以大针动画中之斑，听其自起。

四

清卿仁兄学使大人台座：

客岁除夕由廉生交寄八月廿九日、十一月廿七日两赐书，并金石拓一束，深慰敬谢。城虢事，祺亦藏一残敦，去耳足。乃遣生所作，非陕售，尊藏新得乃仲所作，第未知是虢仲否？虢深在腹底而非补者，亦不能伪。然此皆不以文字之法与力与结构行款精神言之也，其本必以至佳之各体古文字无疑者，寝馈探讨之。汉刻能如汉碑而篆则不如秦，秦不如周末，周末不如周初，再古即商即夏。真者今人必不能为，伪者必有不如古处。昨与廉生言，好之笃自能知之真。不先求之佳拓，得古人之真不可及处则必疑，得之则不唯真伪可别，时代亦可比拟。拓或有少疑，见器则易决矣。敝藏瓦拓想已至，今再寄上近得琅琊台秦瓦拓四十七纸，齐出汉瓦四十七纸，无字者二十八纸，秦残瓦当千百倍于齐，何无求之者？或有复者，乞分别之。方赠孙藏瓦拓乞一目，刻成再乞全帙。至刻字与图，则唯印出者如拓出者为大雅也。十六长乐堂刻瓦皆半叶，其后半叶或考或再刻一瓦均可。每瓦须有一目，考跋如少，附总目各瓦下亦可，唯钩刻须直立运腕而指不动耳。读书及《访碑记》，如身历石门，唯无好拓手，仍似辜负此游耳。今寄上《陕西碑目》一册，乞饬录仍寄下，将来先补此目刻之亦佳。金文宜与石别为一书，仍不若大集今存世金文精刻之。古金石须一笔一笔求其两端之法，与心精力果元气浑沦处，则可知矣。陕伪须防，苏七不如其兄，不识耶，亦不诚耶？毛公南公《书》误宫。二鼎，当与散盘、虢盘、聃敦、齐罍诸字多之器专刻一书，太保四耳敦、召伯虎敦、各钟不能遍举。或刻石尤佳。瓦拓上版与装皆易有折皱，不可不知。近蜀栈日下，汉刻多高不可拓。筱坞移驻巴里坤，《沙南侯获》《裴岑》《姜行本》俱可得真石精拓，则乞代为切致，必当缴费，各求十纸。又《藏古册目》就正。《古玺印文传》想已至，原本皆自藏，乞补之。敝藏者墨拓毕，尚未朱拓，容再寄。秦中见印，乞均为拓一分，当共析疑赏奇也。盂鼎至都，当可致佳拓，伯寅处尚未得人也。手复，即问台安不具。馆愚弟陈介祺顿首。光绪初元正月十二日庚戌。

五

清卿大兄学使大人左右：

新正十二日寄廉生奉复一书，想已至。兹有表弟谭雨帆名相绅，旧在潘世兄霱署中习得西人照法，以其法形似而不大雅，故不取。后见其照山水树木得迎面法，于凡画稿皆有神，照碑帖则近雅而未甚古也。今试令照三代古文字拓及器量，图乃至佳，虽缩小而能不失其真，且似字之在范经铸者浑朴自然，字虽小而难刻，然上海刻工或能之，器外象形文虽不能甚晰，有拓本相校亦易审，有一图及图拓，虽不见器亦可成书，且可将难得之拓印传之，是法乃为有益于中国艺文之事矣。唯药多未备，须龚蔼人课读馆二三月无事后，伊至上海购药归，先将敝藏吉金试之，再及藏拓藏碑帖书画。唯药纸所费不少，虽减于他人，恐亦甚巨耳。今先寄数纸与周聃敦拓一纸，说一册，钱《款识》读记一册，缩照吉金图五款，四印、一石印拓五，乞察入。兄暨伯寅鉴之，并告子年、廉生、石查诸公，且望照各吉金与唐宋拓秦汉石与人间难得本也。归里至好王君西泉石经，刻印似今人所不及，二拓就正。前后奉寄书，乞饬胥录交廉生。此问台安不宣。馆愚弟陈介祺顿首。光绪乙亥正月廿六日甲子。

六

清卿仁兄馆丈学使大人台座：

三月朔日廉生、子年各寄至正月十一日二缄、廿四日缄，发读手翰，欣慰无已。敝藏之瓦已承摹令邢工试刊，或告以必无之事，祺则谓不践言则必不作此语，今始信知君子之自有真也。以古文字爱我，自当以古文字报之，更不敢企分俸代付手民，唯求令遵缴耳。古文字之佳处在浑沦，浑沦宜求其两端用笔之（中阙）访之。商方鼎拓二，负子形敦拓二，敬谢。举父辛器文未敢定。苏七寄云阳鼎与子年，子年属收之，却胜此鼎盖文，然似一时物。安陵乃惠帝陵，吕后移他处器刻字充之，甚草。然此种草草者，亦有今必不能伪处，不可一概弃之，即不收亦乞拓二本以见寄。半两范非翻铸则不伪矣。考释金文目容录出再奉复。兹寄上自装未裁之秦金石拓册五十六幅，计金十六、石七、素者廿九，可自始皇木量分为二。其次序已略检，亦见《藏古册目》中。唯金文究以刻石为正，易款为识，自未尽善也。旬来卧病，少愈未能多作书。此谢，即请台安不具。馆愚弟陈介祺顿首。光绪乙亥三月二日己亥。

七

清卿仁兄学使大人左右：

五月廿九日廉生交来二月廿四日泾州试院、三月廿九日宁夏试院所赐二书，知瓦拓已至，论及双钩亦须运腕，敬佩于古日有心得，唯起住微茫，落笔难于直下，又难于直法少耳。竖起定住，曲折分明，真挚求之，识大识小，固一理也。敝藏金文，刻已检齐二分付装，装成当由都转寄，较前增弩一册，或镜瓦亦可续出。今年止拓得六朝石六十余，泥封三百余，弩二十而已。传古求助，极近卑鄙，然非此则力不能传，亦唯有真好而又知教拓监拓之不易与费之繁，始知它人虽助之，亦未肯为传古人计耳，愧悚愧悚。广刻金文实为文字之祖，然不求精则古法亡，岂吾辈志哉。承寄示手自缩摹孙氏藏瓦册，精妙如见原拓，感感。中恐不能无伪，若刻则须如原瓦而鉴汰之。若刻秦中瓦则须集大成，祺所收不多，尚有可校增者，亦望于各处各家物色旧拓旧刻也。三代文字唯古化与玺印，惜《泉汇》所刻古化字不精。刻书不论多少，须令后人不能刻第二次，不然奚重古文字为哉？古化古玺关中当可得，乞收之。长安伪器日出，不可不慎，力求于藏器藏拓，则亦易见其为今人所为处。薄竹纸乃粤东肆物，今寄上四束。秦十二字瓦，字方折者、残者、经火者佳。弉字瓦有四神则必非周柱，当同丁，丁即当，家当家舍似是冢字。嘉下旧释福，八风或可释别。龙瓦凤瓦即青龙朱雀，辟邪瓦龟蛇瓦则白虎元武，凤芝瓦之芝则菱，龟蛇芝瓦则似蛛，疑织室茧馆之用，双鹤瓦则似子母鸟。瓦之上下以瓦断痕定。古瓦字先成，轮后成。伪者不坚而似砖，秦瓦多伪，齐瓦昔不知伪，今有之矣，琅琊台畔有烧成者，潍有胶水泥者。河南直隶出汉碑处皆有瓦，皆不及秦之多。自搜之胜于购，前已详之矣。《长安获古编》原刻尚多，后散失，稿本亦有揭去拓本处，不为完书，似子年所知者尚可补也。豊字古铜器二，燕翁见赠者，拓各一纸，东汉以后弩十八纸，_{又古瓦器玺文一}。均希察入。即问台安不具。馆愚弟陈介祺顿首。光绪乙亥六月十七日雨中。

八

清卿仁兄馆丈学使大人左右：

七月朔奉四月廿四日案试凉州所惠书，并石门汉魏拓七种十一纸之赐，敬谢。今想台从久莅青门，试暇必多古缘，当可随时拓寄。旬余来此间酷热，似十余年所未有，未知长安何似？人便未能详复，先检新拓藏石杭连纸二分，附目寄上。其扇料绵纸者尚未拓齐，容再以一分奉寄。张茂功拓墨已异俗工，未知是先扑后拭否？拓不到则多不可见，拓过重则可见者又有微茫处，参之则可精到。《石门颂》尚欲再精拓一二纸，并额四五纸。先乞额一纸。《杨淮表》表字上似宜有字，何不多拓数寸？其拓似初上墨时太干。手此，上问台安不具。馆愚弟陈介祺顿首。光绪乙亥七月十二日。

九

清卿仁兄学使大人台座：

望前复谢一书，想廉生已即寄。兹检新得各瓦并漆合者，此似有一二复者，须校。共卅二种六十四纸，乞鉴入。伯寅为刻《传古别录》附二册，一与张茂功，一自留，止可为手艺先导，愧愧。拓阳识不易，即瓦拓可见，或粗或细，或多或少，以得古法见笔画为佳，钩时审之，并乞校异补目录寄，尤企。镜易于砖瓦，止瘦便佳。《石门》额乞早寄。附奉答前示二纸。此问台安不具。馆愚弟陈介祺顿首。乙亥七月廿八日壬戌。

郘伯█簠，元武重文是。君夫敦，王朝书。償见《说文》，█自是求，以手振裘之象与？█自是友，友当是官名，如太史友、内史友也。妇█觥，门█有分释，古器门下加字者非一，自是一字，█旧释古，器出山左，自非楚作。天子班觚，天字上盖，而有蚀。祖戊觚，究可删。元延临虞宫镫，与刘藏非一。许子妆簠，国书。█从臣，似是守府义，古器古印█疑是臧否之臧，古专从口而训善，而今亡其字。齐太宰归父残盘，█自是灵，通令，亦可皆训善。《筠清》释远逊《积古》。陵子盘，陵非定释，陶同。█父乙卯敦，首一字又见藏爵，古人之人，一字即可见义，似非书押。录敦，王朝书。伯淮父有舒役，█鼎曰师，其官，录敦曰伯，其次第，一时事也。师害父敦，殷、叶释未可定。小子师敦，首二字以甲支纪，为商是。师从█，与█鼎同，均奇字，师亦未即可定，小子疑古出于学校中者之通称，自天子达也。郑君媿鼎，█究不同。陈侯鼎，此非田陈器。衰鼎。格伯自非晋。██则或是商时人。斟鼎，末一字羊首形器所用，故识之，如鱼鹯也。陈子子匜，字当是寒，古寒国，今寒亭在敝邑。传尊，末乃刊字，█则于，或即今於字。伯贞残甗，不伪，出土碎数百，而余收其有字一片。永始鼎，元，笔误，平斋所藏似以此仿。舆字误，不可通，器字均至佳。阳周鼎，半升又半升也，古文字多一字耳。废邱鼎盖。此种不佳而不能伪，即不收即伪，亦须拓数十纸，不使有失之之憾，伪则删之耳。

一〇

清卿仁兄学使大人左右：

　　新得汉瓦三，各拓二纸，蓬莱所出汉砖一，拓二纸，乞检入。长安乐字笔法颇佳，乐下有余隙，补复二笔，甚奇。前寄各拓想已至。关中真字古器物即不易得，不可不收拓本，求之不可不力。刻瓦砖用干版，水磨细见油，勿水浸，用刻印刀碎冲，贯气尤佳，不知良工能解此否？手此，即问台安，匆匆不具。馆愚弟陈介祺顿首。乙亥九月二日乙未夜。

　　弟裒集秦金文字，洵前所无。吾兄如肯刻传，尤胜刻当，候示再寄精拓。刻古文字，一器一页，随得随刻，积久成书，后再补考，并可更正释文。古泉古印小版一枚一页，亦易编次也。又拜。

　　如欲刻关中瓦当，当再寄与小倩仲饴所藏，或可二百以内。伊处无好拓手，仅得五十种。退楼寄沈仲复藏瓦七种，尚有一二可取也。又拜。

一一

清卿仁兄学使大人左右：

　　八月九日、月初两寄瓦砖拓，想可先至。今又新得一汉瓦，外轮有字，至为奇异，又同出一砖，闻有人便，亟各拓二纸，并蓬莱庄氏龙姑敦拓一，龙即蒙，古东蒙也，厐庞同。弥乃生，生即性，同《卷阿》，金文百生即姓，非主。绾绰，今唯见此。尹姞，《诗集传》云"犹王谢",此似一姓,姞则族氏,尹则官氏,图一乃刻砖为之,尚大方,纸劣亦可易之。蓬莱张允勤⻊究。鼎拓一。⺊字或望或发或胐,不敢定,决非霸。即问台安不具。馆愚弟陈介祺顿首。乙亥重九后一日癸卯。

木夫先生《古官印考证》,当已刻就,曾赠经孳三十金求二部,以摹印未成未得,所摹亦甚失真,欲求无印者二部,订而不必裁。乞切致。如经孳力无暇及,则乞付印费,由坊中印。如少不肯印,即十部亦可,与同人分,佳处原在考也。又拜。

刻瓦似可以副本与看。

一二

清卿仁兄学使大人左右:

重九后一日由廉生寄到八月九日惠书并金石拓,敬谢。凤翔出土之方鼎敦,前苏锡时已寄拓本。鼎字至佳,真殷商小楷。刻时必须作款,如宣和书,特彼摹失真。薛尚功知刻帖而亦失真,盖明以前之通弊也。鼎小而花文精,今闻色泽至佳,质如黄金,乃炼之纯、剂之良,洵为几上之珍,与冰壶玉尺相辉映也。敦名自取敦厚,绘示尤见古初象形乃作字之本,此负子而左手后挽,右手仰承,它器子形皆不及此,此真古字矣。祺谓凡彝皆敦,尊重彝常乃统称,非器名也。叔尊虽有阑识,亦似伪作,古人不若是弱缓矣。宜子孙行镫,乃汉市鬵器。唐□□武定□碑之铭,乞就石审其泐字,近人字一行可去之。造象似六朝,可喜。闻将访石门诸刻,务并额及汉时题字记有行。

精拓之，额尤须多拓。拓者细心解事，当不减秦石之有新获也。吾兄携良工自随已一载，必有佳刻，乞以样本相示。子年屡云吾兄欲刻敝藏齐鲁秦汉瓦当文字，愧弗敢荷。今来书敦促，谨将自装未缀之册奉鉴，并检存拓百三十纸奉赠，连夜粗编一目请正，乞教之。承付苏事并伊书均至，今由廉生处谨缴，感谢。方鼎、敦、小卣，各乞拓廿纸，此次不及再检金文奉寄，唯时企尺书之慰耳。手复，即问台安不具。馆愚弟陈介祺顿首。九月望夜。

一三

清卿仁兄馆丈学使大人台座：

今日由子年寄来九月廿一日五鼓书，并金石文一巨束，敬谢敬谢。知正月、三月所复始至，远道乃至如此。前得书并各拓，均已同藏石与拓弩瓦砖等同寄，愧未及此次见寄之佳耳。周印㠯王田丸，田大二字可读而大字不古，疑六朝物。王逞玉印，孙武玉印，自当真。永兴钩拓不可定。长沙太守虎符形已佳，错银尚黑更确，此种黑中尚兼紫也，勿失。银印王升竟为玉为九尚未定，看拓背与器参之，六朝耳。清锡铜华镜，敝藏大小三四不及此，其文辞之美可喜。史颂敦至佳，奈何以习见轻之，岂易得耶？吾东有以热汤烫山楂，使近烂，去皮核捣之，加黑矾法，敷字上则绿起，再敷则字内绿软，以竹针挑之，其上则先一次刮之。照堂长笏臣从子,古器至富。告廉生诸君未言矾，石查试之效而秘，伯寅则不能审其将干之候而以为不效。近拟以残印试之。或云黄矾更烈，且毒不可入口，何不试之？中师父敦尚易仿，真亦非上。叔男父匜既佳，而如所示尤确。建平二年钫至精。永始杜陵东园钟，字则有不佳者。日入大万壶佳，胜李勤伯太守日入八千壶，彼亦不伪。其平阳共廛甗则至佳至佳，爻父乙彝则伪矣。三李。壬壶小品。西夏造象当是铜，其象未拓，此梵书，与所得刘氏西夏铜牌字却不同。大王二字弩文无可取，然铸则真。敝藏弩中王甲字亦在郭内之下。霸陵过氏瓻则真无二，未见未闻，字亦至美，可有以相易耶？自是建于上之注水器，而非承于下，下则易溢矣。风砖同敝藏铜范背。魏大统王䊆明造象、周天和造象真，而保定马落子则伪。砖造象不伪，佛弟子下一字辶上或迎或非，下或此或七，而其后之字则晰，精拓可少易审。二字印上作▢，下作▢，似半两字而下多一笔，无可取。其凿字印则佳而似六朝，是三字，上未审，中或州，下或印，无从比拟。妄言罪甚，乞教而恕之。虎符、史颂敦、叔男父匜、建平钫、日入大万壶、过氏瓻、平阳甗此疑是甗鼎。与师䍙父鼎、凤翔方鼎、子敦、小卣均各乞精拓十余纸之赐，至企至企。此问台安不具。馆愚弟陈介祺顿首。乙亥十月廿四日丁亥夜亥刻。是时荧惑在西南，距上一星四五寸，犯射甚急。

一四

清卿仁兄馆丈学使大人台座：

　　仲冬廿七日由廉生转来七月三十日赐书，并古印拓、汉石拓，敬谢敬谢。藏瓦仰蒙刻传，尤感感。巨即钜，与八千万均吉语，自祺别此种入录，人多珍之。爰綝、郑温、赵宣佳，郭娟、郭姁尤佳，求十纸。余均不伪，所收不多，何耶？《西狭》再求四五纸，《郙阁》墨重纸厚不软。矣，有精拓时，止求二三纸，非此种。《耿勋》求二三纸，《裴岑》求六七纸，墨者可。均乞于销拓中代付。沙南念切。前求《石门颂》额三四纸并全拓再数纸，同宋元石拓，则远道无须寄也。兹匆匆检得藏古吉金拓二分，乞代销，其奉赠所未备者，来年当一一补足，且有装册全分，欲以销代传。今年止拓得石瓦可毕，来年当拓砖镜，且欲再拓《印举》，俟书成再出，已延东甫为课孙矣。获古似少，当有所以，有友可代访否？新得残瓦数十，颇有佳者，未及寄，秦诏瓦则至佳，先奉数本。手此，上问台安，并颂宜春不具。馆愚弟陈介祺顿首。光绪乙亥十二月四日丁卯。

奉寄之书，乞饬胥录寄廉生处见付。苏七书久杳然，乞问之。

一五

京足至即行，匆匆先寄上瓦玺拓五，秦诏瓦拓二，余先复廉生。此请清卿仁兄学使大人台安。馆愚弟陈介祺顿首。丙子四月朔。

西泉刻印二求正，并《石门颂》额之请。

一六

清卿仁兄馆丈学使大人左右：

今年二月廿九日得去腊三日一书，三月廿九日得正月廿二日、二月十日二书，并币货范钩拓五，又金文拓三，瓦二。器拓十四，瓦拓五十一，瓦目二，缩本目一，刻金文样本二，瓦刻一束，敬谢敬谢。执事好古之勤，上迈欧赵，近方阮刘，而又得衡文古帝王建都之地，天实为之，岂人所能哉。币范至奇，以泥入之，亦有可玩。金文刻则盂鼎、穗尊、穗未可定。子豕乃辛敦、郑楸叔宾父壶、鱼父癸壶乃所知者，余似非所急。阴文秦诏似未能不失真。字刻校原拓，图刻校洋照，无少异则为能传真矣。瓦刻可止，前已告廉生，金文书急于此，三代者尤急。所得瓦真快意，不严其残。君秦我齐，可谓合志，或属人访寄，或留友遍历，勿遽已也。十二字瓦字体方色黑烬者真，九字瓦似非西汉，卫字亦秦，全瓦尤须审。高安万世瓦，未见佳者。鹤芝或鹭有二丸。元武得白虎，四神乃具。宫☗、宫十、⊡印文拓未见寄。泥封敝藏者拓毕，唯小倩仲饴水部旧藏拓不至，合之六百余。子苾有成书，再有亦当补入。泥封无绳文而又似新陶者多伪，伪亦易，此种多。莽印自是一地出，其它处则不知何时出。宝藏莫富于地宝，莫重于文字，文字养心，难得心狂，亦不可无限制，收拓为至善耳。真从土中新出者，可爱之至，而不可轻信。☗尊至佳，胜敦，可与凤翔方鼎同珍。隋虎符亦佳。阳文钫真而不可识。玉造象刘达夫妻。佳，白石耶，玉耶？千金瓦缶佳。子形者或是蛙，同镜（纽）【钮】龙虎。万字印瓦片佳。咸☗☗土欣瓦器当是鼎，明器也。长杨鼎则疑之。经挚书毕，求先得无印者。六泉十布佳者，乞收之。敝藏六泉全一而有未精，十布全者二而有余，有无尚可通。补瓦或寄全分来，或付所寄者为便。所摹极劳心目精神，宜爱惜。若钩字则须用力，再责手民也。钩字每易似己书，运腕难于指不动，指不动笔锋方能中正，中正而又能曲折分明，则虽古人之法万变，而能与之合，不似一手书，不弱不失矣。直落直下，直行直住，而曲折与力俱在其中，所谓一线单微，所谓独来独往，亦皆在其中，如此则可以知古，可以传古，而凡用笔用手，莫不可通矣。今春拓敝镜藏，不皆精，共百七十纸，奉鉴。自名"二百镜斋"，以好之不笃，未补足。闻尊藏将逾百，吴愉庭藏百四十，拟三家先合装一全分，已乞之罍翁，尤企以手收即拓之本先寄。又敝藏瓦拓全分五百十一纸，寄备选补，合前所寄已装未装作二全分，余乞代销，二分不足者再补。询之拓者，云后得之瓦有补拓者，今再寄七十八纸，均乞检收。齐出似大印字曰"革曲"拓一，古玺拓五，无字瓦拓补三同上。又银玺拓一，齐刀化范二，宝六化石范一，六化四化铜范一，先拓上。手复，即问著安不具。馆愚弟陈介祺顿首。《石门》额及精拓汉刻六朝刻乞代付直，见寄即缴。光绪丙子五月廿五日乙卯。

人便匆匆，各拓不及用印。镜拓则久思作一"二百镜斋藏镜"印，朱文方五分者，乞赐刻，用于拓，即以见寄。瓦拓欲补印，则异日寄下。近得古玺五，已注前。附拓乞考。祺又拜。

铜印所得必多，乞存稿一阅。师𡙒父鼎，即乞数纸。

一七

清卿仁兄馆丈学使大人台座：

闰五月廿二日得四月四日凤翔试院手书，并金文十纸，敬谢敬谢。周窑鼎先自伯寅书中闻之，今始得见拓本。尊著考🅐为窑，即《左》"三恪"，即《周颂》之"有客"，甚当。似恪为省🅑，窑为从心，皆宾客之客之古文，可无疑辞。首一字🅒释启，未敢定，二字乃，三字🅓是师，似可训众，四字似见，音现。见金文中字似马而文为见，而此又异文，五字王，句。言某乃从众见于王也，未审可附备一说否？为周🅔，句。锡贝五朋，句。用为守器，句。不曰作曰为，又与上为字小异，守未晰，鼎二，句。敦二，句。其用享于乃帝考，句。帝考见叶氏中师父鼎，此唯🅕折方圆不同，又前半字少弱，似不及凤翔出方鼎耳，乞教之。🅖或是咢字，苏卫妃鼎鮽字偏，用字逊，兴鼎亦未至佳，无妨未得。岐山宋氏鮽公敦盖则可疑，芴敦不足拓。蒲城杨氏阳识🅗爵则甚古，可求之。万金字温壶亦佳。所云敦似仍是虎象形。如古玉文而非佳者。古玉关中尚有真出土者，亦极有伪者，真者可见古人制作，然鉴不易，又非文字，不敢恧恧也。吉祥洗亦可。三原刘氏亚中五六行字鼎，不可不多拓见寄。惜此生不得为古东西周之游，又不得与海内一二古文字友面论，有僻陋离索之感耳。昨退楼书言，吾兄先请假南旋，然后入都，亟思由王营东来，或得一晤，迁道亦不过一百余里及店僻。今则敝省大旱已成，不敢作是想，且自今至来年五月尤不知如何度日耳。藏砖二百余拓毕，先寄君子砖完者一纸。忧心如焚，不能检文字也。手此，即问台安不具。馆愚弟陈介祺顿首。光绪丙子六月十四日。

新得瓦十四种，拓各一。多赣榆者，其阴款者尤见所未见，请子年速寄，冀早达也。东土竟亦有泥封，文曰姑幕丞印，未及拓。古蜡封瓦片一。大雨后仍不得不赈，将视粥厂。匆匆手此，即请清卿仁兄馆丈学使台安。弟陈介祺顿首。丙子七月四日壬戌。

一八

清卿仁兄馆丈学使大人左右：

自七月所得书均未复，恐秦燕展转致误，又闻允请锦旋，遂益稽迟，而手翰时至，唯增感歉。五月廿四日书七月十六日至，并石拓五种十三分。七月十二日书九月廿六日至。革曲是铜者，石刻鼎图䚻。甚佳，异俗工。王子萱茂才同南行否，其人它何所能，趩尊是叶东卿物否？叶藏是敦，今人谓彝者，器至小，字至多，色赤，自是一时物，文几之福也，贺贺。敦诸器似东周，真而不至佳。列公是已故之称否？娉从兄，兄声。昔籀文从肉，邑，繁文。杨瓴亦佳。龟符竟又得一，海内三家有四矣。所得残瓦极羡，如又获，乞早寄二全分，尤企。尊藏留南中固妥，然不见如之何勿思？秘之可已。新得三代有字残瓦几七十，秦诏瓦小字又一，二字一行，初附退楼书中，今日尚有少闲，遂又检拓作复。即颂新春新年眉寿通禄之禧不具。馆愚弟陈介祺顿首。《石门》额等均至。光绪丙子十二月七日癸巳夜。

一九

清卿仁兄馆丈左右：

去腊奉寄三代古陶文字各拓，于愉庭兄复书中知从者有松江之行，必已察及。月十二日廉生寄来去腊五日汉阳舟中赐书，并符印拓一束，辱承至爱，于舟车之劳，尤相念以文字如此，真可谓不弃不忘已。遥想珂里锦旋，亲戚友朋之乐，吉贞见藏之福，有不减长安盛事者。江南春色，更娱目心，北海黔敖，唯有驰羡而已。连率虎符，厌之从土异于《汉志》，或如填之从土，唯合处省郡而曰西道，陇郡有氐道、狄道、羌道、西县而无西道，又每字间以虎文，又字不错银而涂金，为传世所未见，如有考定，尚乞见寄。龟符、铜铁古币范皆奇绝之品，古缘可诧。铅印范乃铸者，若是土范之母，则铸而又铸，古人之事亦有不可以思议测者，然文字则佳。诏发自是秦半通，文㚢是银两面刻一者，王胜子母、孙孝字银，臣说金皆佳，敬谢，惜不得一一同寓目为憾耳。前寄百金已至，敬并谢。闻尊藏将不以入都，今春必已遍拓，可否交易？各得以所有索所无。京宦岂有余？少余亦可收数种至佳者，次者拓存足矣。前请迂道由东之说，不过梦想之甚，若有极妥拓友能为兄来，而三纸留一亦可，或能作谱拓印尤佳。凡此皆不易得之事，而妥人尤难，传古之殷不能已于良友之前耳。正秒拓友至，复拓昔年所收关中残瓦。闻来日有东足，亟以五十二纸寄鉴，乞以一致愉庭兄，并念。廿四日书并高拓秦诏已至矣。此请著安不具。馆愚弟陈介祺顿首。光绪丁丑二月十八日。

二〇

清卿仁兄馆丈左右：

　　四月廿七日得十八日黑水洋轮舶、三月廿二日吴门两手书。重洋中犹相念论古以古篆作书如此，此感真古所未有矣。闻令弟捷音，知木天同步是意中事，而敝邑今年都便少，至今未见题名。昨廉生寄到邸抄，始悉德门盛事，闻者同羡，况文字之友，更增深庆矣。承示归里所见，何竟不多？虢叔钟三，似阮胜张胜伊，大小均不同。曹氏器有一字多解，一小鼎有旁肇字者，未入刻者亦尚有数器可传。子**觥**无二之品，字中一二少弱，疑剔失。格伯敦自是佳书，王作敦亦佳。遽伯罳自是。伯玉敦有方坐，有四耳，似皆盛羹用，以取定与平。今有**铃**，自是取和，三代铃唯此，无铙亦铃。曾图之否？各拓敬谢。新莽无射律管，四十年前苏兆年以至都，欲收之而为东卿先得，常在心目间，不意又见之，可幸可幸。昔就器看，字似尚厚耳。录敦字佳，亦少有剔过者，事甚不易。伯**雝**父敦父字则全非矣。所存四十金当先缴。敝地去年荒旱，给馁事五月内始毕，愈休愈惫耳。目齿日衰而心尤甚，古文字事亦不能理，拓友有他事或不妥而它之，印泥半年未作成，莫助之叹，追念粟园，岂可再得？得友则不唯可传古可公世，亦可获磋磨之益，如专任衰老，筋力所必不及，非吝啬也。徐籀庄《从古堂款识学》，昔曾得一二册，乱定后屡访之，并其后人存否，云俱无存。今闻竟为尊藏收得，不审八册完否，有拓本否，有摹字否？实为二十年来至幸之事。必不可不早公诸世，一如原稿，以存其真，即引用少有可删，亦不必去，它书采取则在作者矣。不识可专足取读十日否，可代抄一部否？能不误又如原字，少费无惜，唯乞厚爱。日照许印林《金文考释》，亦当刻传者。款识之刻，一难于不失真，如阮书不易，一难于无伪，阮不能无，唯此二者最为仰企。僻陋衰老，恐终不获面质之大雅矣。祺于学无少得，而小者尚肯用心，有自信处，非获于心，不敢轻移己见，唯不敢多言而已。瞿刻《集古官印考证》，摹印是其次，经孴竟不克寿，不传其父书，奈何奈何。如尚能从坊本中得之，则求无印者数部，乞留意。年来承海内君子索敝藏三代文字，唯求三代文字之报，其次则两汉六朝文字，或旧拓新拓，无副可分，则望三代之复者，它则非所期也。尊藏尚未得全分，佳者亦未得多复。玉堂清暇，尚企一检，即索所需，先未寄者，次旧藏佳者及它家者，以期彼此各得其所也。焦山周鼎字有疑，愚见久如此，然精拓笔画尚多不可疑者，非目睹面论，不敢决也。兹检新得杞伯敏父鼎拓一，有平盖，无字，十余年唯此收一器。秦始皇诏瓦量残字四片拓四，晋太康八年城阳黔陬王从事残砖拓一，质坚如金。大吉昌砖拓一，共七纸奉上。其瓦登瓦器字拓七百余纸，以子年兄老病，艰于语言，尚作书黏拓，谨先寄之。先将书拓奉阅，阅后封交来足自送，可领信资。尚企录释寄示后再复，并一一拓分诸至好也。《印举》不出在己，已十分焦灼，而衰老无友，徒思变计，作一印一叶，积劳未复，尚不能经始。藏器录目，终不如得人，否则皆须自己，心已不强，更无论力。手谢，即问著安，并贺大喜不具。馆愚弟陈介祺顿首。光绪丁丑七夕。

廉生屡有书，并寄邸抄。此次拟作答，今已亥刻，燥热不能多作书。闻其夫人病甚危，廉生有将来携子女入蜀之语，其心绪之劣可知，务晤时道念及歉忱是企。又拜。

《长安获古编》原本,子年云奉寄,可否寄还?

二一

清卿仁兄馆丈左右:

月之八日傅足北上,奉复一缄,计复书当在道矣。十二日忽得齐法化刀砖范三,其二虽皆有缺而是原合范未失,其一是面范刀之狭者,完而中断。闻初一日有北上车便,谨拓三纸寄鉴。力不能收重器而深恐古文字之坠灭,是以极力属土人搜访,此与三代古陶秦始皇诏残瓦竟获保全。盖齐鲁今之田夫牧竖多不与古文字为陑,而诡狡者亦未必尽以来归,唯再竭力访求拓本而已。真知笃好者无不以古文字相往还者,往而不还,则性情或未必真笃,唯自嗟孤陋而已。子年若存,乞先以此共赏,尚能欲之,则再补寄之。豚卣拓一并上。敝地秋旱可忧,无论各省,衰年心气筋力不强,况又值此耶。手此,即问秋安不具。馆愚弟陈介祺顿首。光绪丁丑七月廿八日。

此时寄书,尚未知尊寓,闷闷,乞便中付有住址印片一为企。含英阁胡君处可否代索一折,以便足便取物,将来年节由舍亲徐东甫处寄还。又拜。

二二

清卿仁兄馆丈左右:

月十二日得七月二十日手复，并附缄及拓十纸，敬谢敬谢。叔向父敦旧有佳拓，归煦堂，得一纸逊，且似有剔失，今得此良慰。文字近周初，似王朝，不易得，煦堂未之重。缺处当是严在，多福下当是繁釐，奠上二字与许印林释缵造者同，司即嗣，广下启，身下𩰾，唯⿱字不可强识，⿰当是拱、恭字，大致可读矣。𤭜鼎六七十金可得否？乞留意。蕳川太子金𨮅炉，昔年假拓东卿，原无色泽，有四足而失盖，盖与鹿卢镫制当同，验拓自是经火。苦宫锭乃行镫，锭镫乃通名，昔假拓手剔清晰，今鼌定剔误，且有损字，四十年事能无惘然。金𨮅炉传世无二器，不可不多拓，再分数纸。温壶当亦叶氏物，验拓似在足外，乃能二器合刻，纪元二字多在彼，此有伪增，隶自佳，其半似大吉利千金否？𠂢则不可知已。元兴弩粗释其文以镜照大。曰："元兴元年考工所作五。一石鑯郭工史从仲大仆监二。右工掾谭令修丞三。诗或二。掾史皇主四。"字不伪而非精品。若车形祖爵，初看甚佳，及审外轮，一作⊗一作⊖则大缪。其一作牺形者亦不古，不敢不阙疑。至阳遂砖则必伪矣，摹拟古趣而弱，必宜亦俚，贵字忽如洗文加阑，缪至如此，其徒弱者又何如耶？良友之前，见及不敢后言，乞教之而姑存之，幸甚幸甚。《从古堂款识学》之诺与凡拓不忘不遗，同为至感。君子之至谊如此，岂敢不竭其懋愚而日以深耶？但恐以为拘妄之甚耳。吾兄之于古文字之好，至勇至笃，唯企于摹文字再求精、求似、求有力、求留笔，中锋直落、直行、直住，运腕而指不动，告刻工亦然。得古人一笔一笔之神，自然成字、成行、成章，而不可以后人之字行比，是第一事，以三代古文字冠许书字前，是第一事，其次则刻图，刻图摹文附释，而考别附，可易可待，则可易成。然一人之精力宜惜而勿妄用，一生之岁月宜惜而勿失时，则尤道义之期耳。鉴伪宜严，收拓宜富，收器宜重文字，若陕出数器，似非所急也。金文可先求吴子苾藏册并其钩本借摹，借摹不易，在都似尚可求。尊藏金文已千余种，可羡，允即编目见寄，尤幸。敝藏不同无多，自易校补，但读目不见释文，尚未易校。秦汉魏晋无多，不摹则日后或不可得。袁氏方尊，拓得二纸而不精，今幸少慰。下半三四字，纸湿少浸墨，不易摹。𥃞自是寝，醴从丰，𦣩即友，𤣥奇字，𤣥圭或圭之阔如面乎？琭章，章自是璋，琭必非瞏，𣁋究不可定。器自是醴西。之用，有二剂，故中以铜间之耶？此与叶氏吴方尊盖，此当尚存。尊藏叶氏趞敦或曰尊，昔借拓，今记不似。相类，而此尤奇。瞿氏《官印考证》即未毕，亦乞致一二部。昨寄齐刀化砖范三纸，想已达。顷闻急足北上，自辰至未作复。后检三代古陶拓，计瓦登三百五十七纸，残瓦器三百七十七纸，又陶印一纸，共七百三十五纸，未及用"三代古陶轩"印及"瓦登""瓦器"木印别之，如欲补，则编释后同寄。其非三代瓦器者，登中无。亦未及别，可以前所寄与寄子年者校之。今年止一拓友，日从事于此，良非易易，秋冬或可续得。我思古人，不知老至，唯愧贤者之无倦耳。手复，即问著安，相念不具。馆愚弟陈介祺顿首。光绪丁丑中秋前二日乙未。

去足急候，子年处竟不及作复。如无恙，乞以齐造邦无化字刀拓一致之，字与无法字同一至奇也。子年刻全稿求四五部，于齐鲁传之，乞代致。廉生夫人念否？念甚。东甫九月北上，十月可至，中间尚可有便也。祺又拜。

古陶传古，京八十文一纸。刀化范，京三百文一纸，约五六十纸，旧有十纸在外。傅青主书联真迹，五、七言，其余各种已有，画止有一，即借刻亦可。厂肆李养泉所得长山袁氏冬心联，不知售于何人，思借刻。𥃞鼎，令弟朱卷。

二三

清卿仁兄馆丈左右：

　　前寄齐刀化砖范拓又古陶拓补全，计已先后至。今又得齐刀化残砖范二，古陶廿四，竟有完者六而三代五。三代古陶文字，不意于祺发之，三代有文字完瓦器，不意至祺获之，殆祺好古之诚有以格今契古而天实为之耶？兹有胶足过，灯下检拓作此，并廿六拓同上，其五纸一束，未知复否？子年无恙，不可不与一看。早望以目释寄，以正安释。傅足来运北上，未及作书，如至尊寓，乞固封徐氏《从古堂款识》八册，令其慎重携来，至企至企。手此，即问著安不具。馆愚弟陈介祺顿首。丁丑八月廿四日亥刻。

　　格今近妄，然负贩求之于乡，牧竖求之于野，能使三千年上文字之在瓦砾者哀而传之，此亦归里数十年真积之力，从此齐鲁人人心中知有此事，则古文字所全多矣。寸心之幸，敢告清卿之前，不足为外人道也。借拓商臤父癸敦一纸并附。傅足可使人至敝同邑在京者寓中询之。木匣加青封固，属慎护之，至企至企。八月廿五日祺又上。

二四

清卿仁兄馆丈左右：

八月廿八日得十八日手书，知齐法化砖范、豚卤拓已至，想续寄古陶五百余拓，又刀化范拓二，皈父癸敦拓一敦借拓。亦当至。国学鼎爵拓，古私玺拓三，敬谢。牺尊虽无字，昔年目睹极佳，然否？铜版二世诏字似不及所见各种。叶氏晚年所得陕贾物，多半赝作，不可不审也。三秦惜无真笃好古之论，昔见相同。然好者虽多浮慕，而陕贾则遣人四出，无所不收，有过敝地。或土厚不易出，或竟无搜访，未可定也。此地古陶亦渐有新刻，惟不能得古人之心与手之力之神，亦唯持此别之，仍时时不敢自信太过而已。今又得二百种，与前不一地，竟至千枚，且有完登、完器各一。古文即古人之心，来歆来格，俯仰悚然，深愧所学不足发明，唯企大君子启牖之耳。前地亦或可有得于秋耕时，唯拓者仅二人，竭一月不过拓陶再周，未能它及，亦闷闷。又得齐刀化残砖范一角，先拓奉寄，残者尚可有获。旧存齐造邦无法字刀一，今又得无化字一，可谓奇俪，并拓寄三纸，乞以其二分之石查、子年。幼云乃七十年世交至谊，相去日久，未详其世系，乞询之，并求三代化拓及吉金拓，当有以报之。煦堂藏印拓，亦思假阅。凡古文字以多见为幸，不必尽己有。煦堂藏器佳者，拓时切望不弃，至尊藏则乞一一不遗，如古人之心交，昔年唯子苾如是，未尝一拓不相念也。近得一汉铜器，名曰葆调，似是不完镱器，未详其名与用。闻东甫言，王以吾馆丈《史》《汉》学甚深，乞考定后，转为咨询，如贤者乐此，则秦汉文字之见于器与印者，皆将一一就正也。子年病，则古泉之再续，不能不望于石查、幼云及执事。若精刻三代化文至六朝，或止于汉，以补篆隶，亦传古一事，与古陶古玺并重，不仅编一钱史矣。附古易传，说古亦不及附古字传易。不可不于许书之上集一大成，拟之三代作者，异于玩物者所为也。以上重九前。今又得齐刀化残砖范数十而无完者，疑访者秘之。残登字七十余种，共可千一百矣。范拟拓成册，今年拓者疲于古陶，已夜以继日。又得一匜毋忌、臣毋忌两面铜印，匜字不见许书，亦汉印之奇者，乞考之。瓦器又有完者二，其一微裂。又古明器虽无字，一鬲有文如𫝦伯鬲，一素（一素）豆均古甚。十六日、十七日水始冰。范拓未出，兹先将二次古陶拓瓦登百六十又五十八纸，瓦器廿四又六纸，乞察入。傅来未至，不知前二函均至否？念念。即问道安不具。馆愚弟陈介祺顿首。光绪丁丑九月十八日亥正。

再晋省旱荒之重，此间久已闻之，来书言与闻晋省京宦移粟桑梓之事，甚善，甚大事也。未闻其详，以为筹劝转输而已，顷族弟子振之子来言即入都，询之则有吾兄十月使晋，子振随行之说，此间久无邸抄，无从访问，然弟甫目睹谷蓕，少有一二经历，敬为贤者及之。办灾之事，最苦于保甲不清，无以分别上中下户，无以真知丁口实数，无以安置聚众求乞扰乱之人，无以杜官吏侵吞虚冒之弊。地方之事，虽是官督，终须民办，方能得实，虽是民办，必须官督，公正方能出力。其公正少而奸邪多，则在官之明良，主持劝惩而已。有一分理，有一分心，方能作一分事，视乎德位，时之所至而已。人七日不食则死，转粟数千里，陆路大难救急，则谋始先须近求，图终则须远备。有土在乎有人，不可死散，无财在于无政，必信仁贤，不可为枉尺直寻，而未能有所直也。一县力不足，则一省助之，一省力不足，则数省助之，何待于外？保甲未清，不能不放粥，清则可以放粮矣。聚则为疠疫，而春暖汗出尤甚。粥不可自煮，以担粥为便，流民暂时放粥，即须遣归。总期于无处保甲不清，钱粮俱归实用，人俱安居安业，尤须力筹春种夏收之事。天下有大名不和之事，或者天心大转，冬春雪雨十分霑足，民命可以即苏耳。草野伏处，感恩忧时，敬为与事之贤者及之，万勿示一人也。谨又启。

今日时势，非派营弁带队数百随同弹压不可，盖整齐严肃，非处处有规矩纪律不可。吾兄范、富自任，视饥由己，其勤恤悲悯，必躬必亲，时时事事，用心平正切实，于有弊即思其法，闻善即广其行，则大惠之速且遍，必有不可意计者，无任驰仰。又拜。

再有人为作一文，其前后空论颇有所见，邑人欲勒之石，力阻而止。今以就正，如有益于救恤，则请于可言者寄之，写不及亦可集字。又一纸并附览。谨又启。

二五

清卿仁兄馆丈左右：

十九日族侄开运北上，一缄想察及。日来刀范古陶时有所获，拓者相助检点不暇，初拓刀范不易，拓一日夜不过数纸，快甚亦累甚。傅来运至，未见京信，不审前接福少农太守太夫人之潍县轿夫陈七十，又胶人曾在木仓路西山东京官马宅之刘仆所寄二信是否已至，《从古堂款识学》乞封交傅足。公诚乃能取信，晋商遍天下，如立局广劝，必大可观，不同他省。吾兄究系有何差使？均闷闷。朱子救荒之文，见于《文集大全》，非《全书》本。至要之事，先须各省不许遏粜，遏粜止增胥吏勒索，转加粮价而已，外粮亦不至。并未认真，且乡间亦无从禁止。本为救民，而官吏比比，真堪痛恨，即以敝邑论，亦侵吞万余金，毫无虚语，天下事可推已。傅足明日早行，手此并附李山农太保四耳敦一纸，名器知不厌复也。即问道安。晋事愿闻其指，至企。馆愚弟陈介祺顿首。

二六

清卿仁兄馆丈左右：

九月廿七日、廿九日得六日、八月廿四日两手复，并《从古堂款识学》八册，金文廿二种，敬谢敬谢。族弟子振子开运、傅足来运廿前后北上，寄书拓当察及。《从古堂款识》所缺拓，敝藏尚有可补者，月半后当细校录目记注。叔向父敦至佳，煦堂昔不属意，可易则请易之。窑鼎念之，金煦炉无二，苦宫锭亦损字，非上，温壶可不收，元兴弩更可缓，阳遂砖万不真，刻砖涂盐泥即莫辨。论古不严不可，如良友不以为妄，且将言所不敢言，而求笔之于书以待后。凡拓均不可不寄读，使竭其颛愚，以多见为至幸，即妄亦可见其用心之不敢苟也。聃敦不论，若凤翔商方鼎、趩尊则至精者。学古必寝馈其中以求真知，亦必多见多闻，非名士风雅好为高论矜己见即可造极也。吴方尊盖经火，拓尚未见，念念。三代瓦器为尊为量不敢定，形则多如来图。化刀砖范已屡有获，唯不及拓，将来与古陶俱可仿徐书黏拓挖衬纸，凡古文字皆可如此。书面湖水色高丽笺，乞为购作百本用者，此间钉裁，必不能及，或须寄恳耳。津门自不可访金石，可有人代访否？晋商必不可官劝。赈册非带多人分守清查，不令往来，不能得实，汰上户，缓中户，并可劝助，或出钱贷质田，仍令加息赎。此时言种麦已迟，十月可种，明春出亦可，不播何获？"无菜曰馑"，馑则肠细，骤饱则死。白菜真种，宜与春种之豌豆、大麦俱早晚二种。并蓄，菜多种可早食，而蔓菁、芥可伪。牛宜采买，万不可再失时，待秋收矣。东甫来，寄上古陶三百二十五拓，古印五拓。徐书之假，感不去心，不敢久留。论定之妄，唯乞大雅姑容之也。手此，即问道安不具。馆愚弟陈介祺顿首。光绪丁丑十月三日。

闻退楼有恙，未出房门，念甚。曾得音问否？示及为幸。归来喜藏画竹，与可有三，范宽一，云林一，定之一，藏于君子林，唯梅道人竹与山水无之，竹仅得刻本。厂中如见宋元画竹，乞为留意，但必须真而佳者。朱竹垞、何义门、傅青主、金冬心联佳者，皆欲收或借刻也。丝带三条，乞代定一间楼者，皆加长四寸，丝与工俱须佳，需直示及即缴。交东甫。以后有书或交东甫，或原足俱便。再请开安。祺又拜。

一间楼在前门内向东路南。

二七

清卿仁兄馆丈左右：

傅足还，仅得收信尊片。前者族子开运北上，暨胶州刘姓在京服役者、傅足、东甫均有寄拓，久未得复，至以为念。昨于邸抄见少荃节相疏请吾兄至津筹办赈务，于实心实学，详切重达宸听,即奉俞旨,星轺遄发,无任敬仰,将见晋豫数千万灾黎已大被仁人之惠,惜尚未闻其详耳。刻想航海买粮,已早于封冻前以平直买足,多船抵津。敝省东三郡于十月十一日至今屡得透雨一二尺,又大雪一二尺,来牟必可有收,即春种亦可毕出,未知北省普霑否?唯雨雪载途,转运必艰,冻馁尤易沟壑,余黎既不克堪,贤者必焦劳倍甚,殊增僻远深系。冬春尚五月余,难于接济,购种畜牛必须先事,皆须年前筹画,知苫忱必不敢缓也。"无菜曰馑",馑则肠细,骤饱则毙,菘苕皆宜多种。免疫必须力禁聚众,领粥领签,莫如担粥,随到随领。天暖秽气尤甚,行或不堇,亦易致疠。汪司业黑户逃户册费折放四条,极切官吏积弊,惜尚未及除弊之法,使必躬必亲,周咨迩察,念兹在兹,仰思继夜,鬼神可通,自必理能明,事能应,而不至无政事则财用不足,虚糜大费而实惠不能及民矣。伏乞至诚默契,大善取人,慎护匪躬,以当大事,实所至祷。积谷之事,今日必须实力行之,南省亦乞在念。前后所言,如尚有一二可采,乞代达之。敝同年丹初中丞,并为道念。昨至东甫一书,亦有属达之语,未知曾面布否?津门粮直尚乞随时示及,并言权量为企。平粜之事,亏本则易,得实则难。有识者防患于初,任事以实,则成本可廉,而减直尚不至亏本,尤重在半升、零升不过三升,使平民手握二三十文者,亦可得粮救命。然利之所在,奸狡勾通司事屡籴,强壮结成群党霸籴,使老弱男女饥饿之甚者,自朝至暮,籴不入手,且或伤跌致命。又有奸贩自局籴出,即在局外零粜,不增局价,止减局升。种种争利,悉病良民,此去岁所目击深知者,不可仅以亏本塞责,而不求事之实是,徒为官吏大开利门也。今日各省州县出示遏籴,以保本地民食为辞,私纵吏胥讹诈，不顾大局，真是五霸罪人矣。救荒之要，重在使其地粮多，粮多则价自平。运粮先须求近，不可因路远直减而忘运迟弊多，致误民命之大，其远者止可接济，粮近亦可人运，使以食力代赈。粮袋不足，亦可用胡椒袋或席包，如能运钱收银，事亦甚便。又中户有田无食者，亦可计其人口，收典其田，赡至来年五六月、九十月，加二三分息赎田，田腴人少则减其贷，田瘠人多亦增其贷，以不过原直之半或不及半为率，此最惠而不费。凡此可以节赈之举，皆可类推。祺有一册致李采臣方伯，未能饬仿也。立局平粜，必须使一到即领，分路出人，多人亦若行所无事，无克扣掺杂，无拥挤，无奸商狡籴，乃为有惠于民。其力不能籴者，则分粮施粥为正而清保甲为本，保甲一清，则地方公正笃实之人出而利弊通矣。救寒即于保甲中择真知其亟者，酌与之送至其家，救饥救寒，不使坐荒正业。莠民必须严惩，使地方安靖。不可立局施衣，号召使之聚众，聚众则万不能得实，万不能遍给，夺官权而酿大乱。朱子于一本万殊谓"析之有以极其精而不乱，斯合之有以尽其大而无余"，实为造极，徒求其大，疏漏滋多，未有能成其大者矣。夫天地古今，一人世界也，有尧舜之人，斯有尧舜之世界，其人没则其世变矣。今日救荒之事不为小，需人亦至多矣，唯在当代诸大君子以其所学之明，在在能知其地之笃实之人而善用之，而专任之，使小民之隐无不周知上达，任事之人无不循理敏事，行有不得，共勉反求，随时随事，损益变易，以共成朝廷至善至大之举，共仰儒臣辅相左右之业，则晋豫数千万之生灵幸甚，文字之友亦幸甚。手此，专足敬问道安，唯心细而能任劳为祝。光绪丁丑十一月六日丁巳。馆愚弟陈介祺顿首。

弟冬来无恙，唯古陶时至，选收释拓，终日从事于此，亦至劳冗。今竟至二千种，剔残尚多。谨以全分补寄，计瓦器拓二百十五，器字胜登，泥细之故。瓦登拓四百十二，共六百二十七纸。今日贤者之心，乞可分力及此，若有佳友以棉纸裁册黏拓，挖空衬纸，分类叙次，吾兄一阅，少加编正，即付装订如徐书，尚不重劳。或再寄阅加释亦可，然无便亦不必如此。津门藏古当不乏人，如有赠拓，即望分及。寄书由驿加转牌，必速至，但不能如此速复，欲速则请酌之。徐书第二次人便非妥者，幸无恙。东甫最妥，东甫为人，今不易得，要事可共也。前寄拓至否？共若干纸，亦求示详。刘姓未至，可即问傅足，并告令弟由京同问之。所得齐地三代古陶器多圆底，必是量。今以无字完者一奉寄，虽无字，确是三代周。齐国器，至今未毁，不可不珍。尚有如绘来式者一，欲之后再寄。刀范不及拓，直无初拓。又古印一纸，此种文字无从拟议。开运寄拓至否？切念切念。津寓及是否，尚至都？均乞示及。蚁鼻异品拓二，乞以一寄子年，尚有铅扶比布，借来再拓寄，亦二纸。再问清卿仁兄台安。十一月六日丁巳夜。弟祺又拜。

瓦器不损，付小制钱京蚨五千，损则二千。

二八

清卿仁兄馆丈大人左右：

正月廿九日得十月廿五日至十一月朔汤阴道中所寄手书，长篇小字，感慰至深。月十九日东甫录书稿，并大著《古陶文字释》四卷，二千年来古文字未发之藏，祺之世及见之，祺之友能读之，真至幸矣。退楼书来，言任刊事，诚不可缓，检目似已寄二千种，未知均得达否？兹又检十一月六日以后得者，瓦器百又三拓，瓦登百六十九拓，今日尚得二三百种未及拓，共二千六百余矣。复者残者过多，伪者亦日出，力亦有不足，拓亦甚不易，君子又有板屋之役，环顾自叹，欲从末由，塞上音书，海边风雨，殊难为情，答退楼书末三语，可以见矣。从者入都后，望即由东甫寄书，详言何日西行，见寄何者，所索何者，均当于十日内检齐，专足北上。《长安获古编》原本切望付还，《从古堂款识学》八册不可不刻，刻则请分任之。腊正以来，因先茔卅年欲改之路始得移补，未及录副，歉甚歉甚。登乃◯形，与铜高镫相似，字在柱。籀庄金文，煦堂金文印文，金文新出，汉石拓可见示者，均以得见为幸，不必必得。《古官印考证》刻本无印者，必乞代购二部。新出土六字古玺甚奇，◯即◯，◯则未详，◯见陈猷釜，◯以藏印◯字推之是匋，◯即挈，◯疑簋，◯即筵省，◯即夲，盖山虞掌进匋簋未定。筵之玺也。子◯子疑田陈玺，子和子之称，其一或剪匋耶？敀见鬶，又二考之。祺今年六十又六，而吾兄有万里壮游，晤面无从，寄书不易，可从洋照一识荆州否？每念尊藏全拓，今恐不易得矣。手此，敬问韶安，言不能尽。光绪四年二月廿七日夜子正。馆愚弟陈介祺顿首。

　　正月得尚臧玺，此式唯东卿有其一，他未见。昨日得秦诏四字残瓦一，共朱墨拓十一。

　　尊论许氏所引皆六国时古文，心目之光，实能上炬千古，此非多见能识，真积贯通，焉能及此。今人释古文，止可如此，书缺有间，以意为之者，推阐不可不详，断制不可不谨也。古陶文字不外地名、官名、器名、作者用者姓名与其事其数，若陈同残釜区字则可与罍区并称。除前由历邮寄一书，内附一纸，未知达否？今再附一共赏之。此次二百七十二纸，未及加印，乞代增，以后人便急则如此，其纸束记字则不可脱。闻有邮寄之书，今尚未至，长道馆舍想可考释，兼程则必不能矣。手此再上，唯鉴不具。祺又顿首。

孟鼎求手自精拓薄纸大更佳。佳墨本，以下半字审拓多见笔画为要。年来与伯寅、廉生书少疏，如竟能得一二十纸，必以所索之拓为报，乞勿宣也。祺本退藏而又衰老，唯与论古而又以古相贶者为不能不相质问耳。吾兄所刻所收，亦不能无一二可商者，如恕之，尚可尽其妄谬也。祺又上。

二九

清卿仁兄馆丈左右：

二月廿七日一书并陶拓交北上车便，后云交东甫，东甫有小恙，未知转致否？除前一书并陶拓一纸，由历转丹初敝同年处，当可至。福履想久如常，能胜劳，至念至念。月余所收古陶四百又二，又新得汉镜范三，一砖质而轻，其二则色白不坚，质极轻，如海水沫结成之石，昔年曾见一铁尚方镜范拓，此真至奇之品而陶父之幸，上蜡甫毕，即以初拓三纸同奉大雅，第不知何日至都，又不知尚能及此否？唯时企专足惠书，以便即缴徐金文册，并乞早寄还《长安获古编》原本及可赐之拓。古陶拓已将及三千，如有欲助以传者，乞留意。晤伯寅，乞道念。去岁止带三，未知饬作否？刻已须矣。手此，即问荩安不具。馆愚弟陈介祺顿首。戊寅四月四日癸未。

　　新得六字古铜玺一，第一字右，第二作⿰，或都异文，第三文，第四⿰，自是日上下有光，如皇之上作⿱作⿱，而许书不足征，第五⿰，似非安，第六玺，金中三点甚小，近尚臧玺，似六国书之近西周者，附二拓，乞考之。又朱文大印，上字作⿰，下字作⿰，自是乡，仍是汉官印，亦二纸。又瓦登廿八纸又二。乙亥自励句，丁丑锓木，今年初拓装成寄正，加题印可也。张力多年妥人，与东甫之仆同来，有要事，可传谕，期迫则令觅便，或专人均可。别将远，若无可言者不具。四月四日灯下。祺再上。

三〇

清卿仁兄馆丈左右：

　　月之九日得三月廿一日、廿五日自河间邮传递到手书，具详星轺于三月由晋豫过都，十二日至津，又奉命督畿南赈务，驻节河间，富、范事业，禹、稷饥溺，以身心兼之，唯有钦仰而已。窃谓仁心仁闻，民不被泽，由于不行先王之道，孟子已切言之。事愈大，政愈须明，不编户查田，则无统纪，但非今之编查不得人而敷衍耳。一面放，一面仍须立法严查，自去密必迟、速必疏之弊。若诿之心不实者理不明者，则政仍不能尽善，亦不能随时损益，而仁心或不能尽达矣。朱子论一本万殊谓"析之有以极其精而不乱，斯合之有以尽其大而无余"，盖至极之语，而学与政无不然者。仰承垂询，不敢不以拘迂奉答，唯希教之。青州办赈诸君，亦不免速疏，人数止实十之五六，而滥亦又居其半。若真行保甲，则冒滥自无，真行社仓，则常灾可免，大则数县救一县，数郡救一郡，数省救一省，何须有待于外，况更有重帑乎？坐食虽天地君父不能给，亦须使之不徒食不聚食也。吾兄既身任之，必能时时用心，事事有济，不似弟之空言慨叹，亦不仅以下车之泣塞责也。仰企仁人，自忘愚妄，即请台安不具。馆愚弟陈介祺顿首。光绪戊寅四月廿二日辛丑。

惠到古玉阳文二字玺，至佳，惜不得手摩挲之耳。此种唯见于朱文铜玺，前人谓之秦印，不知是三代，今多见，亦似六国文字。此玉质而字大者，昔所无也。⿰自是北，或从北字之省，北即背，肉后加。古文省多而假借少，似未可概以假借求之。再乞十余纸。建始长字似少晚，或非汉，然亦佳，谢谢。丝带亦先谢。河间日华砖少于君子砖，古砖瓦、古印、六朝石不乏，但恐不能分心至此等事。旋都之先，乞示及，以便致书再言古文字。附上父戊爵拓一，⿰字至奇，丙子所得者。唐宸豫门龟符，符虽不及燕庭丈者，字多而开闭俱完，又同出洛阳市，可珍也。鱼符三，左武卫将军一，朗州滑州各一，唯滑者字浅甚，俱精拓。又新获古陶五十二拓，铜玺一拓，又一。玺文第二字或是都，第四字⿰，似⿰而不可拟，⿰亦非安，乞考。镜范拓昔止见一铁者，今竟得砖者，断者是砖而轻，其二则至轻色白，轻如海水沫结之石，至奇，三拓并寄心赏。今日索拓者多，以古文字讨论酬酢者少，不报不助尤多，苦心至谊如君子者鲜矣，唯乞念我不遗耳。族子开运收字一并呈。弟深愧古人而愚直不敢不勉于贤者之前，久则可知非流俗者比也。近中道体想已复元胜劳，念甚念甚。不具。弟祺同日再上。清卿仁兄大雅。

三一

清卿仁兄馆丈左右：

今作一书交傅足，二三日内行寄京中，内拓十一，陶拓五十二，收银十两字一。尊寓录稿再由邮寄，附纸未录。由县发易迟，谓奉复。由省周折，用转牌单来则尤速。河间粮价运价，目下如何？手此，即请勋安不具。馆愚弟陈介祺顿首。四月廿二日。

再附缴存银京平松江四十两，希察入。闻香涛有自蜀携归汉石，又沧州南皮间新出刁□墓志，未知曾见拓本否？乞示及。又极大旧羊毫笔，厂肆中如有，乞代购，愈大愈佳，小者中者无用，必竹管者乃可，笔头能三寸更合用，但不可蛀耳。现用者管外露二寸五分，并以署款，尚不能作额。不用鬃笔式者。属人为一物色，佳则三五支均可。闻都中汉器与印无力收者，有妥人则寄拓言直亦可，须非市侩乃可。旧玉全红浸者亦喜收，但不能多出直。红鲜透而上泛黄土星点者佳，不论大小。剑泉所存，不知如何。古玉印则尤欲得。张诗舲印中皮聚、汪孟慈、王子寅、庄朝、昭强、田勃、仁言、许少珊、扈偓，此在念者。叶氏必有之，第未见，有亦恐在羊城劫灰中矣。心泉和尚尚存否，子年兄若何？愉庭谱成，增而未汰。力未拜复，作此匆匆不具。祺顿首。初五日。

《从古堂》不可不刻，所用刻工尚携行否，能刻徐书否？念甚。徐释厝鼎，必当补入徐书。封面湖水高丽笺，乞代购装百余本者，须纸坚色佳也。又拜。又印拓一。

照此大军机封三十，前已言及。照此大封内可用之梅红全帖十个，封套二十个，小单帖百张。九月廿四日。含英阁照。潍县陈令贻堂。

有菜更可省粮，而救肠细食饱易死之弊。秋收不过两三月事，时时须注目在还定安集与赈饥双管齐下也。高台向北，可避南风疠疫，大雨亦可涤荡，聚处最为不宜。手复，即请勋安，唯道履千万珍重不具。馆愚弟陈介祺顿首。戊寅五月廿三日。

书示赈事七病，谨复如左：一，民命至大，地方官不能专心办赈，他复何说。凡事必从根本上说起，正办者不办，不移其权而越其俎，徒多掣肘，民命绝矣。用人须笃实者，有德而才不足，上之人以政佐之，自可奉行有济。二，不全报即不普赈，亦是民隐不能周知。然既目睹有死亡过半，颗粒未领，何能坐视。三，领粮已到，户口不齐，即先令各归各庄，以赈代查。然目今情形，查时必须带勇。粗人胜于胥吏。每查过之家，派人守视，查齐同撤，以防混冒，又须责成乡老出具并无他庄混入甘结，及每家均系实在人数，并五家互结，再带同本地公正绅耆帮办，并许请奖。其闻风而至者，必不能免，须于境外以放代送，行二三十里而复发，令其各归本地，不许聚行，不许入城入庄，以防滋事。四，即前事所有。五，同。六，假手胥吏，万万不可，必须一人不用。一县之大，岂能无人，择而试之可矣。胥吏天良汩没已久，万恶俱能，惟众咻其官，浸润肤愬以蔽之，万无可用之理。勇粗人可暂用，荒年拐骗妇女最多。七，闻赈归来，必不可不补，其亲族乡里自有真知，但不可使居邻境者重领。来归是大好事，岂可不速定哀鸿。

示及一月以来车无停辙，勤最要，能用人则勤，其大者以劳心为尤要，能用一分心，便少死一分人矣。惰者警之，仍是可警者。缓者促之，仍是可促者。有弊则惩之，知为难。不足则请益之，无足时，然亦须筹画，如令富者收典田地，计口救人，即收息二三分，亦无不可。惟散收则不赎难种，非官为主持不可。官得人难，则不如以帑收典，典价廉则不赎亦易售，然得人经理亦不易。前年祺曾试行于祭田庄，造册请之，李署抚未复。今宝司成所言相同而未备，且亦晚，此须行之未离散时。无论国帑民财，必须使之无害乃可，此可省无数帑赈也。人少则群助之，人必须妥，好人不喜多事，有才者止可使为好人之副。过严者导之以宽，此语未详何指，严或是刻意。窒碍者改弦而更张之，随时有弊随改，事毕乃已。未暇求密，疏则少济人。以速为贵，迟则玩视民命。未暇防滥，自不可滥。以救死为急，此是正文。逐劣幕，诛劣董，玩视民瘼，殊堪发指，此仁心也，惜见之不早，行之不豫，惩之不力，已害数千万之命（无好官从何处救民命起，乱止是无人），数千万之帑矣（无财止是无人）。筹给籽种，不如此无归宿，放粥不如米，米不如钱。昔人止是使人尚可自谋生计，不奔走坐食，坐食虽天地君父皆不能给，又可免聚众，聚众之大害在蒸为疠疫，此必不可不防慎者。前此敝邑幸免于是，以担粥与放粮皆随到随领也。籽粒之中，仍寓抚恤之意，意则厚矣，我为政则似无须行权。坐地待查，甚善，亦须派勇监之，不许乱动，可省喧争之弊。就此造册，已是户口之根，可以覆查，非与户口异也。各条均善，敬佩敬佩，兹不复录。惟实心用心，则愈行愈善，愈得人愈能遍及，有可矜式。论事前则九年之蓄，三十年之通，为社仓之本，制国之大经。又保甲为至要之法，治人一大底账也，岂可离乎？

蒋下自是升字，玉印打本求早寄。河间好古者颇多，雨后可拾，耕时可出，途人不能知也。署潍德名铨，交河令姓名示及，以通驿为便。陶又得百余，今年不多，陶图已成二十余，甫有稿，容再寄。时纸未存稿，乞饬胥录付。唯仰祝此时仁惠广被，将来再以文字多多见寄耳。又拜。

三二

清卿仁兄馆丈学士大人左右：

七月十七日奉初九日宁津所递手书并古玉玺拓，敬谢敬谢。前阅邸抄，欣悉恩晋侍读学士衔，即思电贺，以同堂中有不如意事，又为酷热所苦，又为未续得惠缄，未知星轺所历，遂至久稽，歉慕无似。今天心转移，闻畿南尤先旱后雨，刻想赈事早毕，文旆抵津抵都，定已再膺特荐，上荷殊恩，知深简重，不必再西行矣，驰念之至。此次晋豫大灾，虽圣恩至重，而伤人多处，至不可问，终是法未尽善于始，司事未能实尽其力。盖理明而后法善，而后能知人用人，随事补救，而能竭一人之力，如大君子者，岂可多得，敬佩敬佩。古陶今得邑人姚公符学桓作图，尚静细。今寄图屏六十二幅，又矢胸盘_{有考，未及书}。大纸者一幅，_{共六十三}。纸背少有次序。公符寒士，以笔墨为生，乞酌助之。如欲作册，乞寄纸样来，大者须横装也。残陶今夏秋少所得，盖日久地面日少，非耕余遇大雨不易觅，有亦剔残而已。出少则觅者亦少，虽有力者亦未易即得，是以不与人争矣。_{此齐地者}。鲁地远而往者少，是以尚可有得，特复者多。昨日得五百种，复者三百五十，好之故不能汰，又汰甚则不求，似古于齐者，齐出似皆秦灭齐所损，故晚也。唯又同得秦瓦量诏字残片二为快，闻有一片二三字者，牧竖持之索一千，_{与五百}。未及增，已怒碎之为可惜耳。今先拓未复者百四十四纸，余虽复，亦有精者，容选拓再寄。又秦诏残瓦字各二纸，乞鉴之。年来拓事困于古陶，计其成数三千，拓五十文一纸即可，有爱而欲助者，乞留意。既悉索敝藏新得以奉左右，<u>以后顶格，可见心衰失养</u>。亦望以兄所藏全分无遗。相去若远，弟年益衰，兄秩日上，不可不早使一见也。弟之存心，本求责实去私，于不能已者辄不量力，而古文字之好同之。兢兢以玩物为惧，六十以前廿年已力屏之，今复乐此，心不能已，时亦自儆。是以偶语自述，必以义理与古文字并论，终恐重其所轻，贤者其何以诲之耶？东土黄水屡涨，尚未见自都来者，《从古堂》八册尚未敢即寄，少迟冰冻，得兄书后，即当专足至都或至苏也。《长安获古》稿本乞交东甫。陶文已粗编次，尚未定。前至陕署刻工姓名、住址、工直，乞示及。手此奉贺，即问道安不具。馆愚弟陈介祺顿首。光绪戊寅十月九日。

钟鼎文同漆简面，程朱语见鲁论心。饕餮云雷真法象，典谟书契古精神。书味养心存赤气，墨华传古附青云。日守旧编寻孔乐，天留古器补秦燔。好古文儆徇玩物，明至理耻动机心。一室莫如书作伴，千秋唯以古为师。乞赐书并题。

三三

清卿仁兄馆丈学士大人左右：

十月初旬曾由舍亲郭虞琴寄书，并新得古陶拓数百纸，又似并寄古陶图屏六十余幅，计十月末可至。月十日奉十月十四日手书，知已于八月末从者由津至都，引见后想即备召对，简深任重，俾天下大被尧舜之泽，仰望之切，不仅友朋矣。示及拂意之事，唯祈为老母为天下自爱而已。承惠彝器范镜印瓦砖之拓，至三百五十九种之多，又它家印文九十八，敬谢敬谢。日来冗杂，容一一读过再复。今晚闻有北上急足，先此手答，奉缴徐籀庄先生《从古堂款识学》八册，新得古陶拓八十八纸，均乞察入。徐书如刊，当助成之。瞿氏《古官印考证》，不必有印，急思一读，乞留意。《长安获古编》稿本乞交东甫寄下。松竹斋湖色东笺如装徐书者，乞手选色雅一律又光不易毛者百余幅，亦固护交东甫寄，直由东甫代归。以欲装陶拓二部，又齐法化范千枚，已拓成一分，均待装也，至企至企。此问道安不具。馆愚弟陈介祺顿首。光绪戊寅十一月十四日。

三四

清卿仁兄学士大人左右：

前寄古陶图屏后，又复缴徐氏《从古堂款识学》八册，系东武李足常云手。又属东甫询问李足是否已到，有无损伤，并有古陶拓，念念。今想从者由津至都，温语召对矣。《长安获古编》原稿，代购湖色东笺，想已交东甫，并详示近状，企切企切。齐刀化目一纸，系与徐书纸式同，仅甫成二分，一自存，一五十金可让，乞留意。又古陶，三十五纸。古玺，一，二纸。印一，一纸。拓附。子嘉专便。手此，即问道安，并颂年禧不具。馆愚弟陈介祺顿首。光绪戊寅十二月五日夜霰。

三五

清卿仁兄观察大人左右：

月十三日奉前月廿七日手复，并代购东笺一束，古印样本一册，敬谢敬谢。欣闻十七日温语召对，力陈民困，又询及牧令贤否，仰见求治之殷，千载一时，知贤者已必详言今日所见情形之难，与平日所学反求诸己之要，知人用人之本，以仰报德意于万一，而不必以一二举错应命矣，企慰无喻。古人用人，必为其孝养计，今朝廷之于君子，合于古矣，兄之感恩，宜何如耶？弟昨与东甫事后论旱灾书甚妄，乞阅而教之。东省冬令雪少，极盼祥霙，未知他省如何耳。手此复谢，敬问道安，专贺大喜，并颂春禧不具。馆愚弟陈介祺顿首。戊寅十二月廿日。

新得古陶拓二百卅三纸，秦诏残瓦二纸，奉鉴。瓦登图又可增八幅，唯字复不奇耳。姚君属代敬谢。《长安获古编》稿本，乞交东甫。楹帖可缓。尚有"陶文齐鲁三千种，印篆官私一万方"一联，第十字虽系先人排行公共字，可援言征之义，然究不敢自书，乞酌易写之。傅青主五七言联，乞代购真者付刻，冬心佳者亦企，少费无妨。傅联已刻一十一字极长者。晋中古玺古化时出，亦有吉金，富人陈设，亦当有有字者。玉印㸚字，自是戚异文，同㸚，虽佳而不及𢎩𢎨。样本印多佳者，集降尹中后候至佳而少须审定，武城右尉似损后少刻，渔阳右尉少弱，槀街则不可多得，内者似伪珠，𢎨当是元，究以官印为上。前寄读者加注，今录后。安成侯，疑。汝南尉，次。虎步，长方官印，次。孙武、苏步胜、赵贤、韩并、斩延年、玉印，次。圕，次，古玺。杜子声，疑元。吕钧，弱。蜀郡范澈，晚。龙毋方，次。朱生之印，次。张嗣五，可去，私印。百尝，以为秦前，附官印。巨秦。毕君，汉。黄神下乃使字损，汉官。朱乃❍印，晚，元人，古蜡封六朝束中。率归，晚而佳。世辅公佐，两面，同。愚，疑西夏，《（百二）【二百】兰亭印》中有大者二，宋元印，未知是否，乞教之。行期乞先示，有便尚乞再惠数行。祺又拜。

　　东笺再求代购二十张，直由东甫处还。务必原样大小原色。含英阁红色东笺，笺有"簠斋"字者，乞属作六七百张，此次无之，故用薛笺，书并交东甫。端节前即清楚。厂店乞留意傅、金书联，傅画亦极爱之，至晋乞留意，字已收得不少。寄东信由汇兑庄寄济南汇兑庄，至济交青城儒学泺源书院监院田印名撰字椒农处，或惠丰典章丘高氏司事潍谭名玉书字藜堂。

三六

清卿仁兄馆丈观察大人左右：

　　昨日邮寄手书，藉谂升履绥安，慈侍康娱，欣慰之至。自闻荣任河北，即欲具书，以都中及登途到省到任之繁冗，未敢上渎记室。乃蒙四次赐缄，并荷助传古之资五十两，付还《长安获古编》原本，敬谢敬谢。族弟子振仰栽植于生前，施成全于没后，仁人大德，敝族同钦，不仅弟一人之感。遵示将来目并银十两即交族子开运手，令于二十日星夜遄行，免致河冻舟胶，更增费用，厚意已录谕之。附上封泥拓全分五百余纸，新得古陶拓数百纸，以弟在先茔居庐监视工匠，月末方归，令家中检封详目，齐刀化范拓尚未加印。姚公符亦作古，须别倩人为之。客冬今春夏常在阡次,风日寒暑,目甚昏眊,直未看书作字,春亡同居同堂之弟,秋亡自幼相依失怙恃甫嫁之孙女,弟亦患病甚久,今始已愈,幸未妨起居耳,知念及之。伯寅大寇寄古钱化手拓,尚未报,歉歉。闻由历收古陶,想已富,见拓本否?弟近几不收矣。今日作伪日多,金难于陶且然,况瓦砾乎。容再专贺详复。手此先谢,以后有寄物,专足亦费无多而妥,不必定觅潍便。此问勋安不具。馆愚弟功陈介祺顿首。己卯九月十九日灵阜居庐。

附上陶器拓四百十二纸,_{计十一束}。封泥拓全分共五百零九纸。

陈𢎛,田陈,齐。好畤,从日,ᗡᗡ,古亦似周,以下陕。大廿九,疑始皇廿九年。咸原少婴,疑瘗殇所用。咸亭阳安吉器,吉即明。宁土,或士,莽。日利千万,空有文,新而精,又,_{无文}。又。日利万万,万万不多见。千万。鸟文日利。殳文日_{叠文}。利,唐官印而有所本,此其权舆,又,又,又,_{利不叠文}。又。日殳。利。_{鱼鸟}。日利,长方,一二三。左得,真。以上陕。祝谭之印,齐。扑满,一,陕,又,半,陕。二分共五十二纸,未及题字加印。

中国国家图书馆藏
陈介祺致潘祖荫手札

一

伯寅世大兄少农大人台座：

归里廿年，久隔京华音问，前承惠缄，并赐新刻《丛书》，时以老妻长子相继去世，心绪至恶，不能搦管，久之则欲言而嗫嚅，又畏斟酌字句，心怯目眣，遂益迟迟，自省多疚，知大君子必不深责也。六月又于雪帆兄处寄手翰并大刻各种，齿及贱名，尤深惶悚。子年兄处又屡寄尊斋新获彝器各拓，自以邰钟为至精。兹妄释其文，寄请教正，尤望寄示考释，并指缪误是企，仍由子年兄转寄甚便，不敢求专复也。外金文三十二纸，乞鉴定。邰钟可拓四纸，以小者刻尊考传之，拓成先望赐寄。弟衰病无善状，又事事须自为，无悠游之乐，不足为大雅道也。手复，即问台安。尊大人前，乞过庭言及仰念不具。世愚弟陈介祺顿首。癸酉闰六月六日。

寿卿复伯寅笔记。①

圣人制器尚象，皆有取义，又取施不穷。云雷取其文也，回文者是，牺首、羊首、米粟取其养也，乳形者同，饕餮取戒贪也，龙取其变，虎取威仪，虎文尤多，重威仪也，蜩取其洁，熊取其猛，纲目取其有经纬也，未可以殚述也。古玉则尤多虎文，盖威仪尤见于佩服也。后人制器，舍其规矩则不方圆。瓷器佳者，必似铜制，乃为雅赏也。古金古玉之文，拓而图之，亦可传世，惜无及之者。非今人所能为，而非文字所可比也。

---

① 以下文字亦见于《簠斋尺牍》第911—919页，为抄录本。陈介祺所书原札，大部分见于中国国家图书馆所藏陈介祺致潘祖荫手札，但尚有缺页，且次序或有错乱，故此次整理仍以《簠斋尺牍》为准，并参照陈氏原札。

后人形制花文皆不如古，只是处处无学问耳。同一三代之器，文与制皆可别其先后，多见自能知之，相形自别。

无字钟之圆文，乃虎额旋毛文也。字不可见，即有亦微细之甚。去铜上青绿，醋与梅水最劣，张叔未家无不清剔。见字之器，可问平斋，勿冒昧从事也。无字钟多薄，余藏其八，平生所见亦一二十器。㊟见楚公钟。鼓间多虎面文。王朝与诸国异文异制，亦多见自知。

《古玉图》乃伪书，与传世者文异，皆以古铜器成书仿之。

古人铸器，不尽有字。余见函皇父敦为二，原属有字无字交错，色泽原痕宛然，留有文者合为一，而归其无字者。古器无文不恶，伪字则恶矣。

铜丝细刷可见字而甚有损，醋与梅水久浸则成新铜，至劣。嘉兴张氏剔器之法虽善，而字边铜之锋铓则失神，当询之退楼而酌用之。或曰以油浸久亦可，未试过。吴与张来往浃洽，张氏浓煎白芨胶拓法亦可询。拓勿惜棉纸，以器属人拓，裁纸付之最妥。佳墨只是黑，劣反是。帛亦须丝圆佳者。棉勿令全湿，包宜扎紧，手勿重，令包入字。为张氏曾拓字之人，必须访见询之。

铜器不可上蜡，尤不可上黄蜡。木座勿雕镂。

拓字勿使器动，磨出铜色。以纸糊易磨处，器底亦可糊。近多拓，始知此弊。

金文有刻本者，亦并分类附装。装册以字多者居前，一二字者居末，不必别为商周，得真拓则再装入。见难得之本，则钩摹装入。伪器之拓，别装附册，无须分器分字。余纸不必多留。真者固多见而知其美，伪者亦多见而知其恶，不必弃之。刻本亦同。其摹刻失真而非伪者，如《博古图》、《考古图》、王薛诸书，均须编入，于古人文意篆势，皆可推求。拟议甚有裨于三代文字之学也，必以广收拓本、摹本、刻本，分类分字数，选真装册为主，选余亦必附装，存质勿遗。不知器名，别为一册俟考。刻本图铭，均可剪装。

金文考据题咏，有见必录，不必意为去取。

古书凡言古器及铭文者，必录为一编，分经史子集。

古今《说文》家言，必当分字采附《说文》字之下。以一字为一册，以便续补。训诂音韵各书，亦当分字附后。

金文之字，亦当摹冠《说文》各字之上。《说文》所无之字，附于各部后。

金文文法，宜编体例。

今存之器，有图为佳。

斤权宜先校汉器以定今权而并载之。

尺度宜以建初尺校今尺而并载之，建初外，今无古尺也。

铭文必定所在，必记行数字数。

器或文或素必记。

器所出之地，所藏之家，流传之自，知者必记。

金文释文必定句读。必于字下双行，先注古字如器，次注今字释之。

金文释文必分段，必详起结，必讲文法。

金文以三代文字为重。秦无文字，汉器之铭无文章，记年月、尺寸、斤两、地名、器名、官名、工名而已，后世则并此而无之矣。

三代在上位者以德，有德者必有言，故有文字。三代后在上位者以才，德不足者言不足，故无文字。

金文标目当以作器者为主，不可书其祖若父以为器名。惟媵器则所出之地，非作器者之地，不可不知。

作器之例，亦当编记。其曰"作宝尊彝"，曰"帚<small>归</small>。女彝"，余谓皆市鬻物。其无文字者，或不尽有文，或竟无文，或市鬻，或六朝以前物，不可一概论也。

汉器纪所容之升斗，虽不能合古，尚可据考。

吉金必以经传考定其器与器之用。<small>制、名、用。</small>

吉金宜分爨与不爨之用。

酒器宜分饮器盛酒器之别。<small>古人饮酒似不热。觯是寻常使用之饮器，斝非饮器。</small>

食器宜别，文有黍、稷、稻、粱者是也。

牛、羊、豕、禽、鱼、鹑、牛首、羊首器之别。

大鼎、中鼎、小鼎之别，圆鼎、方鼎、长方鼎之别。

有足无足，有耳无耳，有盖无盖之别。

量器之别，钟与区鍨之类是也。

温器之别，铫之类也。

盥器之别，匜洗是也。

烝器之别，甗与甗鼎是也。

熨器之别。

豆、登、烛、镫之别。

符、节之别，叶氏龙节、余存鲁丸是也。<small>龙节阮氏系汉，非。</small>

爨器之别，鬲鼎是也。

角之角，爵之角，爵之两柱警目，三足戒倾。觚之觚，尊之觚，皆取义之制也。

兵器之别。

父辛卣①九行五十四字，潘伯寅少农藏，器泐而拓不致。

用册作父辛🔲尊。🔲🔲似名。🔲🔲子子孙孙宝🔲🔲🔲子🔲先。🔲从二自，不从二百。🔲亡无。🔲🔲🔲孙不🔲🔲🔲器繁文。🔲兄，又似邦。🔲似铸。🔲用作大🔲似谟。于🔲乃。且祖。🔲父母多🔲母毋。念🔲🔲🔲🔲乃。🔲泐，秖侮。🔲𦉢。🔲寡。🔲🔲，泐。🔲🔲，泐。🔲🔲，泐。🔲🔲，泐。不剌。

此纸未留稿，伯寅阅后，与精拓同付还，再校释之。

二

伯寅尊兄少农世大人台座：

七月九日奉闰月十八日手复，并《款识图说》册、金文各种，敬谢敬谢。祺于金文思通古人之意，而读书识字不多，乃承谦奖过辞，愧悚多矣。兹奉簠文一、簋二、鼎五、卣七、尊四、又一、敦三、壶盘铎各一、匜四，共卅纸，乞审定之，尤企旧拓及他家藏器拓分副之，及余具附纸。即问台安不备。馆世愚弟陈介祺顿首。癸酉七月十日。

陈寿卿致潘伯寅书。副笺。②

大著《款识》刻叙清真雅正，是心知其意者。吉金出土，一毁于锄犁，再毁于争夺，三毁于销镕，四毁于刻字，不仅传世古

---

① 今称作册益卣，收录于《殷周金文集成》5427 号，可参看。
② 以下文字亦见于《簠斋尺牍》第 906—910 页，为抄录本。今据中国国家图书馆藏陈介祺致潘祖荫手札，可知当附于此。

之七厄矣。三蔽立论极是，须实践之。寒士得片纸即足，只在勤不勤耳。拓与刻之功，与藏器并。

大刻精则至极，惟工匠得古意不易耳。过精则刷印易损，先干后湿，均易损板，不可不用上细扇料棉连兼衬纸。半页勿至折处。裹角易蛀，用绘绢淡色亦可。叙求十分，以示同人。书求十部，由子年兄缴直。勿使梓人私印，墨之美在黑，新墨近售者。则白，好墨研细多用即是重墨，不能印二次也。初印可珍之至。多印文与考，而少印图。

叙中云"藏器不多"，夫多不如真，真不如精，古而精足矣，奚以多为？得可存者十，不如得精者一。古器朽则生绿，字中绿下有铜汗黑灰，伪者无之，此铜贩能知，若我辈则以字与文知之。古人力足气足，有真精贯其中而充于颠末，法即在此。须以此求之。已有真器数十，有余师矣。如肯极力裁汰而不以为妄，则前所谓见器乃可定者，疑者过半，即真亦非古人佳者，审器自定之足矣。妄甚妄甚。过奇亦即可疑。器则勿滥，说则勿繁，引伸勿过驰。

尊著至之次日，平斋兄亦以所刻《彝器图释》寄。其中亦有一二可疑者，鉴古之不易如此。图与字则逊矣，或较前惜费，而刻手不如前耶？尊刻不著尺寸斤两，何耶？宋以来至今金文书，分器汇刻为巨观，《西清》《宁寿》尤切。二书尤要，不必咎其摹文之失。阮氏以后书，摹文不失者，亦分器汇刻之，更为巨制，不必以待考不成。不摹文而有说，甚无谓，摹文善而说不备，亦大惠于后来，不必有图也。

季玉世叔收藏自甚富，想已成书稿。盂鼎拙释只缺数字，以每行下三字得善拓为切。倘归清閟，则更可剔拓矣。剔字不可动字边，以大针等自画中捻动，听其自落。见铜色已有损，剔字最易失真，不可不谨。宗周钟拓，瞿木夫、吴侃叔著作，乞留意。祺又拜。_{收到各拓，乞示目。所言乞饬胥录副，见答即批寄。}

邰钟不可无悬，宜参古制，以意仿之，而勿纤巧。三大者可一悬，小者自为一悬附之。昔于东卿兄处，见翁宜泉叔氏钟悬上有一版〰如此，盖仿业形。业之大版似当平施而前捷，业以悬钟。崇牙树羽龙簨虡，试令巧工能浑朴者语以思之，而必不可如今帽镜式、各文庙钟悬式，倘得佳制，则敝藏亦可仿为矣。古器多须以粗白木箱作格盛之，质朽须护惜之。

尊藏名人书联，如竹垞、亭林、青主、冬心、义门、顽伯、老莲、穆倩、得天、板桥用笔有逸趣而生者之五七言，乞将佳者示目，当以所欲刻求赐假付刊，明人椒山、道邻、鸿宝、石斋有可假者，亦乞留意。又拜。

三

伯寅尊兄少农世大人台座：

八月八日奉手书，并《款识》刻十册，敬谢敬谢。传闻荣秉文衡，当为天下得绩学士矣。世叔大人想安健如常，喜占勿药，念念。示近兼部，未知是吏部否？先文悫公官册，曾求选司白建侯兄属吏为写全分，已具润笔，昨又函恳，尚未得复，乞为留意，万勿为省费也，敬恳敬恳。又先从兄介眉专祠赐恤，案有可否赠太仆两式，乞见驾部诸君询之。_{或云赠衔由吏部。}此等事由吏办可妥，祺又未能入都，倘云不可，则可从缓也。附上己亥方鼎残片，弓即扬，作者名。天君鼎，伯鱼鼎，旁鼎，陪鼎。商盖，眉殊器鼎，鼎五。癸山敦，城虢遣生敦，君夫敦盖，敦三。瑟仲狂卣小。器，父丁斝，綒忠君餅，各一。龚妊残甗，伯贞残甗，甗片二。共十四纸，乞察存。别纸及复子年兄书，均希鉴及。张允勷真器知者三，伪者见其一，鼍矶岛残字甚少，似唐宋，琴亭侯为夫人李义买山石则新伪者，他无所闻也。史联缴谢。即问台安不备。世愚弟陈介祺顿首。同治癸酉八月廿九日。

四耳敦当名聃敦，文中"唯聃"即聃，臣子作器纪大事，不能不书名而曰朕也，近定此而考释乃定。

《西清》器可见，亦可拓否，《续鉴》可摹否？盂鼎如可得，即以字少二十器易之，亦不为过，不可失也。金文必讲求篆法，乃知篆意，一画之两端是法，一画之中是力，力足则在下笔时，凡运腕须指定不动之谓定。笔正，始能运腕，提则用笔如锥，沉则如杵，作此画不知第二画，作此字不知下一字，笔笔完全，合成一字，字字完全，合成一篇，虽欹整疏密，自然一气，深思多见，自能真知，不求此而徒好奇，人将以奇给我矣。古人之文，自有矩矱，好其文理，胜于好其笔画之增减，为许氏所限，久之自无以真为伪，以伪为真之弊。愚者自言所得，以非为是，唯教正之。祺再拜。

四

伯寅世仁兄少宰大人台座：

十月九日、十日迭奉九月十三日、望日、十九日、廿一日赐书四缄,殷念如此,愧感交并,所望惟此,为天下得人,不仅文字之雅也。先文悫公官册,仰蒙饬属录寄,敬领之下,感德莫名。尚有请者,先君三十二岁始生祺,成童以前,未能详识各差使年月,故有是请,今读录本,仍似节录,敬求再赐假十金,传该管吏交付,作为纸笔之费,令贴写再录清本一分,一字勿遗,倘字过多,即再付十金,亦无不可,其建侯兄处十金,一并与之为妥。仰渎尊听,伏乞玉成。先从兄介眉赠太仆衔已见史传,可无再查矣,敬并叩谢。祺愚直陋妄,撝谦益滋其愧。乡墨题名领到。盂鼎自无可疑,君子一言以为不智,清卿亲见其器,自当可去成见,而笃爱更甚吾辈矣。尤望早成全图,并精拓其文,多惠数十纸为企耳。衮敦器盖全者,叶氏以二百千得之厂肆,当厄于汉阳,此别一器,仲饴小倩曾怂恿予二百金自以收之,为是卣文至佳,以"不救鳏寡"文推之,自是周初器。剔之不可不慎,以秃针捻画之中,听其自动而勿损边为要,切忌用刀。吴小山在敝斋半年,学拓未成,图阳泉使者炉一尚可,闻父子作画,无意出游,此等乃文人伏案余事,非躁者所耐也。邀中觯自是精品,白𤱿敦记在阮书,此作字可校之,关中亦见一拓,均平平,而未必伪,季隻则似伪矣,杞伯盨之名却无二,非伪。张允勤处有一鼎,又借拓一尨姞敦,尨当即东蒙之蒙,云其戚所存。容检得奉寄。汪岚坡之图未甚合法,清卿至精,只欠一古,图成再拓原象形文,求神似则备矣。张玉斧双钩亦未甚善,二钩本不爽毫发,一中锋遒古,一秀弱则大异,可见凡事皆不能挦著,必诚求之,小大无异理也。各拓容陆续报命。分字编各《说文》家言,何不延友为之剪贴,则坊中工人能为之耳。金文亦可摹附,有所得想必即释,乞并录目示,以拓为贵,不必定收其器也。重刊各金文书加释亦要事。手肃敬谢,上问台安不备。馆世愚弟陈介祺顿首。癸酉十月十一日丙戌戌刻复。

足行迟一日,检虢叔编钟拓一,楚公受钟拓三,附封一缄,又龙姞敦、□鼎各一纸。笺纸等敬谢,惟不安耳。又拜。

作图之法,以得其器之中之尺寸为主,以细竹筋丝或铜细丝穿于木片中,使其丝端抵器,则其尺寸可准。然此法却未曾试,其理却甚明。他人则以意绘,以纸背剪拟而已。大小尺寸定,一侧即见器之阴阳向背,其侧之合否,熟看自知。图稿绘定,分拓凑合而已。洋照法则须以纸上器,而以墨或绿拓之,有白地乃可照,但有近大远小之弊,细文固宜细,粗花则吴氏两罍轩作粗画而不双钩为合,<small>平斋心绪不佳,未闻其为何。</small>照兰竹花卉作谱亦佳。画以得迎面枝法为难,今之照法胜古人粉本,第不知古人之笔出于古人之心,时代限之,有不能强者耳。又拜。

五

十二日傅足行,敬复谢一书,想已至。行后细审寰敦拓本,竟是伪作,如真之□,寰之□,□之□,与虎之□,不一而足,其碎切痕亦宛然,恐前言误左右,致縻多金,其二敦亦不可信,此即都中刻铜墨合诸人逐利所为。左右多致真拓,玩其每笔之篆法与通篇自然之章法,勿徇好奇急获之见,而平心察之,自易易耳。所重原在古人文字,岂有就文字不可定真伪者?其见器乃定者,亦非古人佳文字也。此上伯寅世仁兄少宰大人左右。祺顿首。癸酉十月十七日。

前欲购者确非此拓。又拜。

此种纸有细薄而紧者,作笺亦佳,此间刻手颜色俱劣,托廉生兄可代制否?

六

今日拓工自琅琊台还,已三月之久矣。驰上精拓四纸,乞与子年兄分存之。其东面向海者字甚多,当是始皇诏,虽漫漶莫辨一字,然前此未经人道,殊可珍。其西面乃二世诏,兹于"五大夫杨樛"前又多出"五夫"二字一行,今日之拓,盖莫善于此矣。其南虽为明人刻"长天一色",然是石裂而仆,非磨刻。其北则无字。何伯瑜以所费将及百金,居奇以为游资,有欲即得者,与精拓延光共四金,迟则来春醵资自拓,并可拓晋石也。匆匆再上伯寅少宰左右。癸酉十月十八日癸巳。馆世愚弟祺顿首。

国学石鼓精拓,乞五七分以惠同好,或可得新获本也。羊毫笔近喜用大者,尊藏二十年前者乞一二十支,并极大者一二支,以书额者作联,联者作屏,屏者作小字,尤望极大者一二竹管者作额也。又拜。

七

伯寅尊兄少农世大人左右:

十一月十日雪夜手复至。官册昔非无录本，特不详耳，伏乞进署时传该管吏持册呈阅，属录一字不遗本为企，敬先拜谢。新得邰钟二甚精，当可以六邰钟名室矣。闻《宁寿古鉴》载内府藏十一古钟，纯庙时补铸其一，未知是一时所作，文字相同否？若人间则吾兄获古之福，即此已为未有矣。斯物出有年，今始因君子而彰，亦文字之盛矣，叹羡奚似。祖丁卣第一字甚奇古，是作者名，记张叔未藏器有一字略近此者，徐籀庄释为折，似亦是作卣者名，俟检出再摹录奉寄。此当是商末器也。分字《说文》之编，一通文理静细者督一工人稳细者，一部一部剪贴之即可。金文随见随摹，入字下部后即可。《丛录》似分类为有条理，且可多收，书名尚可再酌。得金文佳者，乞假观，已得者，乞释文也，有目释则可校敝藏之有无。似以先刊摹文释文为亟，而以自成书为其次，乞教之。附上庙形古乳敦，似非享字。伯鱼敦器盖，丰囯。兮姓。卩名。敦器盖，叔未有一器。伯髙乔。敦，城虢事。遣生敦，非子孙卣，父乙二、父丁二。矢伯鸡卣二。皆器盖，舟万父丁小卣，父乙子孙觚，共十五纸，乞考定，仍望合前寄统示一目。雪后此间忽极寒，北去千里不知如何栗烈，销寒雅集，定多佳咏矣。手此，即问台安不备。馆世愚弟陈介祺顿首。同治癸酉十一月望。

懋安所云，思竭所知以佐千秋之业，承属谨当守潜默之素志，勿过虑也。拓本奢望每种一二十纸以公同志，尤望佳墨细薄绵连扇料纸者，不严多也。切勿惜纸，或都市无之，贵乡当易得，以薄软为上。钟图最易作，上列有字一面，下列无字一面，即有大小，唯取肩平甬宽，以纸隔，如其式即可。乞邰钟大小幅数屏，想不见拒也。或拓不易正，则以拓本用水笔撕之，使墨外留纸毛，即以糊笔黏毛，候干将背面复纸再以水笔撕去，留毛再黏，即可装矣。邵钟愚释翼字下乞直作"古翼字见盂鼎"，张孝达释翼谥甚详确，不必又作戴。鑪铝从虍甚明，可定鑪铝非一字，至笔记则未可刻也。竹朋兄有《续泉说》寄子年兄，复注数十则未及编次，乞订正之。戴文节《古泉丛话》可见文人之作无不大雅，若摹原文与形精刻，略有释文，以从钟鼎文字摹释之后，可为大观，使人文思玩味无穷，瞻仰君子，惟有永企。祺再拜。十一月望。

八

伯寅尊兄少农世大人台座：

　　十六日奉十一月手书三缄，并大刻《款识》、羊毫大笔十、邵钟拓、石鼓各拓之赐，敬谢敬谢。新春新年，遥惟恩遇日新，侍奉益健，勋猷丕焕，福禄来崇，莫名仰颂。官册敬再叩谢，余详子年书中。各拓新正检汇报命，油浸可剔子母印锈，未试于器。封敦乞拓本，制同吴藏而似小。手此敬谢厚爱，敬问台安，并颂新禧不宣。世愚弟陈介祺顿首。尊翁世叔大人前，乞代禀贺新禧。同治癸酉十二月立春后一日。

　　急足有少暇，检近拓新莽钟四纸，为荓禄之颂。年内内廷趋直益勤，想无暇及此，岁朝清供以锡筒入古器，松柏竹梅唐花皆可插，亦殊足为尊藏增色也。又拜。

九

伯寅尊兄世大人台座：

　　僻处未见邸抄，忽传以科场磨勘被议，大臣之去，以士子策中二语，亦可以告无罪矣。即日光复，定在意中，执事当不以暂退悻悻，不敢以多辞奉慰也。精拓琅琊台秦刻四纸，乞察入。徐吉尚未归，近便或不乏，容再布。即问台安不备。馆世愚弟陈介祺顿首。甲戌正月廿一日。

一〇

伯寅尊兄世大人台座：

　　新正廿二日得去腊十九日、廿九日手书，二月二日又得正月十九日书，并于子年书中闻已承恩命，复直南斋，虽部务亦可即复，而日来清近之福，文字之暇，亦数年来所未得者，其乐可知。又左相以孟鼎相归，其古怀慊足，亦可谓蔑以加矣，唯有驰羡而已。前索秦瓦拓本，经冬历春，始拓全数分。先自题一分，属同邑新拔贡曹君代录一分寄上，共百九十七纸。愧多病未能自书，乞亮之。承惠《款识》第二册，并子年札刻、吉金各拓，敬谢。唯《笔记》附焉，惭悚无已而已。此复，即请台安，并贺大喜，余详附答不具。甲戌二月十三日馆世愚弟陈介祺顿首。

　　山东癸酉科拔贡生曹鸿勋，祖孚中，道光壬午科举人，大挑一等，广东鹤山县知县。

一一

伯寅仁兄世大人台座：

　　三月廿日奉手书多纸，并金文如瓦文数，敬谢。兹有傅足急便，今春拓得古兵将毕，秉烛检卅三纸，以今日新刻印识之，其目与释在廉生书中，匆悤不及再录，亮之。复平斋书，较前所言少晰，希是正。古器易磨易损，磨则纸糊再拓，损则须静细者善护之。闻季保敦之语惘然不置，诚不可轻以假人也。吾兄笔墨虽多，不可焦急，读来书，似不及去年之暇豫，何耶？竹铭可作字及理拓事，所学尚浅，不能有所考订，试毕先试之而后馆之为企。手谢，即问台安不备。馆世愚弟祺顿首。子年处一札，乞即致。同治甲戌三月廿三日夜。

一二

伯寅仁兄世大人台座：

　　近少东便，未得手复。兹寄上金文册目释一册，其一册尚有数叶未毕，再有北便即可寄与仲饴同录。止此近中所见，未曾装册者尚未录也。余详子年书中。此问台安不备。馆世愚弟陈介祺顿首。甲戌四月十二日。

一三

伯寅仁兄世大人台座：

二月廿日赐书䢼器乃方尊，似非匜，不能盥也。不㽅敦之伯氏，愚谓即虢季子伯，不㽅乃其御也。井钟之类，皆王朝书耳。各拓须再检寄，此次不及矣。肥城之器，已详子年前书，他未闻，僻处不与地方大吏往还也。曹望憘画，乃张子达以浓淡墨拓过小样，愚所不取。古印谢谢。《沙南碑》语想未确。文泉丈书容索得即寄，但无多种。尊藏各拓之惠，感感，但望有好手有绵纸时再精拓见寄也。秦铁权拓，想子年可分赠。匆匆再谢，即请台安不备。馆世愚弟祺顿首。外致子年书一。甲戌四月十三日。

一四

伯寅仁兄世大人台座：

五月朔奉四月望后各书，并金拓等，敬谢。千秋万岁当是琅琊台物，宜以白蜡涂之，乃不损字。乞再付绵纸者一二十纸，如奉寄者之式，拟与自存者同装。新得之孙阆如藏古兵，小松题箧云奔戟者未见拓本，乞并箧字器字各拓数纸见寄为企。十六车之语未闻，前所闻肥城出土数器归历肆语已奉告。延煕堂拓本可得，则卣提有字者可见，又有一盘花文中有字者，出任城肆，归丁筱农，此等似均是夏商物，不多觏也。襄鼎之制，乞问一大概。䢼匜疑仍是方尊之属，文无匜字，如不可容两手沃盥，则非匜可定。匜亦何取乎有盖，未合古人制器之理则可疑，或是酒器耳。乌鱼穗穗乃土人以形似名之。四斤，奉佐养志之末，海味无佳者而易得，所需可示及。敝藏金文册目释一册，乞察入。即问台安不备。馆世愚弟陈介祺顿首。尊大人前，乞道仰念。甲戌五月十一日壬子。

邵𪔗钟释文①

佳唯。王正字当作𤣪，上二画泐。月初吉▼丁、亐、亥。句一。邵台上作○，下从口，自是邵，后铝从二口，可证非邵，似不必以上不从𢀓疑之。𪔗。黑上似咸，疑即𪔗咸。𪔗咸，《说文》"虽晳而黑"，古文名𪔗咸字皙，《史记列传》曾㦰字皙。𪔗咸，作器者名，邵之公子也。一行十字。

曰。句二。以上记事之辞。余𢀓似异、翼字，释共未安。公之孙。句三。邵白伯。之子。句四。称余，述其先。二行十字。

余頡余谓即劼。㣿密，余谓即恣。𠱫事。君。句五。再称余，述其志。余𤉩兽即守，与盂鼎用𤉩同义。𦏯半泐，余谓上似马，下似夂，即骏。走。句六。"骏奔走"见《诗》，三称余，述所职。以上叙作乐器之由。作。三行十字。

为余钟。句七。𠂤元。镠鑐字见曾伯𩰬簠，阮释错，余疑锶，《说文》锶训错。此似金名，非钟字。铝。句八。大钟八。四行十字。以上鼓左。

𠂤。肃、肆。句九。款识作𦀇，此省𠂤，齐侯罍鼓钟一鍱与此同而从金，《晋语》"歌钟二肆"，注"列也"。其𢀓悬，宀下系蜘蛛，古象形字。四四。䚄。句十。堵籀文。《周礼·小胥》"凡悬钟磬，半为堵，全为肆"，注"钟一堵磬一堵谓之肆"。上四字中加一横画，与囧文异，又异于古文四、《说文》𥬰，以半为堵通之，自是四字。喬喬乔乔，矫矫省，高上作𢀓，夭矫之象也。其龙。句十一。既寿。久也。五行合重文十一字。

𠂤古同畅，《广雅·释诂》"畅，长也"。𢀓。句十二。麇即虡，《后汉书·董

---

① 此器今称邵𪔗钟，札中所言潘祖荫所藏的四件，分别收录于《殷周金文集成》225、226、229、236号，可参看。

卓传》"虞，鹿头神身兽也"，《文选》薛注"麌麌，形貌"，二语言其虞长大而饰以龙，如夏后氏之制，其状矫矫然也。大钟既❍。龢。句十三。王玉。鏐潘引《说文》以为灌字，又书页为戛，余谓从页甚明，自是器，当从玉作璛，古镠璆镣璙等字金玉互书，此从金同。《楚语》"而以金石匏竹之昌大器庶为乐"注："器，华也。"乐无喧理而器有众义，自是玉磬之众而非特者谓之鏐，惜字音无可考矣。今人呼古玉片之有孔者谓铲，而不知即磬，余窃识之，不意得此字为证也。鼍鼓。句十四。六行十字。

余不敢为乔。句十五。骄省，言为此钟非骄佻也。高上作❍，气上出之象也。我以享孝乐。七行十字。

我先且。祖。句十六。以上叙作钟之事，正文止此。铝堵虡鼓祖韵。以蕲祈。眉寿。句十七。韵与宝叶。世世子孙。八行合重文十一字。

永以为宝。句十八。文末自颂作结，金文例也。九行四字。以上鼓右，左右以钟在悬言之。

右钟铭九行，八行行十字，重文二字，末行四字，为字八十六，为句十八。潘伯寅少农藏器，凡四，以拓求之，三钟大相若，一小。同治癸酉六月二十六日癸酉，鲍子年夔守各寄二纸至，连日大雨，蒸溽中释之，至骄字殊快意，文字谨严如此，犹是周初法度，吉金中不可多得也。俟见诸家释文，当再订正。二十九日海滨病史记。

一五

伯寅仁兄世大人台座：

五月廿五日奉四月廿九日、五月二日后手书七函，知偶有不适，想近履已元复矣。闻兄将刻金文，甚喜，第一必求其似，必讲求钩法刻法，与原拓既不爽毫发，又能得其古劲有力之神而不流于俗软，乃可上传古而下垂久，方为不虚此刻，必须有学问、知篆法、肯耐心者相助，乃克有成。今人动讥阮书，蒙则谓虽未尽善，尚未有能及之者，非校审不知也。选工延友，乃为先务之急，未可以如他书，发刻即可无事。其体例则必须一器一版，前摹文标目，后释文，字多者或一器二版或数版，至释文而止，必不使与考相联，字少者一版二器，器必从类，类杂则不可编次矣。此最活动，一刻即可成书之计，唯记卷记叶字不可刻。敝藏近可及千种，其新拓者与尊藏必多同，其旧拓而难得者尤可珍，乞长夏以装册自先释之，再与诸君子商定之，秋间专人寄读，或以摹本寄亦可，然不如册中可附数字以传也。读书识字不多，前已实告，不过以少有心得相质，何博之足云。阮、吴诸从真本摹刻者，不得真本亦必当刻入，目下注明，此方是传古人，不是传自己。所见乃大而公，乃真是好古人真文字，补秦燔之憾，而不是玩物，而自不能为伪刻所炫。蒙尝窃谓有好者必有伪者，能别则伪者自远，上有甚好者如宋，宋之伪者必多，然伪亦一时，一时不同，以真文字摹刻为伪，如今日则非求之于其力、其气、其神、其文、其义，鲜不惑矣。各金文书亦可阅，订释文与真伪，寄读虽少勿遗，疑者或注附字以存未见原器之慎。拓不致者，摹一本寄校亦善。别伪宜求真知，勿存成见，如亚者皆疑之类。字少者乃古，虽易伪，岂可删？《说文统编》乃博考之大助，文字之集成。凡字书皆当附以金文，校《说文》之有无异同，亦必不可少之书。此次必不为前人之例所拘，乃可大备。《博古》以至《古鉴》诸书，虽觉费力，然实有益于古文字处，不当屏弃，不可废即不可弃。乃此事之成始成终而无憾于阙遗者。不刻秦却可，秦止书，已无文字矣。此复，即问台履大安不具。馆世愚弟陈介祺顿首。甲戌五月廿六日丁卯。

　　此次书乞教正，饬录一纸批示，再请子年、廉生、清卿诸君子正，乞各致一纸。蒙刻存往还之雅，愧感愧感，第字过小，如合鲍、吴、吴、退楼、清卿。王与尊处书同删定为代就正海内，尤感之甚。刻不必工，唯字勿过小，如子年书可矣。《齐侯罍考》非自书不可，如欲看，可先向退楼索之。器当名鈢，如铭文，铭文中有罍名者却未见，田陈物自无疑。拙说却有许多不同前人处，乞正之。丙申角失之，甚可惜，小器字多至精之品也，次于重器字多者一等。即过费亦可以次者易之。迟则销不去。裒敦失之亦可惜，字多不易得，器文乃斑结至坚，剔之不免有痕。要之有斑可剔，字影真而又剔不动者，更是真，据何疑之若是耶？其伪刻一器，有许多误处，误则不成字，古器不若是。以此校之可见。两耳在旁，曲而上出似汉鼎者，亦有周末器，字古于汉即秦，古于秦即周末，古于周即夏商，彝器与印皆然。其似盘耳者，则仍是古器，东武刘氏**杨**齐妻鼎鳌小鼎同。之类是也。二手奉舟即古受字之铎，与叶氏若母二字、亚中儿冠胄形卣形之铎文同在柄，而叶器文胜，其伪增字一可去之，虽损见铜，亦无妨。字隐隐似与叶同，可去斑将见铜，字之有无自明，无则不足存矣。它器无伪刻字者，去斑则须从容。此数铎铎少于钟。皆商器也。已得之器，爱之切则所见久愈有真，汰其伪者以省累，且可少得资，真而字少器残亦不可弃，久则审定自可不惑，勿徒骛新得而不深玩其旧有也。肥城敦作者名之字似尚有阙笔，其卣柄之字均致精拓假示是企。**觯**器究是匜否？素方伯之器多而佳，一商敦一簠曾见否？叶氏拓纸色黄者，云皆其藏器。定邸亦有藏器，瑞邸多伪者。古器不畏残破而须护惜，文古即佳。利后子孙乃古瓦棺以瘗骨者，叶氏制如联，于其爱日堂壁上见之，汉字之佳者也。似是叶藏俱在，可力收之尤幸，其书未成，今始著录也。丁小山去秋得琅琊台瓦完者，其字屈填者乃汉而非秦，逊斯远矣。《沙南碑》用厚纸，先扑后拭，多拓使黑乃佳，乞致之，得乞分惠。古文字不是奇，因其学问识见心思能尽一己以通天地万事万物而制为文字以明之，是以多奇，今人反之，所以平庸浅近，递降而愈昧古人制字之义，止惊其奇而已。古人文简而字多，后人文繁而字转日少，可以见矣。古人岂有无理之奇字哉？它器所见之字而此忽异，则必察之，此而忽弱，则必疑之，而不可以皮相貌取矣。古人奇而有理，后人博而无理，其中之高下浅深，不可以理定耶？古人之文，无一字无法度，不可不逐字逐句求之，周末则多袭取矣。今日既欲明古文字，以收圣贤之遗，而使秦政李斯之恶尚有不能如何者，岂可不通筹计之，精审为之耶？所望勿视为一艺之小事，而重为存古文之真之大举也，唯大君子察之。祺再拜。甲戌五月廿七、八日。

所惠此纸皆为奉复用，已几罄矣，以易书，喜用之。贡使来，尚可物色否？邰钟有字无字凡几，乞详示，勿轻视之。都中有净皮纸，_{棉连纸名。}拓字何不用之，以薄软者为宜。字少如爵，亦须并花文拓，使纸大易存一器，剪一纸样付拓者。发纸收拓收缴器皆记目更佳。拓友来，长夏拟拓钟爵二种，钟大者一日不过仅得一纸，求以邰钟作屏，乞留意。拓甬以纸隔，使如甬，即是图，图之最易莫如钟矣。金文唯《捃古录》所收尚有未备者，或以敝藏拓本目释校增。尊藏再抄一分与退楼校所藏，与南中诸收藏者皆校录之。以吾兄位尊门高，与文字友往还和平虚下，俯而挽之，则海内之士岂有不乐助喜成者，尚望扩而充之也。张叔未所藏器与拓与拓友，皆系念不置。又拜。廿八日。

六月二日又奉五月廿三日书，奔戟似古戚，戚亦旧说，不得无足悔。邾子伯簠，诚有刻画痕。匜非明器，手试不便盥，即决非匜，而为且有觚，觚，酒之戒也，何用乎匜哉？襄鼎乞画一大概。无异它鼎则不必。祺又拜。六月六日。

曹君鸿勋于书启能写未必能作，若属代笔，则尚能摹仿，书启则须学作。京官书启大方而简净，能知京外事与往来之谊，恐似易而难。若属监拓，或可细心检点爱护，发纸收拓当副所托，可托则能熨贴。久之则考校亦可学习，聪敏于文墨事为近。当不至终为门外汉。惟伊家极寒，以课读为生，须京用之外尚能顾家，亦须用何职方能酌定，可与仲饴商之。拓友之难备尝，教拓则苦其钝，又苦其厌，久而未必能安，重椎损器，多拓磨擦，私留拓本，妄费纸墨，出外游荡，技未至精而已自恃非伊不可，与言每不随意，若陈粟园者真不可复得，即欲多延一二人，亦须有人照料方妥，此亦约略。竹铭或者可托，而尚不知其终如何也。又拜。

一六

伯寅仁兄世大人台座：

七月九日徐吉还，奉五六月所惠书，并鼎图全拓，知已入直，并闻恩命有所加，即日光复，企慰企慰，秦瓦拓，谢谢。叶铎、角、卣，俟有好拓手再各乞数纸，拜字虽不同而未得它释。叔向父敦自是周初器，吉金之至佳者。卣柄字未知究是如何，已属人自历物色。姞氏敦似是张木三得于陕者，非龙姞敦同出。鲁士𦉢父簠，簠字何以与𧗲子白簠字同，未敢即拓遽定。唯廿一年戈诚伪。卝字器以不佳故未录，亦未必不真。或宋仿。何馈石真是新刻出者，极不易得，甫得一纸，已属精拓多拓，未知可至否，至必奉寄。伏生冢字同中州李氏，想是玩器而不拓文者，盘亦闻之，云方者字七八百，均近妄矣。费欧余之敦何名？昔年都间所见小字敦，则师虎为最矣。祺往来简牍皆信手不成文理，屡蒙付刊，已悚愧无地，敢再冀精刻耶？改字尤感。属言之纸又令破戒，何耶？戣字之疑，真是巨识，余三器无疑，一未定增疑，七小品未及。清卿所得凤翔出土方鼎，似是商器，可再审之。其敦文作𠂹，甚古。吴方尊盖乃叶藏之佳者也，昔为精剔，今见损字，惘惘，不可失之。摹刻金文，必须神似，必须一器一版。此最要，与集汉印文一印一纸同，易于编次。邰钟须象文同制作同，乃可谓之均邰。惠人纸，止便于书，无则可已，再松纸之大病。则其长去矣。煦堂自未能校刻之劳，或能自作一书耳，有力固负之以趋，真者弃留者退，亦恐裹足。铎先剔字，有乃去伪。弟所藏拓已详目释，归来所得或有遗者耳。写字之人，固不可少，刻金文尤必须专延一友而诸君子督之乃可。吴小山在家任意增减，作图作画，翻刻拓本，事多而能致利，未必能就馆。敝处拓友皆日日自看自教，拓未至佳而相处已不易，如粟园者今日岂可得哉。此文人闲中忙事，有官守者非得人代稽，不易易也。襄骏图谢谢。金文字多占一叶者，释别作一叶，即习见亦不可忽无释，此不可易。字少占半叶者，释居后半叶，字少至半叶之半可容者，则同类之器二种共一叶，亦不可易。子年大得意者何事，欲早闻之。车饰之字久不定，不见无从说。拓目容写副再注同寄。仲饴处拓亦无人无纸，又收藏处外积物多，是以未能具得，容检所有再复。山农召公五器诚至宝，拟以"宝召轩"名赠之。砖拓尚未动手，先奉齐字砖拓五纸，迟日徐吉即来，当检近拓寄。拔贡试毕，归便不少，有见寄者，可询交。收古器至盂鼎，似不必再过求。收古器则必当讲求古人作篆用笔之法，知之然后可以判真赝，可以知钩刻之失不失。延友则必须通篆学，诚笃静细，不轻躁卤莽者，此等人亦必须善遇之，使之能安，然甚不易得。阮书向以为今尚无过之者。前人有考之器，可刻即刻，以待后来，今人则择有见者刻之，或有或无无害，不必留作后刻，亦不可厌多，如诸重器，虽考即数卷岂为多哉？摹出对原拓影审之，刻出亦然，映看是真法，劲软则是刀与笔也。作一书，第一贵知要，而又须能包举，不必以己之成见先入主之也。手复，上问台安不备。馆世愚弟陈介祺顿首。甲戌七月十一日壬子。

左相书归盂鼎，自取方无痕迹，且可速，愚见似尚非谬，或寄运费二百金与小午，托其制椟厚木铁钉，叶内用纸厚糊塞满不少动，或托子年切致苏亿年为之尤妥。觅车，择京差员弁之至可托者委之，而进城事自任之，当必妥速。尽弃所藏而藏此，尚且未过，何计留资他谋耶？强之亦可至，似不如如此，乞恕愚者之直而妄也。又拜。

《集古印证》刻成，求佳纸二部，当具印费廿金，惜《印举》各官印及收藏家各新得有所遗耳。叔均有续者，未知附刊否？此事乞询之。又拜。小余明府藏器多佳者，《华山碑》惜不得见。

两罍轩所藏：庚午父乙鼎，（未定。）手执中觚，鱼觚，孙子觯，庚觯，（真。）举丁觯，（真。）岑妃敦，（伪甚。）虢季子壶，（真。）癸子伯簠，即非伪，亦应作芮太子也。㠱鬲，此伪无格。齐侯盘，戣。字格。（此必不可言，言恐至好有睽。）

此皆所谓未见器不敢定者，非敢妄议，欲得丈一言以印证侄之所见耳。此属，乞批。①

（册册父乙鼎，䜌父辛卣，祖辛觚，齐良剑，朕作矛，永始鼎，黄山镫，钩，多可疑。）

一七

伯寅仁兄世大人台座：

昨函想甫至，兹拓藏爵毕，交徐吉寄上。即颂大安。甲戌七月既望丙辰。弟陈介祺顿首。

一八

伯寅仁兄世大人台座：

中旬曾复二书，并爵文拓册五种，想已至。廿一日奉四日手书，知近与煦堂往还，得见各拓，并云有宗周钟，未见而究不敢信。肥城器已得二拓，其二人乘车字甚精，其一字亦奇雄，惜拓未致。秩山作此皆写意，无肯为摹刻计者，诚笃可托极不易得，而损器拓少私留乖张之弊，又复层见迭出，人孰知传古之不易若

---

① 此为潘祖荫写给陈介祺的一通书札，请陈氏帮助鉴定札中所列器物之真伪。在部分器物下，潘祖荫已经作了批注。陈介祺收到此札后，复在部分器物下作了批注。潘祖荫所作批注，文中以小字标示，陈介祺所作批语，则以（）内小字别之。

此哉。尊藏金文册目已录副，谨缴，惜未录释文，又未注陈已释，又不得见所未见之拓为闷闷耳。仲饴之拓已多于见赠者，盖未专以此为事也。刻金文专任贵及门京宦，似不易易，向习何书，易改古文从己，甚难力追上去。此问台安不备。馆世愚弟陈介祺顿首。甲戌七月廿七日丁卯。

一九

伯寅仁兄世大人台座：

　　昨寄一缄并金文目原本，想已察入，兹复将录副一本加注奉览，日后仍望付还。于愚未释者补释，或并以副本见赐尤感。不朽之作，固在传真，尤严去伪，不胜切企。即问台安。馆世愚弟陈介祺顿首。甲戌七月晦。

　　顷得翟经挈兄来书，即当作复求寄。翁叔均有《续考证》，当附刻。近见各印亦当并续，但摹刻不失真为难耳。同日又拜。助资廿金外，尚可代销二三部。

二〇

伯寅仁兄世大人台座：

　　七月三具复缄，想已入鉴。秋中清朗，维台履佳善，上侍康安为慰。盂鼎已至否？念念。兹拓上邢🗌🗌钟一纸，求释。🗌当是仁字，🗌以🗌通之，或是妾、接字否，母、女可通否？克下字秉德，安宙宪。圣下三字尚未释定。此钟虽大，制作似未如虢叔、兮中、叔氏诸钟，唯不得见宗周一钟，想像文王之声为憾。今所传者，则不是过矣。享国永者，音必有合，纪侯钟厚而音短，宜乎大去其国也。此即吕工守业学拓者，其人之谨细极难得，工虽贱，行不劣也。张允勋寄伯高父甗拓一纸附鉴。此问台安不备。馆世愚弟陈介祺顿首。甲戌八月八日戊寅。

二一

伯寅仁兄世大人台座：

复书未缄，廿七日晚傅足至，又得月二日、十日、十一日、中秋、中秋后五书，并金文拓、《笔记》刻，卌。敬谢。煦堂金文目校记缴上，日异之说唯祝保躬，前"非礼无以见"之语，即此心之耿耿惓恋者耳。王札。曶鼎、鬲攸从鼎、諆田鼎皆得真拓曶有赐摹本。而无副，宗周钟、国差𦉜。甗则求之久矣。示及于寻氏又得大钟编钟各一，文仍是"𨚓中之子作子中姜镈"，即"庸乃钱镈"之镈，钟制似之，币则似钟者当名镈货，下齐者当名钱货，此蒙近日定说。篆作鸟迹，果尔则前钟益信，何以篆异，何以不拓示，何以止拓无字者来？所企此书至，尚未醯渍，或可保全于万一也。欲直言而先恐所见之妄，又恐不欲其言，所冀存真去次力求汰伪之见定而直谕之，俾尽言而不至蹈不谨之失，方敢直复。至自信过，好訾议，非学人在野者所可为，似可必无。所企古文字之好日深而有以教之，论文字以握论器之要，则幸甚矣。寻与邰无字者，以制可定其类，直廉不可不存。羊子戈似伪，墨太重。貉子卣器则佳，凫尊之类字同此者皆伪。旧仿亦有似水银浸者，未可即定。内有召伯尊彝字则佳，然山左颇有以旧铜片刻字，黏于尊卣觯等深腹之器而获重利者，不可不审也。镈如购就，倘次儿未行，或可一寄审否？显微镜却看字有用，追求不必过于仿佛。良山戈似非今伪，昔即疑。陈余造钱似真，亦常器。翁拓仍缴，不能作甚是，相去太远。铲平究可疑，字非可以铲见，然不见器，有不可直断者，不敢不谨也。中秋日所示一纸，敬佩，尤企讲求讨论古文字之字之文理而日进日深，以超乎今人之上，契乎古人之神，则伧父臭夫亦无从诡取矣。燕丈重之而无伪者，他人有力无识，乃为古器之害，兵燹静，文事兴，力豪乃益甚耳。兹又详言拓剔各事请正，其清稿则寄廉生，唯钩刻与鉴别之说未备，乞以前说与书属廉生采取而订定之，付一定稿自存之也。附上角拓二，觚拓六，觯拓十六，又一似不足存。乞考之。宰梡角即阮器。与觚似目中已寄，丁小农器可属平斋致精拓二全分，分一见寄，父戊酉盘尤企拓全文者十数纸也。手此，即问台安不备。馆世愚弟陈介祺顿首。甲戌九月二日辛丑。

防损器，拓事目，乞阅后交廉生。此非文字，与装册各则专为收藏家有志多拓传古之鉴耳。传古首在别伪，次即贵精拓精摹精刻，以存其真。拓出对器看，钩出对拓校，刻出同。有器，有佳拓，细校自有所见。久看器拓，自见其神。吉金器名印以隶书为佳，必不可以今篆相并，故隶别之，但隶必须不熟，有古碑法，不能则不如坊工宋体字矣。印泥宜绿色，石黄入蓝即绿矣。绿宜淡。隶能古则印可大，否宜小。拓纸小，即不大方。敦封。盖若有"某某藏敦"一印，则止封字足矣。去阑，二印绿色，作者名墨书。器。印去阑。

钟重，远道钲必磨，必不可寄，见字即不可拓亦可摹寄，或以镜照而摹之，则细亦可见，否则无。延册目。盂鼎释。内夹三纸与原本均乞即付还，仍乞示考释。仲饴处亦有一册，有误字可校。翁拓一。尊札一纸。可入录，剔拓说廿六纸。拓本廿五。

足来每计所寄，乞赏以令慎重，归则合所寄赏之，无须分注也。此次即半，为三处信物来，故为多写，亮之。

剔字之弊

刀剔最劣，既有刀痕而失浑古，其损字之原边为尤甚，全失古人之真，而改为今人心中所有之字，今人手中所写之字矣。

铜丝刷剔，亦损字边，损斑见骨，去铜如错，古文字之一劫也。俗子以其易见字每为之，谬之甚矣。伪刻用以去斧凿痕，使拂去浑融如旧者。

针剔尚可，须用大针钝者。自画之正中，时刻转动，听其斑之自起而字边仍不可动，不可用针刮磨，勿令针走，划出画外成痕，又于不当通处通之，而不能留得住。尤不可用尖针与用力过狠，不知字底铜质之薄，古久铜质之朽，以致刺铜成孔，或钝狠致破。盖款字原系中凹，积结青绿，原非真铜，其字边方是真铜，斑落见字，虽字边有少斑，亦可听之矣。其铜质已无，青绿凸起，字在高斑而无复平地者，则不可剔，剔则斑去而字亦去矣。须斑下有原铜平地而字画之中是斑者，乃可剔也。

醋渍去斑之说不可用，凡酸物皆可去青绿斑，而不能去朱斑，但变紫耳。嘉兴张叔未廷济有去字中斑之法，未知其详，但见其字真而肥，字字清晰，而校之旧拓未去斑者，则神理锋芒远逊，吾不取则亦不欲闻矣。有字者，必有可见字处，若一无可见，而误信不见字亦可出字之言，则古器之厄厉矣。古器藏数千年而出世，制作色泽极可宝爱，诚不可不察，而以求字损之也。醋浸亦须有铜质地平、见字甚明而不可拓者，斑至坚而又不可针剔者，乃可试之，不如是则必不可。

剔字须心气静定，目光明聚，心暇手稳时为之。须先看明字之边际，勿以斑痕浸入字边内铜之色变者为斑而去之，遇坚处须从容试之，精神倦则勿剔，有人有事相扰则勿剔也。剔印亦然，子母印锈不出者，油浸数月可出。古人之字，有力有法故有神，剔者知其如何用力如何是法而剔之，则不失其神矣。良工心细，或亦能之，而不如读书人解古篆刻者之所为也。一误即不可复，不可不慎之又慎。若直不敢剔，不肯拓，亦非至善，不能传古，与无此器何以异哉。

拓字之法

昔用毡卷，白细绒毡，中不夹灰土者，卷紧，以带满缚紧，两头切平，适用为便。今用毛刷。犀尾胜羊毛者，皆今栉沐所用。有柄者，施之字在平面者，无柄而圆者入竹筒中，施之深腹之字者。此种每有鬃鬣过刚，久用虽隔纸亦损字边际锋芒之弊，或用劈者、用柔者、用退毫大笔者，愈用久愈柔钝愈佳，不可不慎也。二者重用皆有所损。凡敲击皆不可过重狠，而捣者直下者尤甚也。毛刷有纸为刷刺之弊，圆鬃硬刷，究大可畏，必以不用为妥。

昔用铜弩键衬薄细毡，敲击极细浅之字，良佳，但不可重狠，尤须中平无廉隅不伤器者，乃可试用也。

昔用六吉棉连扇料纸，小名十七刀者，今无之矣。今薄者名净皮，校昔固不能薄，尤不能软，纸料粗，有灰性，工不良之故。张叔未有宋本书副页纸拓本至佳，以明罗文纸为之亦少佳，素方伯拓本纸黄色亦雅。今纸厚则粗，拓石尚可，拓吉金则不能精到也。

昔用清水上纸，或折纸，水湿匀透，吹开上之，拓可速而纸易起，水上者不甚起，而字中有水，每干湿不匀，后用大米汤上纸，胜于清水。上纸之劣，莫劣于胶矾，矾则损石脆纸矣。

今用张叔未浓煎白芨胶法上纸，然止是札询，未见如法拓者，姑以芨水上纸，以纸隔匀，去湿纸，再以干纸垫刷击之。

拓包外用帛一层，内包新棉扎紧。旧帛少省，然不如圆丝帛之零者为佳。包上墨时，以笔抹墨涂于小碗盖上，或瓷碟上，以包速揉之令匀，干则再上墨，不可以包入墨聚处蘸之，使棉有湿点，着纸即成墨点，有墨点即须易棉。近有使棉全湿者，究不合法，最易墨入字中。包外墨用不到处易积，而忽用之则墨重，须常揉去之。帛敝则易，包松则时扎之，紧则不入字，松则易入字。上墨须视纸干湿，湿而色略白，即用包揉浓墨少干，趁湿上一遍，令少干再拓。此一遍最易，盖纸地且润，然不可接连上。上墨须胶不黏手再上，方黏不起纸，胶即重，纸即不起，亦不可。上墨须匀，勿先不匀，后再求匀。上墨不可使有骇墨透纸，使纸背有不白处，有轻重浓淡处，最后则俟纸极干时，以包蘸好墨扑而兼拭，则墨色明矣。其要则先须字边真，尤须字肥，瘦细即边真，亦不如真而肥者。拓止为字，字边真而肥，乃得原神。墨色则其次，淡墨蝉翼固雅，不及深墨之纸黯而犹可钩摹也。字外之墨，渐淡而无，如烟云为佳，不可有痕。拓墨须手指不动而运腕，运腕乃心运使动，而腕仍不动，不过其力或轻或重，或扑或扬，一到字边，包即腾起，如拍如揭，以腕起落而纸有声，乃为得法。劣拙则以湿包直捣入字，不看纸干湿之候，不问包墨之匀不匀，不求手法，不审字边之真不真而已。白纸黑墨，至成黄色，墨水浸铺，字无边际，无从钩摹，何贵乎有此一拓乎？廉生云，着手纸墨如玉，良善形容。

上纸有极难者，鼎腹为甚，必须使折皱不在字而已，纸不佳则尤易破。纸不可小，须留标目考释与用印处。纸文宜直用勿横。纸不可揭处，以口呵之，重胶浓拓，或以热汤熏之。

器之阴款，止求字边即可，阳识者可肥可瘦，须执包紧，直落平拓，勿转侧为要，转侧则必失真矣。又须解字之笔法，不少拓不多拓乃可。镜、瓦、砖、泥封、刀币、泉同。

器之深者以竹苇缚扑包探拓之，暗处以镊钳包探拓之，爵斝内以匾竹角加少棉帛拓拭之。器之难拓，莫过于两齐侯罍，以拓三行留中一行为善，其不暗而纸极难上者，亦可整纸拓完，再逐行拓之，以便摹刻，唯以可刻为主。拓钟法已详。拓器须循前人佳式。拓古泉须置旧册上，并册湿之则不动。古器性情各有不同，须细心揣度拓之。

拓图以记尺寸为主，上中下高低尺寸既定，其曲处以横丝夹木版中，如线表式，抵器即可得真，再向前一倾见口，即得器之阴阳，以纸褙挖出后，有花文耳足者，拓出补缀，多者去之使合。素处以古器平者拓之，不可在砖木上拓，不可连者纸隔拓之，整纸拓者似巧而俗，不入大雅之赏也。

拓古石须厚纸先扑后拭，石完者以浓芨胶上纸，干，以白蜡先微拭之，再上拭墨，即有古毡蜡之意。必不可用胶矾水上纸，尤不可用大椎重击。拓时须先洗刷使清晰。拓石须四围留纸，并额阴侧勿遗。拓砖必须拓五面，或正面及有字有花文者。

拓字之目

近日习气，以私拓售直为事，必须慎之。良友久友可送，不可私拓也。

裁纸大小须自定。先裁定大小各种，用时为便。

发纸须有目。发墨同。须记日。纸箱须内存。白芨、帛、棉花同。

发器出拓须有目。须记日，拓者亦记。易磨者，纸糊后再发亦可。

缴拓须有目，拓劣亦缴。须记日，可知所拓之数。

缴器须记目。记日，某某手，收何处。

收拓本须用纸褙俗语。作包一器一包。题字，内用纸护，纸面记收支数目，外用箱盛。

砖瓦泥封，须上白蜡后乃可拓。土范同。

拓式多见，择其纸式大方者从之。不可省纸。

拓纸不可大小过不同。以易作一束为便。

拓纸须留标目题字用印处。字之高下前后，亦须合式。

拓器，冬则几用毡，夏则以旧书纸软者藉之。钟则以旧絮坐垫俗语。衬其乳，且易转移。

拓钟须先以纸挖孔套于钲乳上，孔大则黏纸使小，仅可下纸为是。以此纸样铺于棉连纸上，以水笔撕之，每孔自外去大半而连其内，须于纸样记明某钟存之。拓钟留孔不拓钲为大雅，斜贴作钲甚俗。拓甬须审其宽狭。追后拓，先撕一条长方孔落纸。钟之上面无拓者拓之，则钟之尺寸甚明。

纸不可过小者。尊、卣、角、爵、觥、斝、觚、觯、盉、戈、矛、瞿。

拓爵须连花文一段。纸小易失难收，且不大雅，又不便题字用印。

虎符与金银错字者，字细浅者，须摹其文拓之，不可剔去如愕距末也。

拓字之法，前记已详，如未备，可录寄再详。匆匆随手写去，须略为改正是恳。此种非文字须别作一条附后，笔记同。

拓字损器之弊传古不可不多拓，多拓不可不护器。

毡卷捣，硬刷磨。重按。皆可至破。

毛刷敲击，字边固易真。小钟之类，击敲时动者，则易磨出新铜。

吉金古泽，乃数千年所结，损去则万不能复，且损铜如何能补哉？其良工修补无痕者，再伤尤为可惜，不可不切切慎之于始也。

重器朽器，不假常人之手。此见须守得定。

拓字时有必须将器转动手运然后可拓者，或底在几上易磨者，皆必须纸糊矣。语拓者以易损，无不艴然，然不可不慎之于始也。纸糊又须揭，以细软布裹紧易磨处可矣。二者酌之，如必须纸糊，则不可不从也。

硬刷皆可畏，将军之号不灵。无论作何用也，刷古印亦然。尊卣腹内字，近多以硬刷圆长。入竹筒，探而捣之，虽隔纸，久捣亦恐为硬者损字边际，须以少软如犀尾者为妥。

朽者易损，虽完而尚有声，质已化为青绿，不胜敲磨。与其悔于事后，不如防于事前。我既爱之，则不可不保之，强不爱者而使之爱，强不可托者而望其可托，是亦愚而劳矣。廉生谓于金文石理爱若肌肤是矣，然岂能不拓传，岂能刻刻监之？唯有求谨信之人而任之，或得谨信之人使监之，庶乎其无失矣。

爵足腹易损，尊卣鼎壶等字在内者，非攲侧非转动不可拓，须审其势而护之。

诏版不平，又两面有字，其凸面与角易磨。字在足内易磨。底有字则易磨上口，在侧则易磨旁面。

铜质薄甚者，重敲易破。钟易磨乳，两面有字，最易磨凸面之钲间。鼎字每在腹内外，皆易磨。尊卣易磨口与腹外，觚觯同。敦簠簋不能磨。盘匜豆同。爱古者以此类推之，将拓，先试其易磨处，防之可也。

古币至薄而不平，古泉有薄小而朽者，尤易按破敲断，不可托躁人之手、小童之手，与借出不知何人椎拓，甚至遗失损易，或求精拓而一意重按狠敲，亦甚可虑，自非精细者不能无弊。

此次所言拓剔各事，皆系平日经历体验用心所知者，虽无可观于传古之事，亦尚不无可取，大雅不以为语小而虚心察之，则古人有文字之器受惠多矣。